Cómo pedir un deseo

‣ **Título original:** *How to make a wish*
‣ **Dirección editorial:** Marcela Luza
‣ **Edición:** Leonel Teti con Cecilia Biagioli
‣ **Coordinación de diseño:** Marianela Acuña
‣ **Diseño de interior:** OLIFANT - Valeria Miguel Villar
‣ **Diseño de tapa:** Lisa Vega
‣ **Fotografía de tapa:** © Arcangel Images inc.

ARGENTINA:
San Martín 969 piso 10 (C1004AAS)
Buenos Aires
Tel./Fax: (54-11) 5352-9444
y rotativas
e-mail: editorial@vreditoras.com

MÉXICO:
Dakota 274, Colonia Nápoles CP 03810,
Del. Benito Juárez, Ciudad de México
Tel./Fax: (5255) 5220-6620/6621
01800-543-4995
e-mail: editoras@vergarariba.com.mx

ISBN 978-987-747-368-1
Impreso en México, diciembre de 2017
Litográfica Ingramex, S.A. de C.V.

Blake, Ashley Herring
Cómo pedir un deseo / Ashley Herring Blake. - 1a ed. - Ciudad Autónoma de Buenos
Aires: V&R, 2017.
416 p.; 21 x 15 cm.

Traducción de: Silvina Poch.
ISBN 978-987-747-368-1

1. Literatura Juvenil Estadounidense. 2. Novelas Realistas. I. Poch, Silvina , trad. II.
Título.
CDD 813.9283

Cómo pedir un deseo

ASHLEY HERRING BLAKE

Traducción: Silvina Poch

Para Dahlia, Ami, Tehlor,
Sara, Jenn y Tristina,
que me ayudaron a verme a mí misma
un poco más claramente.

Existen dos tragedias en la vida.
Una es no conseguir lo que desea tu corazón.
La otra es conseguirlo.

GEORGE BERNARD SHAW

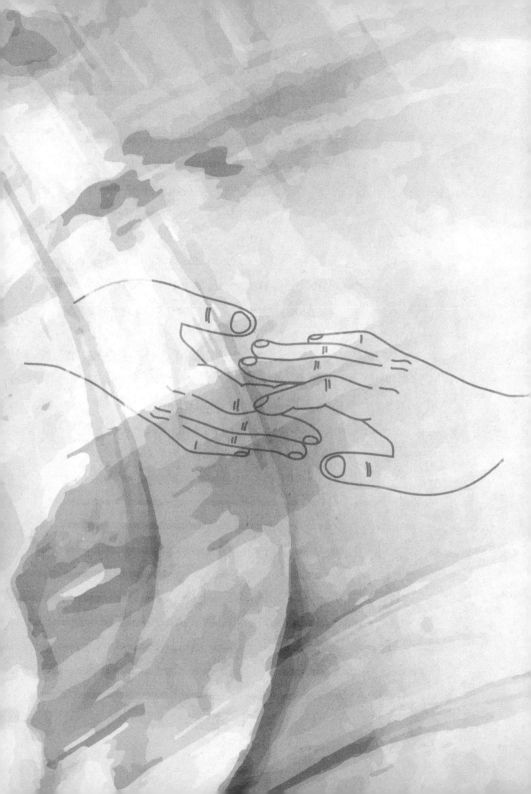

Capítulo uno

Espera a que estemos sobre el puente para decírmelo. Es una jugada estratégica. Esperar a que tu hija de carácter temperamental se encuentre suspendida encima del océano Atlántico para arrojar la bomba, reduciendo, de esta manera, la posibilidad de que abra abruptamente la puerta del auto y se lance hacia fuera.

Mi madre es muchas cosas. Hermosa. Insoportablemente cariñosa después de algunos tragos y malvada como una serpiente hambrienta después de varios. Ingeniosa y divertida cuando su último novio no la ha transformado en una mujer obsecuente, poco reflexiva y entregada a la diversión. Pero ¿tonta?

Jamás.

Mi madre no es ninguna tonta.

Gira bruscamente el volante para pasar a un auto que ya está yendo, por lo menos, a más de veinte kilómetros por encima del límite de velocidad. El océano, de color azul intenso, desaparece abruptamente de mi visión y enseguida vuelve a aparecer. Me aferro a la manija que está encima de la ventanilla mientras dirijo la mirada hacia mamá, para asegurarme de que su cinturón de seguridad o *esta tontería*, como ella lo llama, esté bien colocado.

–¿Qué dijiste? –pregunto, porque tengo que haber escuchado mal. De seguro que mi subconsciente anticipó que, al volver a casa, me encontraría con alguna catástrofe después de haber dejado a mamá sola durante dos semanas, e imaginó algo por completo absurdo para suavizar el golpe.

–Grace, no armes un escándalo. Es solamente una dirección –aclara y reprimo una risa amarga. Mamá adora esa palabra. *Solamente.* Todo es *solamente. Es solamente un trago, Grace. Un cumpleaños es solamente un día como los demás, Grace. Es solamente sexo, Grace.* Toda mi vida no es más que un gigantesco *solamente.*

Bueno, mamá, si hablas en serio, solamente estoy a punto de volverme loca.

Solamente eso, maldita sea. ¿Te gusta?

Sujeta el volante con la rodilla durante unos aterradores segundos mientras hurga en su bolso, saca un cigarrillo y lo enciende. Exhala una estela de humo plateada por la ventanilla y yo observo sus dedos. Largos y elegantes, las uñas cortas e impecables, pintadas con un esmalte brillante color violeta, como siempre. Mamá solía unir su mano con la mía y besar las puntas de los dedos mientras pedía

10

un tonto deseo a cada uno. Yo medía el tamaño de mi mano contra la de ella, esperando ardientemente el día en que la mía fuera del mismo tamaño. Pensaba que cuanto más grande fuera yo, más grande sería ella y menos tendría que preocuparme por lo que ella hiciera.

—La casa de Pete es realmente bonita —comenta—. Es única. Ya verás.

—Pete. ¿Quién rayos es Pete?

Me mira y frunce el ceño, luego sacude la ceniza por la ventana mientras bajamos del puente y tomamos la calle que conduce al pueblo.

—Empecé a salir con él antes de que te fueras a Boston. Te hablé de él, ¿verdad? Estoy segura de que… —se detiene, como si no ser capaz de terminar una frase la liberara automáticamente de cualquier obligación.

—Hablas en serio, ¿no? —pregunto mientras hago un gran esfuerzo por no levantar la voz.

Ríe.

—Por supuesto, cariño. Esto es algo bueno. Ya se había vencido nuestro contrato de alquiler y el idiota del dueño se negó a renovarlo porque afirmaba que yo todavía le debía tres meses de alquiler de esa pocilga a la que él llama "casa en la playa". Y las cosas con Pete estaban yendo tan bien. Acababa de mudarse y necesitaba el toque femenino —lanza una risita infantil y arroja la colilla del cigarrillo por la ventana—. Eso dijo. Un toque femenino. Qué caballero.

Dios mío. Reconozco ese tono, la risita aniñada, la mirada perdida. Podría articular al mismo tiempo que ella las próximas palabras que pronunciará, como recitando el guion de una obra de teatro tristemente familiar. Hace mucho tiempo que repito de memoria la letra de este espantoso espectáculo.

El suspiro soñador de mamá es la señal esperada.

Uno... dos... tres...

—Podría ser el hombre indicado, cariño.

Aprieto los puños sobre mis piernas desnudas y dejo las marcas rojas de las uñas en mi piel. Cuando me marché un par de semanas atrás, juro por mi vida que mamá no tenía novio. Me acordaría. Siempre me acuerdo porque la mitad de las veces soy yo la que le recuerdo el nombre del idiota del mes. Bueno, está bien, tal vez eso sea una exageración, pero realmente creí que ya se le habían acabado los candidatos.

Cabo Katherine —Cabo Katie para los lugareños— es una pequeña porción de tierra que se adentra en el océano Atlántico, con unos tres mil residentes fijos, un pintoresco centro con muchos negocios y restaurantes, y un antiguo faro en el extremo norte, que todavía cuida un verdadero farero. Nos mudamos aquí cuando yo tenía tres años y, en los catorce años que pasaron desde entonces, ya perdí la cuenta de todos los tipos con que mamá "salió".

Y todos ellos tuvieron el honor de ser *El Hombre Indicado* durante unos diez minutos.

Cuando mamá dobla en la calle Cabo Katherine, aparece el mar del lado izquierdo, flanqueado por rocas y por una playa de grava. El sol de las primeras horas de la tarde desparrama chispas cobrizas en la superficie y respiro hondo varias veces. Nada me gustaría más que bajar súbitamente del auto, correr como un rayo por la playa, arrojarme debajo de las olas y dejar que el mar me cubra. Dejarme llevar durante unos minutos, retorciendo mi cuerpo para un lado y para el otro, transformándome en un cuerpo libre y ligero.

Pero no puedo.

Por lo pronto, recién comienza el verano y hace un frío de los mil demonios.

Y cualquiera sea el enredo en el cual se haya metido mi madre con Pete-podría-ser- el-hombre-indicado, yo soy la única que puede deshacerlo.

—De acuerdo –digo, apartando el cabello de mi rostro–. Déjame ver si entendí bien. ¿Durante los doce días en que permanecí en Boston, mudaste todas nuestras pertenencias a una casa nueva que no conozco, para vivir con un sujeto que tampoco conozco?

—Ay, por el amor de Dios. Lo dices de una manera que parece como si te estuviera arrastrando a un lugar en la selva lleno de enfermedades. Te lo digo desde ya: te *encantará* la casa de Pete.

Me importa una mierda la casa de Pete.

Estoy más preocupada por Pete.

Mamá comienza a deslizar el dial de la radio mientras yo trato de decidir si quiero vomitar, gritar o llorar. Creo que es una horrible combinación de las tres cosas.

—Por favor, mamá, ¿podemos hablar de…?

—Cariño, espera un momento –sube el volumen del único programa de radio de Cabo Katie, presentado por la única locutora de radio de Cabo Katie, Bethany Butler. Está todas las mañanas y todas las tardes, y la gente llama y cuenta historias lacrimosas acerca de su gato perdido, de cómo el café le quemó las papilas gustativas, o algo igualmente estúpido e irrelevante. Mamá ama ese condenado programa. Tiene debilidad por cualquier cosa que sea potencialmente trágica y desconectada de su propia vida.

—*Ustedes lo escucharon acá por primera vez, habitantes del cabo, de modo que estén alertas por si aparece Penny. Fue vista por última vez en la playa del este...*

—¿Quién rayos es Penny? —pregunto.

—¡La corgi de la familia Taylor! —exclama mamá, una mano apoyada sobre el corazón—. Se le escapó a Tamara mientras la paseaba por la playa, pobrecita.

—*... y recuerden, Penny es muy asustadiza, especialmente ante los hombres pelirrojos y...*

Apago la radio.

—¿Me estás hablando en serio, mamá? ¿Una corgi?

—Es triste, es lo único que digo. Hace diez años que la tenían. Es más grande que Tamara.

—Sí, se me están por caer unas malditas lágrimas —mascullo mientras miro por la ventana y veo pasar rápidamente las imágenes familiares de mi pueblo en una nebulosa azul grisácea—. ¿Y seguimos viviendo en el cabo o estás haciendo un último recorrido por nuestra antigua casa?

—Por supuesto que vivimos aquí, cariño. ¿Crees que sería capaz de apartarte de tu escuela y de todos tus amigos justo antes de tu último año de secundaria?

Contengo una risa burlona. No sé qué es más gracioso: si su mención de *todos mis amigos* o el hecho de que mi mente no pueda recordar ni la mitad de los desastres que invaden mi vida por ser la hija de Maggie Glasser. Nunca *creería* nada de eso. Pero, aparentemente, sucede de todas maneras.

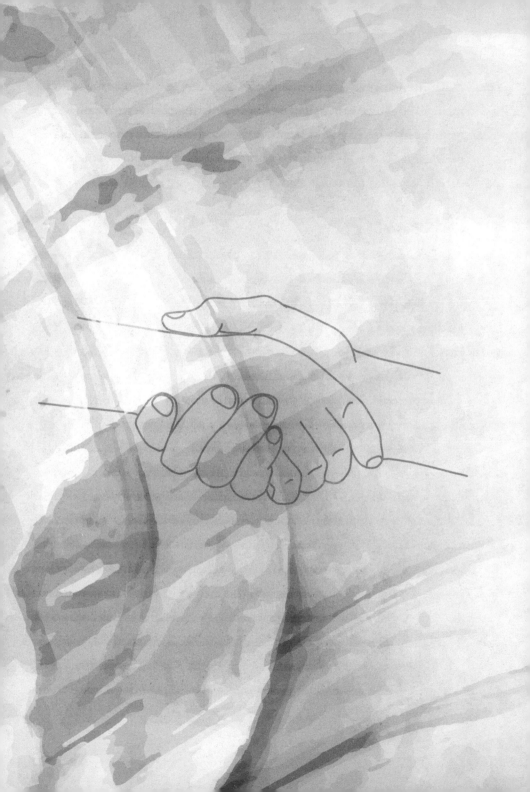

Capítulo dos

Diez minutos después, ingresamos a un conocido sendero de grava y nos detenemos. Un sendero que he visto un millón de veces. De niños, mi mejor amigo Luca y yo solíamos volar en bicicleta sobre este sinuoso camino de piedra, hasta que los árboles se abrían y dejaban ver una pequeña porción de aventura justo ahí, en el fin del mundo.

—Mamá, ¿qué estamos haciendo acá? —pregunto, pero ella se limita a sonreír mientras apaga el motor y abre la puerta—. Mamá.

—Gracie, ya deja de ser tan rígida y aburrida. Ven.

Se baja del auto y yo la sigo mientras levanto la cabeza muy arriba, hasta la punta del faro blanco de Cabo Katie. Debajo, hay un chalet de techo rojo, enclavado a un costado, como si fuera algo secreto.

Mamá se me acerca y coloca el brazo sobre mi hombro, el viento agita su cabello rubio ceniza.

—Será genial —afirma.

—¿Qué es lo que será genial?

Emite unas risitas infantiles y me aprieta una vez más el brazo antes de dirigirse, casi a los saltos, hacia la casa. Aspiro una bocanada de aire marino y deseo que el mar bravío me trague por completo.

Me cuelgo el bolso del hombro y la sigo hacia un pequeño garaje, cerca de la entrada lateral, que está separado de la casa. A través de la gran puerta abierta, se ven pilas de cajas de cartón abiertas, con parte del contenido desparramado a los costados. Cuentas de vidrio, trozos de metal y una soldadora de mamá de su trabajo como fabricante de joyas artesanales están desparramados sobre una gran mesa de plástico. Diviso uno de mis shorts piyamas —negro con calaveras color rosa fosforescente— nadando encima del sucio piso de cemento, junto con algunos libros de música.

—Ya hice una parte, pero todavía nos queda mucho por desempacar, cariño —dice mamá, levantando con gran esfuerzo una caja llena de toallas, que tienen diez años de antigüedad. Señala otra caja con el mentón, pero yo me cruzo de brazos.

—¿Estás hablando en serio? La última vez que oí hablar de él, el guardián del faro tenía ciento diez años. Dime por favor que no vas a convivir con Freddie Iker, cuyo mejor amigo es un loro.

Se echa a reír y deja caer la caja. El tirante del top se le desliza del hombro mientras ríe a carcajadas, con todas sus fuerzas. La risa de mi madre siempre ha sido contagiosa, clara y brillante. Detesto esbozar la más mínima sonrisa ante lo que mi madre encuentra gracioso, pero la mayoría de las veces no puedo evitarlo.

—Dios mío, no soy tan vieja —se recoge el cabello en un rodete desordenado arriba de la cabeza y vuelve a levantar la caja—. Ni estoy tan desesperada.

Mi sonrisa se transforma en un evidente gesto de poner los ojos en blanco. A lo largo de los años, mamá ha hecho desfilar por nuestras diversas casas sujetos desde veintiún años hasta cincuenta y cuatro, de modo que no sé bien cómo comenzar a responder a ese comentario.

—Freddie se jubiló y Pete lo reemplazó la semana pasada. Tiene experiencia en electricidad y algunas ideas realmente innovadoras para el museo. Hasta quiere incorporar algunas de mis alhajas para la próxima temporada turística. ¿No es genial?

—Claro que sí —levanto del piso mis shorts y los libros de música, y los coloco debajo del brazo. No sé qué es mejor: un veterano al que ni siquiera se le para o un romántico electricista con *ideas*. Alrededor de mi madre, las ideas son peligrosas.

Me protejo los ojos del sol, que se encuentra justo encima de la línea de árboles, y observo lo que me rodea. Mi nuevo hogar. Del otro lado del garaje, hay una camioneta 4x4 con la pintura negra del capó descascarada. Me resulta vagamente familiar pero, considerando que hay decenas de autos como ese en el cabo, no es algo muy sorprendente.

—Pete está en una reunión de temas presupuestarios en el pueblo, pero creo que Julian se encuentra en casa —explica mamá mientras se dirige a la casa principal. Introduce una llave en la puerta lateral, y las bisagras chirrían mientras la empuja levemente con la cadera, para abrirla. Una ráfaga de aire frío sale a recibirme.

—¿Julian?

—El hijo de Pete. Es un chico agradable. Creo que es de tu edad.

Y después de decir eso, desaparece en el interior de la casa, me deja en la entrada con la boca abierta. Esto se está poniendo cada vez mejor. ¿Qué viene a continuación? ¿Compartir la habitación con la madre de Pete? Tal vez una desquiciada exmujer duerme en la torre del faro, aúlla de noche como un alma en pena y hay que encadenarla a la cama. Demonios, a esta altura, estoy esperando que mamá me diga que Pete es polígamo y que ella fue elegida como una de sus múltiples esposas. Repaso en mi mente la lista de mi escuela secundaria, buscando un *Julian*, pero no encuentro nada.

Ingreso detrás de mamá a una cocina de estilo rústico, pero sofisticado, con electrodomésticos blancos con borde metálico, armarios blancos y cortinas azul marino llenas de langostas rojas, que enmarcan la ventana que está arriba del fregadero. En la sala, hay una mezcla de muebles: nuestro viejo sillón reclinable de cuero, una ruinosa mesa de café y un montón de trastos que parecen recién salidos de un campamento de muchachos. Hay un sofá tapizado con una tela a cuadros, que tiene un resorte roto y cinta de embalar, junto con un televisor del tamaño de un auto, colocado arriba del hogar. Lo único rescatable dentro de esa extraña escena son los grandes ventanales que dejan ver el inmenso mar azul brillando bajo el sol.

Recorremos un estrecho corredor. Cuando llegamos al final,

mamá abre una puerta que está junto al baño y hace un ademán teatral para que entre.

—Esta es tu habitación. ¿No es agradable? Tiene tanta luz natural.

Entro al dormitorio y es como si estuviera en uno de esos sueños donde todo parece extraño y familiar a la vez. El espacio es cuadrado, pequeño y blanco. La cama individual está en el rincón más alejado, debajo de la amplia ventana, que también da al océano. Los muebles blancos, que tengo desde los cuatro años, están dispuestos inteligentemente en la habitación. Mamá ya extendió sobre la cama mi edredón de satén color ciruela, que compró a mitad de precio, y colgó mi ropa en el armario. Los pocos libros que poseo están apilados ordenadamente sobre mi pequeño escritorio, y hay fotos enmarcadas dispuestas sobre la cómoda. Cortinas muy blancas se mecen por la brisa que entra por la ventana abierta. Mis ojos se desvían hacia la pared que está arriba de mi cama y contemplan la foto enmarcada de un hermoso piano de cola sobre el escenario del Carnegie Hall, el auditorio vacío e iluminado por una luz dorada, esperando que llegue el público, el pianista, la música. Luca me la regaló para mi cumpleaños dos años atrás. Mamá logró colgarla derecha, sin rajar el vidrio ni golpear el marco negro de madera ni nada.

Más allá de las cosas abandonadas en el garaje, mamá se *esforzó* por arreglar mi dormitorio. Los ojos me arden un poco al imaginarla organizando mi espacio incluso antes de haber desempacado sus cosas.

—Bueno. Nuestro dormitorio está en el otro extremo de la casa, y el de Julian está al otro lado del pasillo —dice. Me observa con ansiedad, buscando, sin lugar a dudas, señales de una inminente explosión.

Y vaya que la siento venir. A pesar del ambiente hogareño, ese sigue siendo un dormitorio que no elegí ni nunca planeé tener. Siento la garganta tensa de contener la catarata de malas palabras que quiero soltar en este mismo instante. Y no es que suela contenerme demasiado en presencia de mamá, pero se la ve tan ilusionada, maldita sea. Está haciendo un gran esfuerzo para que todo esto salga bien.

–De acuerdo –replico, como siempre.

–¡Será tan hermoso, cariño! –exclama–. ¡Estamos en el faro! Yo sé que te encanta este lugar y siempre quisiste vivir sobre la playa.

Asiento y miro por la ventana las rocas que salpican la orilla mientras las olas furiosas escupen espuma blanca sobre ellas. Tiene razón. Yo solía adorar el faro. Me parecía tan mágico cuando tenía seis o siete años. Pero después de sujetarle muchas veces el cabello a tu madre mientras vomita vodka, el desencanto te va invadiendo poco a poco.

–¡Ah! –grita mamá tan fuerte que me sorprendo–. Con la mudanza, casi me olvido –con una amplia sonrisa, hunde la mano en el bolsillo trasero y extrae un rectángulo de papel doblado. Lo despliega y su sonrisa se va agrandando mientras me lo extiende–. Esto es para ti.

Tomo el papel arrugado, casi temiendo mirarlo. Y ahora, ¿qué? Como siempre, tratándose de mi madre, la curiosidad y la esperanza prácticamente me sofocan. Mis ojos devoran lo que está escrito.

Cuando registro el contenido, alzo la cabeza bruscamente y mi mirada se clava en la de mamá.

—¿Es en serio?

Asiente.

—Para tu audición. Podemos conseguir una forma económica de viajar y quedarnos en ese hostel. Recorrer la Gran Manzana durante el día y comer de los puestos de la calle. Si queremos comprar entradas para algún espectáculo, tenemos que planearlo con anticipación. Tomé varios turnos en Reinhardt's Deli y, con un poco de ayuda de Pete, estoy ahorrando un poco. Cuando vayas, no solo tienes que presentarte a la audición, cariño. También tienes que ver dónde vivirás el año próximo y yo quiero ser parte de eso. Estoy tan orgullosa de ti.

Vuelvo a observar el papel, que dice que tenemos dos camas reservadas en un hostel de la ciudad de Nueva York, a nombre de mamá desde el treinta de julio hasta el dos de agosto. Debajo de eso, está la letra ilegible de mamá, enumerando todas las cosas que siempre decimos queremos hacer en Nueva York. Está lo clásico, como ir al Empire State y a Times Square, a Central Park y Ellis Island. Pero también están las cosas que me gustan a mí: presentarme en audiciones y recorrer la Escuela de Música de Manhattan. Ver *Hedwig* en Broadway. Encontrar la forma de hacer un tour por el interior del Carnegie Hall, subir al escenario y, quizá, deslizar los dedos por las teclas de alguno de sus pianos.

—Gracias —consigo balbucear en un susurro. Una pequeña parte de mí sabe que ella calculó el momento de hablarme de este viaje para que coincidiera exactamente con la mudanza al faro, como una pequeña ofrenda de paz. Pero a la mayor parte de mí, no le importa.

—Por supuesto, cariño. Será el fin de semana perfecto. Espera y verás —me atrae entre sus brazos, aplastando entre nosotras el papel que ya está arrugado, y me da un beso en la frente.

—Bueno, sé que estás cansada del viaje en autobús —dice, soltándome—. Ponte cómoda, puedes conocer a Julian más tarde y... —todas las turbulentas emociones deben estar reflejadas en mi rostro, porque mamá me da una palmada en el hombro y sale de la habitación sin terminar la frase.

Finalmente abrumada, dejo mis cosas y me echo en la cama. Para aclarar la cabeza, cierro los ojos y repaso mentalmente el comienzo de la *Fantasía* en do mayor, opus 17, de Schumann. La obra me acosó en el taller de piano que acabo de terminar en Boston. La digitación rápida y compleja, y el tono etéreo e irreal del primer movimiento, como una suerte de placentera tortura. La música es realmente explosiva, muy caótica y angustiante. Y me *explotó* la cabeza. Lo cual me parece valorable.

Ahora la toco en la cama. Me imagino en el escenario de un auditorio o en la sala de ensayo de alguna escuela de música o universidad. La Escuela de Música de Manhattan, la Universidad de Indiana, Belmont, en Nashville. Aunque Manhattan es mi ballena blanca, mi sueño, y la idea de irme lejos y quedarme en una residencia universitaria donde pueda *vivir* por más de tres meses me resulta excitante, también me asusta terriblemente. En realidad, no puedo imaginarme lejos de aquí. Dejar a mamá sola revoloteando de casa en casa, de tipo en tipo, de cerveza en cerveza, salteándose las comidas.

Mis dedos vuelan sobre el arrugado edredón, la música viva y real en mi mente. Los nervios se enroscan en mi estómago... pero no estoy segura de si es por la audición y por colocar todo mi futuro en las teclas del piano frente a unos pocos jueces, o si por dejar a mamá. De cualquier manera, continúo apretando el suave algodón hasta que mi mano izquierda choca contra una caja. Abro los ojos con rapidez y vuelvo a recorrer la habitación.

Mi habitación.

Abro el cierre del bolso y vacío su contenido sobre la cama, separando la ropa sucia de la que está suficientemente limpia como para usarse otra vez, aun cuando huele como el interior del bolso. Acomodo algunas cosas del dormitorio, llevo mis hojas de composición del escritorio a la mesa de noche –cuando no puedo dormir, invento cancioncillas tontas en la cama– y encuentro una foto de Luca y de mí, que mamá había arrojado en un estante del armario, y la coloco en la cómoda. Estamos en la playa, el verano pasado. Luca se ve previsiblemente contento, sonriendo a través de su melena enrulada con el brazo apoyado sobre mi hombro.

Con poco entusiasmo, ordeno mi pequeño universo. No importa cuántas veces me repita que no es importante, que, de todas maneras, tendré que empacar todo de nuevo en unos pocos meses, igual no puedo evitar tratar de convertirlo en un lugar que sea mío. Este faro que solía amar y que ahora repentinamente odio no es una excepción.

Tomo mi bolso con los artículos de aseo personal y me aventuro en el pasillo para examinar el baño. Es limpio y tiene una de esas bañeras con patas en forma de garra apoyada contra la pared con una cortina envolvente, debajo de una ventana con vidrio esmerilado. El lavabo de cerámicos es color azul cobalto y un aparato de iluminación de aspecto antiguo proyecta un resplandor ámbar sobre todo el espacio. Huele a toalla mojada junto con un aroma seco y varonil. A loción para después de afeitarse, tal vez. Al lado del lavabo, hay un recipiente con un cepillo de dientes azul marino. Arrojo el mío en una gaveta vacía. Tal vez suene poco razonable, pero me resulta raro compartir el espacio para el cepillo de dientes con un chico que no conozco.

Saco el limpiador facial y el desodorante, y luego guardo el bolso vacío debajo del lavabo antes de apagar la luz. Al salir al pasillo, la puerta a mi izquierda se abre de golpe y mis ojos vuelan violentamente hacia allí.

Reprimo unas cuantas palabras elocuentes y apoyo la espalda contra la pared.

Es alto. Digo, por supuesto que yo sabía que era alto, pero parece gigantesco en el diminuto pasillo. Pelo castaño claro deliberadamente desordenado. Pelo que yo solía jalar para que sus labios volvieran a los míos cada vez que comenzaba a chuparme el cuello con mucha fuerza.

—Dios mío —exclamo con voz entrecortada—. ¿Qué haces…? ¿Cómo lograste…? ¿Por qué estás…? —trago saliva tratando de recuperar el aliento mientras su boca (esa maldita boca que conozco demasiado bien) se tuerce en una risa burlona, que me enfurece en extremo.

—¿Qué diablos estás haciendo aquí? —disparo finalmente.

Jay Lanier levanta las manos, las apoya en el marco de la puerta y se inclina hacia mí. Una pulsera de cuero en cada muñeca, los músculos fibrosos de los antebrazos se ondulan por la tensión. Su risa burlona se transforma en algo tan arrogante que desearía tener uñas más largas para poder borrársela del rostro de un arañazo. Su mirada recorre mi cuerpo y se detiene en todos los lugares que decidí no permitir que Jay Lanier volviera a ver en toda su vida, ni siquiera a través de un short y una camiseta. Le echo una mirada fulminante, pero me tiemblan las manos, me da un vuelco el estómago y se me hace agua la boca.

Sonríe con suavidad… —diabólicamente, si debo ser más específica— y se acerca más.

—¿Alguna vez te conté que *Jay* es mi apodo?

Me quedo boquiabierta.

Sonríe, un despliegue de su boca irritantemente lento como el maldito Grinch.

—No. Creo que no.

Trato de recordar algún insulto, algo que me ubique en el mismo nivel, pero solo vienen a mi mente incoherentes combinaciones de las más típicas malas palabras.

—Bienvenida a casa, Grace —dice.

Y luego me cierra la puerta en la cara.

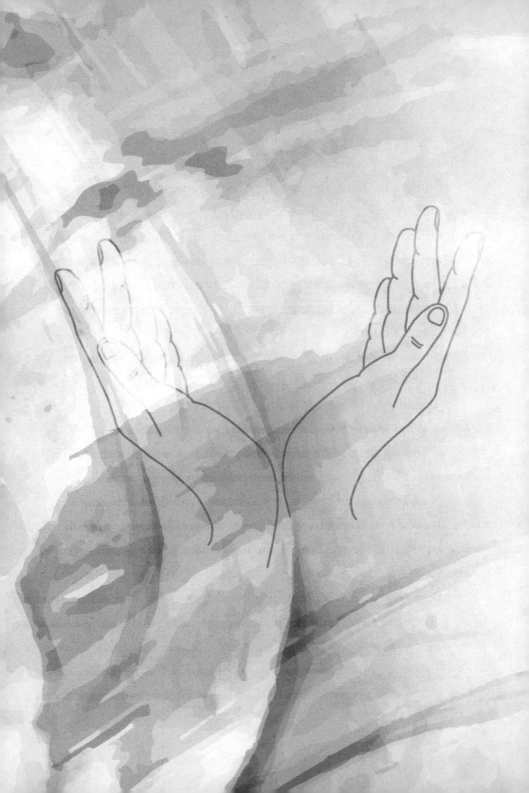

Capítulo tres

Me quedo mirando la puerta blanca. Detrás de ella, el chico al que tenía planeado evitar durante todo el verano está de fiesta. Algo pesado —creería que es un libro si alguien hubiera visto alguna vez a Jay Lanier cerca de uno— golpea con fuerza contra el piso. Se enciende la música, y una edulcorada voz masculina excesivamente entusiasta se filtra por debajo de la puerta.

Hijo de puta.

E hijo-de-cada-una-de-las-malas-palabras-que-existen.

—¡Grace! —vocifera mamá desde la cocina—. ¿Tienes hambre? ¡Acá tengo cosas para hacer sándwiches!

Su voz me crispa como un oboe ligeramente desafinado. Todos los sentimientos cariñosos que tenía hacia ella unos pocos minutos antes por lo de Nueva York, por mi cálido cuartito, se desvanecen. Camino con paso airado por el pasillo y me detengo junto a la ventana del comedor, para correr las cortinas y observar lo que ahora reconozco como el jeep de Jay. No es que alguna vez haya estado en su interior, pues lo compró en el otoño, después de que rompimos. Pero lo había visto suficientes veces en el estacionamiento de la escuela y alrededor del pueblo como para entender por qué me pareció tan familiar a primera vista.

Encuentro a mamá hurgando dentro del viejo refrigerador de una sola puerta. Tiene los shorts tan caídos sobre la cadera que capto un vistazo no deseado de tanga roja. Se endereza y ladea la cabeza hacia la TV muda en CNN, la boca levemente abierta mientras observa las imágenes en vivo de un tornado que arrasó Nebraska la noche anterior. Mamá suspira y yo aprieto los dientes.

—El apellido de Pete, ¿es *Lanier?* —pregunto.

Se sobresalta y deja caer algunos cuadraditos de queso amarillo.

—Sí. Sinceramente, Grace, sé que te hablé de él.

—No lo hiciste. No me dijiste nada, como siempre. También olvidaste mencionar a Jay.

—¿Jay?

—¡JAY! —exclamo en una mezcla de grito y suspiro, agitando la mano detrás de mí, hacia los dormitorios.

—¿Te refieres a Julian? —inquiere mientras levanta el queso, lo arroja sobre la mesada junto a un paquete de pavita y abre una bolsa de pan—. ¿Ya lo conociste?

Solo atino a quedarme observándola. ¿Es posible que no tenga la

30

menor idea de nada? Bueno, sí, claro que es posible. Sé que mi madre es así. Casi nunca puede recordar en qué año estoy de la escuela. Aun así, yo esperaba de alguna manera que recordara el nombre del chico con el que salí durante seis meses y que después convirtió mi vida en un infierno, una vez que lo dejé. Pensé que nuestra ruptura sería muy discreta. Digo, ya había llegado claramente la hora. Yo estaba aburrida. Él estaba aburrido. Pero se volvió loco. Justo en la cafetería de la escuela. Arrojó al suelo su bandeja llena de tacos y se marchó hecho una furia. Al día siguiente, apareció en su página de Tumblr la captura de pantalla de cada uno de los mensajes de texto que mencionaban partes del cuerpo que habíamos intercambiado.

Le conté a mamá todo eso. A diferencia de ella, yo *sí* le cuento cosas de mi vida, cuestiones que otras chicas nunca les contarían a sus madres vestidas con ropa aburrida de color beige. Supongo que es mi endiabladamente patético intento de establecer lazos con ella o algo parecido. Como siempre, me sale todo horriblemente al revés.

—Es un chico dulce –dice mamá–. Me ayudó a mudar todos tus muebles cuando Pete estaba ocupado aprendiendo los pormenores de este trabajo.

Sip. Es así. No cabe duda de que no tiene la menor idea de nada.

—Mamá.

Deja de untar mayonesa en una rodaja de pan y me mira atentamente.

—Jay. Lanier –pronuncio cada sílaba abriendo los ojos todo lo que puedo.

31

Sus cejas delineadas se fruncen durante unos pocos segundos antes de saltar entre su cabello.

—Dios mío.

—Exactamente.

Apunta hacia el pasillo con el cuchillo cubierto de mayonesa.

—¿*Ese* es Jay?

—Sí.

Ahora asiente mientras recuerda probablemente las pocas veces que traje a Jay a casa por unos diez minutos. Debo decir que sí, es cierto, cuando salíamos, me aseguré de que ellos dos pasaran muy poco tiempo juntos, pero aun así…

—Dios mío —repite—. Esto sí que es una sorpresa.

—Claramente.

Estira el cuello alrededor de mí y observa el pasillo. Sus labios brillantes se extienden en una sonrisa seductora.

—Creo que lo que está claro es que tienes excelente gusto para elegir hombres, cariño.

—Mamá. Puaj.

Se ríe y arroja fetas grasosas de pavo sobre su pan.

—¿Tengo que ir a buscar preservativos? Preferiría que usaras la píldora, porque tienes que tener cuidado de no…

—¡Por favor, mamá! Es un completo idiota, ¿recuerdas? No puedes… —agito las manos a mi alrededor, tratando de apresar las palabras correctas en el aire—. ¿Puedes comportarte como una madre por cinco minutos, maldita sea? —ella se estremece y yo me froto las sienes, atacada por un súbito dolor de cabeza.

—Gracie —dice, acercándose a mí. Extiende el brazo sobre mi hombro y yo me inclino contra ella durante un minuto—. Lo siento, cariño. Ya sabes cómo me pongo cuando estoy entusiasmada —desliza la mano por mi cabello—. Tienes razón, no estaba pensando. Yo sé que Julian —*Jay*— te hizo pasar un mal momento hace un tiempo…

—"¿Un *mal* momento?" —hace que parezca que se puso furioso y que me haya dibujado cuernitos en mi anuario, o algo por el estilo. El tipo colocó nuestros mensajes explícitamente sexuales a la vista de todo el mundo, por el amor de Dios. Por consiguiente, todos en la escuela lo llevaron sobre los hombros y yo recibí un montón de miradas esquivas en el pasillo. No es que yo quisiera que me miraran, pero es una cuestión de principios.

—Mamá, no puedes hablar en serio. Es imposible que esto funcione.

—Estoy segura de que Julian ya lo superó. Ya verás. Todo estará bien. Es un chico dulce.

—Mamá, es un idiota. Y ahora estoy viviendo en la misma casa de un tipo que me vio las tetas…

—Yo también…

—… ¿y se supone que debo hacer de hermana de él por la variable cantidad de meses que Pete y tú vivan en su mundo de ensueño? ¿No entiendes lo desastroso que es todo esto? Deberías haber visto la forma en que me miró recién en el pasillo. Lo que digo es, ¿en serio te parece que *todo estará bien*?

Se muerde el labio inferior mientras estudia mi rostro.

—Dios, tienes razón. Lo siento, cariño. Veo por qué todo esto podría parecerte extraño.

Extraño no es exactamente la palabra para definirlo pero, aun así, es algo. Siento que se me relajan un poco los hombros y me preparo para continuar desempacando.

Luego quita el brazo de mis hombros y entrelaza los dedos.

—Pero…

Aprieto los ojos por unos segundos. *Pero, solamente.* Siempre caemos en lo mismo.

—… Pete me hace feliz —agrega—. Quizá Julian y tú puedan resolver sus problemas, hablar. Por favor, cariño. Es una oportunidad para mí. ¿Al menos, podrías tratar? Y luego, antes de que te des cuenta, nos iremos a Nueva York por unos días como unas buenas vacaciones.

Me embarga una decepción sorda y familiar. Cada vez que me encuentro en una situación incómoda, siempre, siempre tengo una chispa de esperanza. Pero ella nunca, jamás, me sorprende.

—Voy a salir —digo apartándome de ella.

Mamá se anima ante mi reacción, tomándola como una señal de aprobación.

—Buena idea. Toma un poco de aire y regresa para la hora de cenar. Comeremos como una familia, ¿no te parece genial?

Tomo mi morral del banco en el que mamá lo dejó y me encamino hacia la puerta. Con la mano en el picaporte, volteo y me encuentro con la mirada desesperada de mamá. Lucho contra el impulso de quedarme, de ayudarla a desempacar, de asegurarme de que comerá el sándwich que está haciendo, de decir: *Sí, todo será fantástico.*

En cambio, me marcho sin decir una palabra.

Capítulo
cuatro

Apenas salgo, lo llamo a Luca.

—¡Gray, gray! —grita por el teléfono. Estoy tan alterada que ni siquiera tengo la energía para insultarlo por el ridículo apodo que me ha puesto. Es un juego de palabras con la expresión *cray-cray*, de *crazy*, que surgió por mi locura después del legendario salto que di a la piscina desde el balcón del primer piso de la casa de Colin McCormick, en la celebración de la fiesta del Día de los Caídos del año anterior. Luca piensa que su maldito apodo es comiquísimo. También piensa que mi salto estuvo motivado por una serie de chupitos de gelatina verde lima con alcohol. No fue así. Estuvo impulsado solo por uno. Salté porque quería, maldita sea. Acababa de pasarme la mejor parte de un sábado en el teléfono con la empresa de electricidad, tratando de descifrar nuestra factura… y cuando digo *descifrar,* me refiero a preguntarles cuánto tiempo más nos darían para juntar unos centavos antes de dejarnos en la oscuridad. Estaba tan enfurecida. Durante semanas. Luego apareció la fiesta de Colin y yo solo quería sentirme estúpida y despreocupada, como una maldita adolescente. Y entonces salté.

—¿Ya regresaste? —pregunta Luca—. Dime que ya regresaste.

—Si quieres llamarlo así —camino hasta el garaje, me asomo al interior y me aseguro de que mi bicicleta playera todavía esté entera. Es mi único medio de transporte alrededor del cabo.

—¿Qué significa eso?

—Normalmente, para *haber regresado* tienes que volver a tu casa —me abro paso por más cajas, aparto palos de golf de un empujón y rodeo una herrumbrada cortadora de césped antes de jalar del manubrio de mi bici, que se encuentra en un rincón.

—¿De qué diablos estás hablando? —grita, pero solo porque se encuentra en LuMac's, el restaurante de su familia, y una batidora comienza a zumbar en el fondo.

—Nos mudamos.

Siguen unos pocos segundos de casi silencio. Casi puedo sentir el gesto de crispación de mi amigo a través del teléfono. Aprieto las gomas blancas y gastadas de mi bici, asombrada de que mi madre haya logrado mantenerlas intactas durante la mudanza.

—¿Hablas en serio? —pregunta finalmente Luca.

—Sí. Al faro.

—Muy bien, Virginia Woolf. Espera… Peter Lanier es el nuevo encargado del faro…

—Sí, no me digas.

—De modo que… ¿estás *viviendo* con Jay?

—Otra vez. No me digas.

—Maldición.

—¿Tienes algo provechoso para ofrecerme o debería tratar de recurrir otra vez a mi madre en busca de un poco de consuelo?

—Tengo pizza de papas fritas.

—Eso bastará. Pero ya sabes que no puedo dejar a mamá sola acá demasiado tiempo mientras está desempacando. Es capaz de provocar un incendio tratando de guardar almohadas en el horno o algo por el estilo. O se dedicará a cambiar de canales en la tele hasta que encuentre la publicidad de UNICEF más deprimente y, después de eso, ya no servirá para nada —pienso en mi pulcro cuartito y se me hace un nudo en la garganta. Mamá puede ser una persona muy dedicada cuando quiere. Palabra clave: *quiere*.

—Gray, ya es una chica grande. Ya puedes permitirte hacer algo para ti misma.

—Lo hice. Me fui a Boston durante dos semanas y mira lo que sucedió.

No hace ningún comentario. En el fondo, escucho la voz de Emmy, su madre, haciendo pedidos.

—¡Una Blue Burger para la mesa diez!

Luca se aclara la garganta y luego ríe ligeramente.

—En todo caso, incendiaría todo el lugar con su pistola termofusible. ¿Recuerdas esa vez en que la dejó encendida en el baño de ese apartamento espantoso en el que vivían hace un par de años?

—Y derritió mi cepillo de dientes… sí, lo recuerdo.

Cuando las cosas se ponen densas, a Luca le gusta sacar rápidamente una o dos historias y hacer comentarios sarcásticos sobre ellas. Si fuera otra persona, le gritaría de todo, pero sé que él solo lo hace para evitar que yo use la legendaria pistola de pegamento de mamá con objetivos mucho más siniestros. Es eso o realmente no tiene idea de qué decir ante toda esta locura, lo cual es muy probable. Aun así, por más que esto ocurra mil veces y por más que Luca se lo tome mil veces en broma, igual es endiabladamente vergonzoso que mi vida sea así.

—Ey, ahora en serio —continúa—. ¿Quieres que hable con tu mamá? Podrías mudarte acá por…

—No.

—Pero…

—Luca. No.

Suspira con tanta fuerza en el teléfono que me lastima los oídos y sé que los dos estamos pensando en lo mismo. Cuando teníamos trece años, mamá desapareció durante un par de días. Luca vino a casa e inventó una mentira bastante convincente para decirle a Emmy. Dijo que estábamos ayudando a Maggie con un gran pedido de joyas. Emmy tiene un detector tremendamente sensible para los inventos. Se presentó una hora después en nuestro apartamento, con una cacerola con comida para la cena en la mano. Como no pudimos hacer que Maggie apareciera, me llevó con ella, a pesar de mis protestas.

Cuando mamá regresó dos días después, fue a buscarme a lo de Emmy. Tuvieron una gran pelea: mamá le gritaba que no tenía derecho de llevarse a su hija, y Emmy le explicaba con calma (pero con una furia y una firmeza en el tono que, para ser sincera, me hizo cagar de miedo) que yo no era lo suficientemente grande como para quedarme sola tanto tiempo.

Mamá se puso furibunda. Me tomó del brazo con tanta fuerza que me dejó un magullón –la única vez en la vida que me trató con dureza– y me llevó a casa. Después de eso, no le habló a Emmy durante un año y, aunque ahora existe una suerte de paz forzada entre ellas, la relación es endiabladamente tensa.

Luca trata de sacar a relucir este hecho de tanto en tanto –como *ahora*, cuando sabe que estoy en una situación que me agrada menos que depilarme la entrepierna–, pero yo siempre me niego a escucharlo. No puedo dejarla. Es mi madre; soy su hija. Tenemos que estar juntas. Comienzo a decirle esto, a contarle acerca del viaje a Nueva York para la audición y cómo ella organizó mi habitación del faro y logró no romper nada, pero, incluso dentro de mi cabeza, me suena a excusa.

–De acuerdo. Está bien –dice Luca–. Tengo que entrenar a la chica nueva en una hora, pero termino a las seis y voy para allá. No se discute más.

–No tienes que hacerlo… espera. ¿Qué? ¿Qué chica nueva?

–Es…

–Luca, maldición, yo necesitaba ese trabajo –habíamos hablado de eso antes de que me fuera a Boston. La tienda online de joyas de mamá y sus trabajos ocasionales de camarera no son precisamente consistentes. Todavía recibe todos los meses una pensión por viudez de las fuerzas armadas, pero no es suficiente. También tiene algo del seguro de vida de mi padre, pero apenas cubre la comida y ni hablar de mis lecciones con el Sr. Wheeler, mi profesor de piano. Por consiguiente, siempre he tenido algún tipo de trabajo desde que mi edad alcanzó los dos dígitos.

—Guarda las uñas, gata —replica Luca—. Tú sabes que siempre tienes trabajo aquí si lo quieres.

—¿Estás seguro?

—Estoy seguro. Tú eres muy valiosa. Pero no te olvides de guardar las propinas en un lugar seguro, no sé si me entiendes.

—¿Alguna vez no te entendí?

Acusa recibo de mis palabras con un gruñido, sabiendo que tiene razón. Mamá es famosa por… pedirme prestado. Por revisar mi habitación de la pocilga en que estemos viviendo hasta encontrar uno o dos billetes de veinte. A veces, va a una factura de teléfono o a una comida. A veces, no.

—Y, por cierto —agrega mientras jalo de un trozo suelto de mimbre del canasto de mi bici—, es Eva.

—¿Quién es Eva?

Hace una pausa y respira profundamente.

—¿Eva Brighton? La hija de la amiga de mi mamá. ¿Recuerdas?

Siento una agitación en el estómago.

—Diablos. Lo siento. Me olvidé por completo.

—No importa.

—No, sí importa. Dios mío, Luca, soy terrible.

—No es cierto. Tienes muchas cosas en la cabeza.

Asiento, aunque él no pueda verme. Maldita sea. El huracán Maggie ataca de nuevo, arrasando con todo lo que hay en mi vida, excepto *ella*.

Hace un mes, la amiga de la infancia de Emmy, Dani Brighton, que vivía en Brooklyn con la hija, murió repentinamente. Daba clases de ballet en una elegante academia en la ciudad y, durante un ensayo, se le reventó el apéndice. Después de la operación, todo parecía marchar bien hasta que se agarró una infección que no pudieron controlar. Murió una semana después. Emmy estaba desolada. Todavía lo está, supongo. Además, no solo perdió a su amiga, ganó una hija. Durante los últimos años, Emmy y Dani solo hablaban esporádicamente, de modo que, cuando un abogado se contactó con ella y le recordó que había aceptado ser la tutora de Eva unos años antes, quedó completamente impresionada.

—Dani nunca se casó —me contó Luca apenas sucedió. Estábamos en LuMac's compartiendo un plato de pizza de papas fritas mientras él fingía enrollar cubiertos dentro de servilletas.

—¿Y no trataron de contactar al padre de Eva? —pregunté.

Cortó una larga tira de queso, la enrolló y se la llevó a la boca.

—No se puede contactar a un sujeto que no sabes cómo se llama.

—Oh.

—En realidad, creo que Eva sabe cómo se llama, pero no hay nada que los vincule legalmente. Lo único que dice su partida de nacimiento es "padre desconocido".

—Guau.

—Exactamente.

Justo antes de que yo partiera para Boston, los Michaelson entraron en un estado de total frenesí para preparar la llegada de Eva, transformando lo que antes había sido el dormitorio de Macon y se había convertido en baulera, en un dormitorio habitable. Emmy estaba hecha un desastre, leía sus viejos libros de autoayuda sobre pérdida, duelo y recuperación. Luca se puso endiabladamente nervioso. Desde que su padre se marchó, él y Macon, su hermano mayor, han sido superprotectores con Emmy.

Y, como no podía ser de otra manera, me olvidé totalmente de este enorme cambio en la vida de mi mejor amigo, porque así soy yo.

—¿Cómo va todo con Eva? —pregunto—. ¿Está… bien?

—Es difícil de decir. Recién llegó la semana pasada, pero hasta ahora está bastante callada. Pasa la mayor parte del tiempo en su habitación.

—Qué raro. Es como si tuvieras una hermana. Algo así.

—*Tú* eres mi hermana. Y Eva es bastante atractiva, lo cual hace más difícil la creación de sentimientos fraternos.

—¿Qué diablos dices? ¿Estás dando a entender que yo no te parezco atractiva? —pregunto, con un dejo burlón en la voz.

—Desagradable.

Sonrío, llevo la bici hacia el costado del garaje y le coloco el soporte. Echo una mirada hacia la casa, desgarrada entre el deseo de entrar y arreglar el lío con mamá —si es que se puede arreglar—, y la necesidad de irme lo más lejos posible.

—¿Entonces puedo pasar por ahí cuando termine de trabajar? —pregunta Luca.

—No es necesario que vengas. Mamá quiere una "cena familiar". Dios nos ayude.

—¿Con Jay Lanier?

—¿Puedes dejar de repetir su nombre?

—Es que viven bajo el *mismo* techo.

—Luca Michaelson, juro por Dios que si te ríes en este instante, te afeitaré la cabeza con un rallador de queso mientras duermes.

Lanza un grito ahogado con tono melodramático y puedo imaginármelo aferrando sus adorados rizos.

—Escúchame, Gray. Yo sé que todo esto es horrible. Deja que vaya. Tu madre me ama…

—Mamá ama a quien tenga un poco de testosterona.

—… y llevaré pizza de papas fritas y Coca Cola Cherry.

Emito un suspiro en el teléfono. Normalmente, yo no dejaría ni siquiera a Luca acercarse a alguna de nuestras viviendas justo cuando nos estamos instalando, en especial cuando hay algún Pete involucrado. Pero esta vez, como si esto fuera poco, está Jay en el medio, y estaría mintiendo si dijera que la idea de que esté a pocos metros de mi cama no me da ganas de hacerme un ovillo pequeñito, pequeñito. Pero es cierto que no se trata solamente de Jay. Jay es una molestia menor. Es el gruñido de una bestia mucho mayor.

—Está bien. Pero si la situación se pone muy incómoda, puedes marcharte cuando quieras —aclaro.

—De acuerdo.

—Ey, invítame con pizza de papas fritas y Coca Cherry, y no me importa si te vuelvo a ver alguna vez.

Se ríe.

—No podrías vivir sin mí, Grace. Lo sabes.

Me río a mi vez y finalizo la llamada, aunque tiene bastante razón en lo que dice. Conozco a mucha gente en este lugar inútil y olvidado, y mucha gente me conoce a mí.

Pero nadie me conoce de verdad.

Durante un tiempo, yo era esa clase de chica que ve la vida color de rosa. Tenía un puñado de amigos aquí y allá, pero con los altibajos de mi existencia, fue más fácil mantener mi mundo lo más reducido posible. Menos explicaciones que dar. Menos mentiras que inventar para tapar el motivo de mis mudanzas constantes. Menos preocuparme por el tremendo desastre que encontraría si llevaba un amigo a mi casa. Por supuesto que mamá no siempre es un desastre. Tiene sus días buenos. Hasta meses buenos. Pero nunca sé cuándo un buen día se transformará en una porquería total.

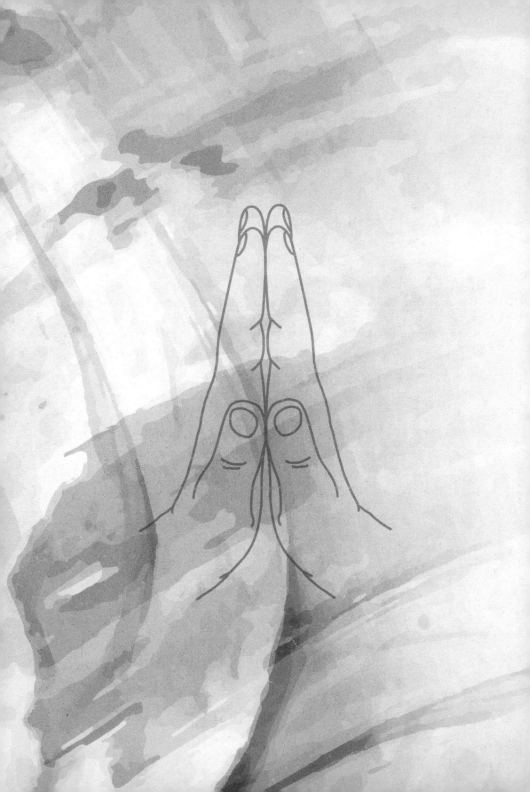

Capítulo
cinco

Me cuelgo el bolso del hombro y me dirijo hacia el corto sendero que lleva a la playa. La marea está baja y las rocas desnudas salpican la arena a ambos lados de mí, el mar revuelto adelante. El agua tiene casi la misma tonalidad de azul que el cielo, y ambos se apoyan uno contra el otro como en un beso. Me quito las sandalias, las dejo cerca de las dunas y comienzo a caminar.

Siento la arena fría entre los pies y el aire salado me abre ligeramente los pulmones. El susurro constante del mar y la inmensidad del cielo también abren algo dentro de mí. Pateo el suelo y envío nubes blanquecinas en el aire. El viento parece estar tan enojado como yo, revoleando la arena hacia todos lados. Pateo el suelo otra vez. Y otra y otra más hasta que estoy caminando en medio de una tormenta de arena.

Comienzan a llorarme los ojos y se me aflojan las piernas, de modo que camino más lento y finalmente me siento, cruzando las piernas debajo de mí. Hurgo dentro del bolso y tomo la fotografía de mis padres, arrugada y rota en una esquina, que siempre llevo conmigo. Mi padre se ve alto y apuesto, y lleva un uniforme que le da un aspecto elegante. Mamá está sonriente y tiene los ojos brillantes, las uñas perfectamente pintadas de color violeta descansan con suavidad sobre su panza de embarazada. Luca me ha pescado varias veces mirando esta foto. En general, no dice nada, solo me da un apretón en el hombro o uno de sus enervantes coscorrones.

Pero no observo esta foto por mi padre fallecido. Lo mataron en Afganistán cuando yo tenía dos años, de modo que no lo conocí realmente. No. Estudio detenidamente esta foto por la mujer. Maggie Glasser. El mismo nombre de mi madre, el mismo rostro, los mismos dedos largos. Pero todo lo demás es distinto. El pelo no se ve descolorido ni áspero, sino que brilla como si fueran hilos de oro. Los ojos no están caídos por la falta de sueño, la tristeza y el alcohol; la camisa no le cuelga sobre los hombros como si fueran una percha.

Las personas de esta foto son dos extraños.

Y eso me enfurece terriblemente.

Meto la foto de nuevo en el bolso y aplasto las enloquecedoras lágrimas que trepan sigilosamente por mi garganta. Estoy cerrando con violencia el cierre del bolso cuando escucho algo que parece un sollozo. Me toma unos segundos darme cuenta de que no proviene de mí.

A unos seis metros, hay una chica sentada en la arena. A pesar de que está de espaldas a mí, sé que está encorvada, las rodillas apretadas contra el pecho mientras soporta el embate del viento. La corriente acaricia la orilla, y la holgada camiseta blanca de la joven está salpicada por el agua de mar. Su cabello es un halo de espirales negras alrededor de la cabeza, su piel es color café. Desde donde me encuentro, puedo ver sus hombros que suben y bajan —está llorando sin ninguna duda—, y su brazo izquierdo se sacude de acá para allá como si estuviera jugueteando con algo en la mano.

Me levanto y me acerco un poco, para ver mejor lo que está haciendo. Hay un recipiente de manteca de maní junto a ella, con una cuchara plateada que sobresale hacia arriba. Cada tanto, se inclina, toma una cucharada y la chupa en medio de los sollozos.

La observo totalmente fascinada ante la manera en que el viento le levanta los bucles, se los revolea por el aire y los baja otra vez. Se seca la cara antes de hundir la cuchara nuevamente en la manteca de maní mientras su mano izquierda continúa deslizándose concentrada en algo que se encuentra en la arena.

Después de un par de minutos, tomo el bolso y comienzo a caminar hacia el faro. Es hora de ver en qué anda mamá. Es hora de enfrentar a Jay. Y, en medio de toda esta espantosa vida real, tal vez pueda hacerme un hueco para soñar un poco con el viaje a Nueva York.

Pero entonces vuelvo a escuchar el sollozo —profundo y casi silencioso, como si fuera un alivio dejarlo salir—, que me hace detener. Me hace voltear la cabeza y descubrir a la chica que estaba sentada en la arena, que ahora se encuentra de pie frente al océano, los pies descalzos en el agua helada, el envase de manteca de maní y lo que parece ser un gran libro cuadrado apretados contra el pecho. Ahora puedo verle el perfil y las lágrimas que corren por sus mejillas.

Ahí es cuando caigo en la cuenta.

Es Eva.

La Eva de Luca. La Eva de Emmy. Eva, la que perdió a la mamá. En la estantería de la sala de la casa de Emmy, hay una foto de Dani Brighton y su hija que he visto por lo menos cien veces. En la foto, Eva tiene alrededor de trece años, una desgarbada estudiante de primer año de la secundaria, con una boca llena de metal, pero es claramente la misma chica que está ahora en la playa. La misma complexión esbelta y los pómulos delicados, el cabello salvaje y rizado.

Debería marcharme. Dios sabe que, cuando estoy lo suficientemente enojada como para derramar algunas malditas lágrimas, quiero que me dejen sola. Pero algo me hace dudar y me acerco un poco más. Ese algo podría ser que mi mejor amigo me observaría con sus grandes ojos de cachorrito decepcionado si supiera que dejé a Eva sola y llorando sin decirle ni siquiera un *hola, qué tal*.

O ese algo podría ser que soy curiosa. Que no quiero ir a ver en qué anda mamá. Que me siento desdichada en este preciso momento y que la desdicha ama la compañía o lo que diablos sea. Ese algo podría ser un montón de cosas diferentes, pero, de cualquier manera, mis pies se abren paso a través de la arena con grava, serpenteando entre las rocas puntiagudas hasta que me encuentro a unos pocos pasos de ella.

—Ey —digo al mismo tiempo que me estiro para tocarle el codo. Mi voz y mi tacto tienen toda la suavidad que puedo imprimirles, pero ella igual se sobresalta y trastabilla un poco al darse vuelta. Todo lo que tiene en los brazos cae sobre la arena mojada.

–Diablos, lo siento –mascullo mientras me inclino para recoger sus cosas. El envase de manteca de maní, una cuchara, una caja de lápices de colores y uno de esos libros para colorear, para adultos, llamado *El océano perdido*, todo lo cual está ahora parcialmente cubierto por el océano de verdad.

–Está bien –responde mientras se arrodilla para ayudarme. Su voz suena congestionada y las lágrimas siguen cayendo. Ni siquiera intenta contenerlas, las deja fluir libremente.

–¿Realmente estabas tratando de pintar acá en la playa? –pregunto alcanzándole el libro–. Hay un viento del demonio y tú estabas como sentada… –señalo las olas que se acercan cada vez más con la crecida de la marea.

–Sí, es una política que tengo de pintar solamente en lugares de verdad precarios.

–¿En serio?

Emite una risa ahogada y acuosa.

–No, no es en serio.

Ambas nos ponemos de pie y veo que es un poquito más alta que yo y más delgada. La camiseta le queda holgada, el sostén verde fosforescente brilla debajo del fino algodón, y sus jeans estrechos están mojados hasta la rodilla.

–Bueno, esto sí que es una desgracia –dice, examinando el interior del recipiente de manteca de maní. Granos de arena cubren la superficie viscosa casi por completo.

—Los peligros de las playas de Nueva Inglaterra —comento—. El viento y la arena tienen voluntad propia.

—Ya veo —agarra una cucharada y la sostiene cerca de la boca—. No puede ser muy distinta de la crocante, ¿no crees?

—Seguro. Con un poquito más de proteína.

Sus ojos color café claro con manchitas color ámbar se posan sobre los míos y sonríen a través del brillo de las últimas lágrimas. Luego abre la boca y apoya la cuchara en el labio inferior. La observo, segura de que la retirará en cualquier momento. Hasta hay unos breves hilitos de algas dentro de la manteca de maní, por el amor de Dios.

Cuando empieza a cerrar el labio superior, ya no puedo soportarlo más. Le arranco la cuchara de la boca, que cae abruptamente en la arena.

—Ey, espera —rezonga con firmeza, pero también se ríe.

—No podría permitir que comas eso con la conciencia tranquila. Hay bacterias marinas, por si no lo sabías.

—Podrías haberme dicho simplemente *detente*. Casi me pegaste —se frota la muñeca, pero sigue sonriendo. Por debajo, hay un atisbo de alivio, como si estuviera contenta de bromear y olvidarse de las lágrimas. O tal vez, me parece a mí.

—En tiempos desesperados, se requieren medidas desesperadas —declaro—. Aguántatela.

—Eres un poquito quisquillosa, ¿sabías?

—Mejor ser quisquillosa que agarrarte la lombriz solitaria.

—Veo hacia dónde apuntas. Aun así, no se puede menospreciar la importancia de las nuevas experiencias.

—¡Dios mío! —exclamo tomando la cuchara con fuerza—. ¿No serás una de esas personas que se tatúan *carpe diem* en el trasero, verdad?

Levanta las cejas.

—No, pero ahora me siento motivada.

Ambas echamos a reír y ella se quita los restos de sal de las mejillas. La observo mientras guarda todas sus cosas en el morral, con arena y todo. Sus brazos delgados flexionan los músculos esbeltos, la clavícula asoma delicada bajo la piel. En ambas orejas, tiene argollitas y pequeños aretes con piedras. Todos sus movimientos son graciosos y decididos.

Pasan unos quince segundos antes de que me dé cuenta de que ya terminó de guardar sus cosas y de que también me está mirando. En realidad, nos estamos observando mutuamente como dos tontas. Me aclaro la garganta y me paso las dos manos por el cabello, que el viento ha alborotado frenéticamente. Sigue mis movimientos, luego se estira y toma una de mis manos. Estoy a punto de retirarla con rudeza cuando desliza con suavidad el pulgar por el esmalte laqueado de mi dedo mayor. Después sigue por el índice y a continuación por el anular, el meñique y el pulgar. Cada uña está hábilmente pintada de una diferente tonalidad de violeta: del berenjena al lavanda.

—¿Por qué de colores diferentes? —pregunta mientras continúa resbalando sus dedos sobre los míos.

Retiro la mano y trago con fuerza. Paso mi propio pulgar por varias uñas, pidiéndole un deseo a cada una antes de colocar las manos detrás de mí, con la cuchara todavía en la mano.

—Ah, un secreto —afirma, lanzándome una sonrisa ladeada—. Ya entiendo.

—No es un secreto —no puedo evitar que se deslice cierta aspereza en mi voz—. Simplemente no es asunto tuyo.

Asiente, la expresión de su rostro indescifrable.

—Tienes razón. Rara desconocida que colorea elaboradas escenas marinas en la playa mientras come manteca de maní con arena no inspira confianza, precisamente.

—No es eso.

—De acuerdo. Está bien, soy Eva. Eva Brighton. Ahora ya no soy una desconocida. Rara, puede ser, pero no una desconocida.

Inhalo el aire del mar. No quiero hablar de mis uñas, del violeta o de cualquier cosa remotamente relacionada con mi madre.

—Sé quién eres —digo, volviendo a concentrarme en ella—. Yo soy Grace.

Sus ojos se agrandan.

—Bueno, esto sí que es la famosa cereza del postre.

—¿Eh?

Se ríe, pero con un dejo de agotamiento, y unas lágrimas más se derraman de sus ojos. Se las seca con la mano, pero no como si le dieran vergüenza, sino solo porque le molestan.

—Eres la mejor amiga de Luca. Qué buena primera impresión, ¿verdad? La chica nueva y desquiciada con sus libros para colorear y su obsesión por la arena. Dios mío.

—No te preocupes por eso.

Asiente, pero continúa mirando para todos lados, menos hacia mí.

—¿Vives aquí?

Sigo su mirada hacia el faro, la respiración atorada en el pecho. *Vivir...* una palabra tan cargada de connotaciones. Podría significar solamente existir: el corazón bombeando sangre, los pulmones absorbiendo aire. O podría significar asentarse en un lugar. Ser parte de lo que te rodea. Dedicarle tiempo y esfuerzo.

—Por ahora —respondo.

—Por ahora —repite suavemente. Su mirada vuelve a posarse en mí y me doy cuenta de que la estoy observando otra vez. Su rostro lo justifica: familiar y nuevo a la vez. Bonito. Me obligo a apartar la vista.

—Debo irme.

—Yo también.

Subo el bolso más arriba del hombro y comienzo a decirle adiós cuando ella estira la mano y desliza un dedo por mi mejilla. Su contacto me raspa la piel, es suave y áspero. Me aparto de ella dispuesta a lanzarle varias palabras elocuentes por rasguñarme la piel, pero levanta el dedo en el aire, cubierto con un poquito de arena mojada.

Luego se mete el dedo en la boca. Abro los ojos muy grandes y las carcajadas brotan de las dos con tanta fuerza que siento el ardor de las lágrimas debajo de las pestañas.

—Dios mío —exclamo tratando de respirar normalmente.

—No está mal, si tengo que ser sincera —acota mientras se golpea el estómago plano de manera teatral.

—Deberíamos pedirle a Emmy que lo ponga en el menú de LuMac's.

—Lo llamaremos *Sorpresa estival*.

—Se convertirá en un clásico de la noche a la mañana.

Continuamos riéndonos unos segundos más hasta que ella respira profundamente varias veces, cada exhalación un poquito temblorosa. Mantiene la mano en el estómago como para calmarse.

—Gracias, Grace —dice. Y luego, antes de que pueda preguntarle por qué me está agradeciendo, se da vuelta y se aleja por la playa. Hasta arrastrándose por la arena tiene gracia para moverse. La miro fijamente mientras se va volviendo cada vez más pequeña. Su cuchara todavía en mi mano, continúo observándola hasta que ya no es más que una manchita en el horizonte azul.

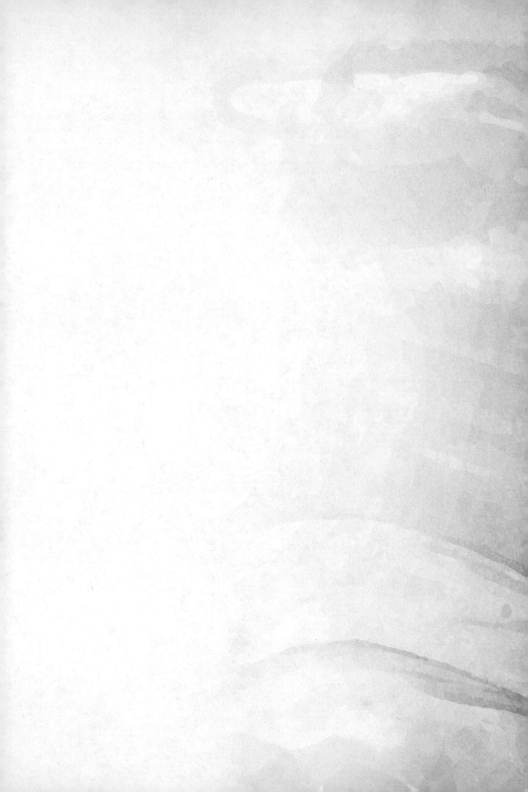

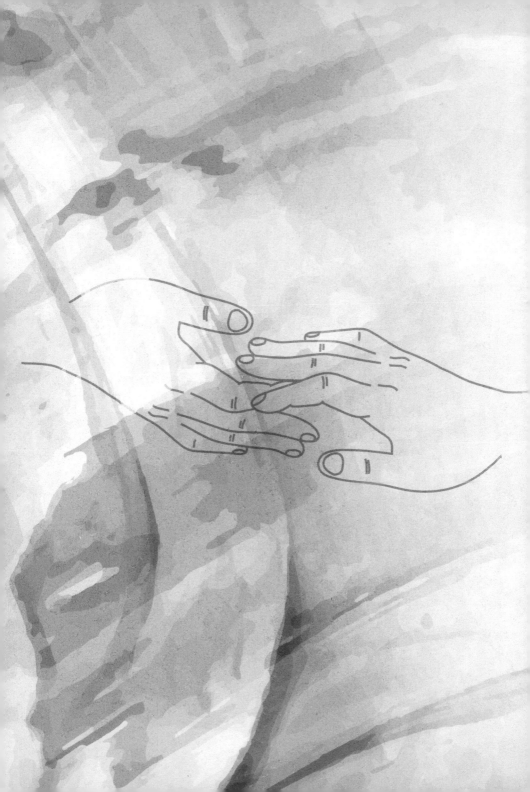

Capítulo
seis

Pete es enorme. Sus brazos tostados por el sol son como patas de jamón y le gusta agarrarle el trasero a mamá. Desde que cruzó la puerta hace cinco minutos, ya se lo palmeó, pellizcó, manoteó y abofeteó siete veces.

—¡Así que *ella* es Grace! Te recuerdo —vocifera después de que se besaron durante unas malditas diez horas mientras yo me mantenía ocupada buscando el aceite de oliva. Pronuncia mi nombre algo así como "Grice", su relajado acento sureño arrastra y distorsiona las vocales. Nos vimos solo una o dos veces mientras Jay y yo estábamos juntos… obviamente, ninguno de los dos estaba muy entusiasmado por eso de conocer a los padres. Había olvidado por completo que se llamaba *Pete* hasta hace unas pocas horas. Para mí, era el Sr. Lanier.

Me guiña uno de sus ojos grises y me da una palmada en el hombro. Tiene el pelo de color castaño cortado al rape y está cubierto de aserrín. Me cae un poco en los antebrazos.

—Veo que te salen lindos los bebés, dulzura —le comenta a mamá con una palmada en el trasero y ella ríe como una colegiala.

Aprieto los dientes y me vuelvo hacia el pollo, que se está dorando en la sartén.

—Me parezco a mi padre.

Un denso silencio se instala en la cocina. Me esfuerzo por no sonreír y, cuando echo una mirada por arriba del hombro, veo que Pete tiene el ceño fruncido y mamá me observa con ojos asesinos.

—Muy bien. Voy a meterme en la ducha —anuncia Pete.

—Bueno, querido. La cena estará en diez minutos, ¿verdad, Grace?

Como respuesta, revuelvo el arroz con un poco más de energía de la necesaria.

Pete me guiña el ojo otra vez y le da un beso sonoro a mamá en la mejilla antes de desaparecer por el corredor.

—¿A eso lo llamas *tratar*? —pregunta mamá apenas Pete está fuera de vista.

—A eso lo llamo *lo mejor que puedo hacer*.

—¿*Me parezco a mi padre*? ¿Qué diablos fue eso?

Giro para quedar frente a ella, la cuchara cubierta de arroz en la mano.

—¿Qué? *Realmente* me parezco a mi padre.

Hace un gesto de crispación y luego frunce el ceño mientras destapa una Bud Light.

—Por el amor de Dios, Grace. Madura de una vez.

No puedo evitar reír ante el comentario. ¿Madura de una vez? Yo maduré hace mucho tiempo la primera vez que entré en la sala y la encontré inconsciente en el sofá, abrazada a una botella de vodka. Yo tenía ocho años. Era el día de mi cumpleaños.

Al final del pasillo, se abre una puerta con un crujido y luego se cierra de un golpe. Se me hace un nudo en el estómago. Apago las hornallas, paso el pollo a una fuente y revuelvo el arroz mientras mis manos tiemblan con cada movimiento.

—Julian —grita mamá y me estremezco.

—Hola, Sra. Glasser —contesta. Escucho el crujido de uno de los bancos de bar mientras se sienta.

—Ay, querido, llámame Maggie, por favor.

—De acuerdo, Maggie —pronuncia lentamente el nombre usando lo que él cree que es su voz sexy. Mamá emite unas risitas aniñadas. Me doy vuelta y le echo a Jay una mirada asesina y él me guiña el ojo. ¿Qué les pasa a los malditos Lanier con sus malditos guiños y a mamá con sus malditas risitas?

—Cariño, me parece que ya es suficiente —dice mamá por lo bajo.

—¿Eh? —bajo la vista al plato que tengo frente a mí y veo que serví la mitad del arroz de la olla—. Ay, es cierto —devuelvo una parte al recipiente y llevo dos platos a la mesa, golpeando *sin querer* a Jay en la canilla al pasar junto a él. Gruñe, pero no dice nada.

Mamá llena los vasos con té helado, y hasta Jay se digna poner los cuchillos y los tenedores. Dios mío, parece una escena salida directamente de una comedia de 1950. Mamá y Jay charlan y bromean de una forma que solo puede describirse como seductora, y lo hacen de un modo constante. Estoy a dos segundos de arrancarles los ojos a ambos cuando suena el timbre y se abre la puerta. Luca asoma la cabeza y exclama:

—¿Hola?

—¡Luca! —chilla mamá y corre hacia él, lo abraza con tanto entusiasmo que Luca lanza un *uff* y casi deja caer la bolsa manchada de grasa que lleva en los brazos.

—Bueno, hola también a ti, Maggie —su pelo rubio rojizo está más largo que la última vez que lo vi y los rizos apuntan hacia arriba. Lleva su uniforme de verano: camiseta con una frase irónica, traje de baño tipo surfista y sandalias.

—¿Cómo van las cosas con esa chica que Emmy acogió? —pregunta mamá agarrando los brazos de Luca, que ya están bronceados. Salvo los turistas desesperados por el sol, Luca es la única persona que conozco que nada en el mar en esta época del año—. ¿Cómo se llama? ¿Ella?

—Eva. Está muy bien, supongo, considerando la situación.

Mamá se lleva la mano al corazón, y reprimo el deseo de poner los ojos en blanco. *Ya empezamos otra vez*, pienso. Pero después me regaño mentalmente, porque, por el amor de Dios, esta chica Eva acaba de perder a su madre.

—Te parte el corazón —comenta mamá—. Voy a pasar por LuMac's muy pronto para conocerla, ¿de acuerdo? Ahora es nuestra niña, ¿verdad? La cuidaremos.

Luca me echa un vistazo fugaz y luego sigue hablando con mamá.

—Así es, Maggie.

Mi madre esboza una brillante sonrisa y finalmente suelta a Luca, que lleva la bolsa de LuMac's a la mesada y saca dos asaderas cubiertas de papel de aluminio con pizza de papas fritas y una enorme fuente con brownies cubiertos con film transparente. Después me envuelve en un abrazo que casi me ahoga. Tiene un aroma con un dejo a coco, como de pantalla solar.

—Mamá les manda unas cosas ricas —señala, mi rostro todavía sepultado debajo de su axila—. Un regalo para la casa nueva.

—Oh, se lo agradeceré cuando pase por el negocio —replica mamá, pero su postura se vuelve rígida y olfatea los brownies como si esperara que estuvieran rancios o algo así.

—Le encantará verte —agrega Luca mientras me suelta.

Mamá asiente, pero es imposible saber qué está pensando. Cuando Luca y yo teníamos alrededor de cuatro años, nuestras mamás se conocieron en un grupo de apoyo que hacía Emmy para personas cuyas parejas habían muerto en combate. Emmy era psicoterapeuta del comportamiento, especializada en duelo y terapia familiar, y de inmediato se encariñó con mamá. Hasta hizo un par de sesiones privadas con ella. Fiel a su costumbre, al principio mamá se aferró a ella con fuerza, pero se resistió apenas algo se volvió demasiado difícil de enfrentar. No tan casualmente, alrededor de esa época, comenzó a salir con Rob. O tal vez era Rick. Da igual. Adonde quiero llegar es a que la terapia de mamá se puede definir como esporádica. Luego, hace cinco años, el papá de Luca encontró horizontes más prometedores entre las piernas de su secretaria —mi Dios, ese hombre es un cliché andante– y se mudó a California, de modo que Emmy también decidió empezar de nuevo. Dejó el consultorio y abrió LuMac's. Sin la terapia, nuestras madres se relacionaron cada vez menos y los sentimientos afectuosos que compartieron alguna vez se desintegraron cuando Emmy intentó "robarme".

Ahora yo soy la única que está realmente atrapada en las tormentosas aguas de mi madre.

Pero solo por un año más. Eso creo. Diablos, no lo sé. Me dan escalofríos de solo pensarlo, y no me parece que sea nada bueno. Por un lado, solo me queda un año para soportar los desastres de mamá. Pero, por el otro, solo me queda un año para lograr que deje de hacerlos.

Luca me sonríe y robo una papa frita de la asadera de arriba. Un largo hilo de mozzarella se estira hacia mi boca. Oigo un irritante chasquido y, al darme vuelta, me encuentro con Jay que me mira. No, no me mira. Me observa *lascivamente*. Mueve las cejas y chasquea la lengua otra vez. Lo ignoro y, al volver a girar la cabeza, me topo con la expresión irritada de Luca. Meneo la cabeza y él asiente: mi comunicación no verbal, *no le prestes atención*, recibida.

—¿Puedo comer algo de eso, Michaelson? —pregunta Jay estirándose hacia una papa frita.

—Por supuesto, *Lanier*.

Reprimo la risa. Luca odia que los chicos se llamen unos a otros por el apellido: "Ey, mírame, soy demasiado viril para utilizar esos nombres afeminados" repite siempre con una voz exageradamente estruendosa y el pecho hinchado.

Mamá llama a Pete a comer mientras yo observo la sonrisa falsa de Jay y de Luca, y mastico la pizza de papas fritas. Ellos nunca se agradaron, aun cuando Jay y yo estábamos juntos. Ya en ese momento toda la situación era un dolor de muelas, pero todo el incidente de los mensajes de contenido sexual de Tumblr prácticamente consolidó su enemistad, y a mí me parece bien.

—Estoy muerto de hambre —afirma Pete al entrar en la sala, el pelo todavía mojado. Nos sentamos a la mesa y se coloca la servilleta en el cuello—. Se ve genial, Mags.

Mamá sonríe con afectación.

—Gracias, querido.

Me muerdo la parte interna de la mejilla y siento que la mirada de Luca se desvía hacia mí. Él sabe que, si yo no hubiera intervenido, Pete estaría hachando un bulto carbonizado. Pero da igual. Dejemos que mamá juegue a la esposa devota si eso la hace feliz. Dios sabe que no durará mucho.

A continuación, se desarrolla una conversación signada por la cortesía. Mamá le pregunta a Luca por el restaurante, su hermano y la fecha de parto de Janelle, la mujer muy embarazada de Macon. Pete le pregunta a Jay cuándo comienzan a entrenar para los partidos de fútbol americano del otoño. Finalmente, Luca me obliga a hablar al preguntarme acerca del taller de piano de Boston. Un profesor de Juilliard es quien maneja todo. Es un sistema de becas, lo cual significa que, si eres suficientemente bueno como para entrar, todo está pago. Eso también significa que es un gran festival de arrogantes egos. El Sr. Wheeler dice que entré porque tengo el talento suficiente pero, en verdad, entré porque él fue a la secundaria con el director. Así de sencillo. Todos los demás chicos tenían profesores particulares. Yo tenía un reprimido profesor de música de la escuela secundaria y trabajos de medio tiempo. Sea como sea, fui y aprendí una tonelada de técnicas nuevas y recibí algunos consejos increíbles para la audición.

—Es maravilloso, cariño —observa mamá después de que solté algunos detalles.

—Tengo que ponerme a trabajar en todo lo que aprendí —agrego masticando el pollo, que cociné demasiado. Es una extraña mezcla entre seco y gomoso—. Es probable que tenga que afinar… el piano —mis palabras se van apagando mientras echo una mirada alrededor de la minúscula sala—. Un momento.

Deslizo la silla hacia atrás y me pongo de pie. Camino lentamente por la casa mientras mis ojos incrédulos examinan cada rincón.

No. Ella no haría algo así.

—¿Dónde diablos está mi piano? —pregunto cuando termino de recorrer la sala.

Mamá se echa hacia atrás y se retuerce incómoda en el asiento. Pete se retuerce junto con ella. Luca me mira como si esperara que yo fuera a explotar y Jay continúa introduciendo arroz en sus enormes fauces.

—Gracie… —comienza a decir mamá, pero la interrumpo.

—¿Dónde está?

Se pone visiblemente pálida.

—Cariño. Es que… es que no había lugar…

—¿No había lugar? —exclamo, mi voz es un chillido que va en aumento.

—Diablos —masculla Luca por lo bajo.

—También teníamos que tener en cuenta las cosas de Pete y de Jay. Pero no te preocupes. Lo vendí a buen precio.

Casi me atraganto.

—¿Lo vendiste? ¿*Vendiste* mi piano? Tengo una audición en seis semanas.

Se cruza de brazos y lanza un bufido.

—Soy consciente de eso. Todavía tienes tu teclado.

Mis uñas forman semicírculos en las palmas de mis manos cuando las clavo con fuerza. No puede estar hablando en serio. A pesar de mis sentimientos encontrados acerca de marcharme el año próximo, en enero presenté un video en la Escuela de Música de Manhattan. Y no se trata de presentar una solicitud para entrar a esa escuela y luego sentarte en la sala de conciertos y tocarles una cancioncilla. Te tienen que *invitar* a que les toques una cancioncilla y, por un milagro, me invitaron. Mi audición es el 31 de julio, que es la razón por la cual fui al taller de Boston. No es una tontería. Es algo realmente del carajo para pianistas serios. Pensé que mamá lo sabía. Ella me alentó a que presentara el video. Siempre dijo que yo estoy destinada a grandes cosas. También habla de cuando yo sea una distinguida pianista y toque en el Carnegie Hall. Claro que, con el correr de los años, ella dice todo eso agitando la mano, como si estuviéramos decidiendo si hacer pollo o carne para la cena, pero aun así… Y en abril, cuando llegó la carta de Manhattan, chilló y saltó por la cocina de nuestro apartamento y hasta trató de hacerme beber un vino barato con frutas para celebrar. Y más que eso, me *prometió*, una y otra vez, que me llevaría a Nueva York en auto. Parloteó durante días sobre cómo aprovecharíamos el viaje, que sería una escapada de chicas a la gran ciudad. Y ahora está convirtiendo ese viaje en realidad. Iremos de veras. Madre e hija, cumpliendo nuestros sueños. Nuestros deseos.

Entonces, ¿todavía tengo mi teclado?, ¿en serio?

—El teclado cabe en mis rodillas —estallo—. No tiene dinámica ni pedal. Ni siquiera tiene ochenta y ocho teclas. No es un *piano*. ¡No puedo practicar el condenado Rajmáninov con eso!

Jay susurra "maldición" y Pete se aclara la garganta antes de beber un apurado trago de cerveza. Luca mira hacia abajo y se muerde el labio. Mamá echa una mirada por la mesa evaluando la reacción general, para ver cómo responder.

Finalmente, dice:

—Te agradeceré que cuides tu lenguaje.

La miro con la boca abierta.

—Además, cariño, esa cosa siempre estaba desafinada. No se puede considerar una pérdida.

Como siempre, su afirmación está a un pelito de ser exacta. La afinación no era el problema de mi piano. Era la tecla del la, más cercano al do del medio, que zumbaba y, a veces, se atascaba. Pero era un piano de verdad, algo que nunca pensé que llegaría a tener, de modo que me encargaba de que funcionara. Cuando tenía diez años, una iglesia local se estaba deshaciendo de su viejo piano, para hacerle lugar a un hermoso piano laqueado de media cola, de color negro. Mamá regateó con el pastor, desparramando su encanto, y obtuvimos el rayado piano vertical por casi nada. Las teclas estaban amarillas, algunas golpeadas, pero yo lo cuidaba, lo mantenía afinado y era mío. Mi instrumento, mi escape.

—Lo siento, cariño —agrega mamá, apoyando la mano en la parte de atrás del grueso cuello de Pete—. Pero a veces es necesario hacer sacrificios cuando vas a formar parte de una familia.

Sacudo la cara como si me hubiera abofeteado. Pete y Jay tienen la decencia de mirar hacia otro lado, pero Luca me observa con calma, las manos apoyadas sobre la mesa como si estuviera preparado para levantarse y salir disparando, una mano amable guiándome lejos del caos. Ya lo ha hecho antes, distraerme de mis dramas hogareños, o de los mensajes de texto pegados por toda la red, con pizza de papas fritas, guerras de comida y fantaseando con reacomodar los gnomos de la casa de la Sra. Latham en posiciones prohibidas para menores.

Mamá también me observa con expresión regañona. ¿Familia? ¿Sacrificios?

—Grace —prosigue bebiendo un sorbo de cerveza—, no le des tanta importancia a esta cuestión. Es *solamente*…

—Claro. Es solamente música. Ya lo sé.

Mamá alza el mentón desafiante, pero sus ojos se han suavizado. Suplican.

—No quise decir eso, cariño. Ya encontraremos una solución.

—Claro —murmuro, la hija siempre condescendiente.

Normalmente. Normalmente, digo "de acuerdo" con la boca y me quejo de todo dentro de mi cabeza. Normalmente, me mudo al siguiente apartamento, enfrento el siguiente desastre y busco la manera de pagar la siguiente factura.

Pero hoy, ya estoy harta del *normalmente*.

Sin decir otra palabra, le doy la espalda a mamá –a la cena familiar– y desaparezco en mi habitación dando un portazo como lo haría cualquier adolescente normal y sana de cualquier país del mundo.

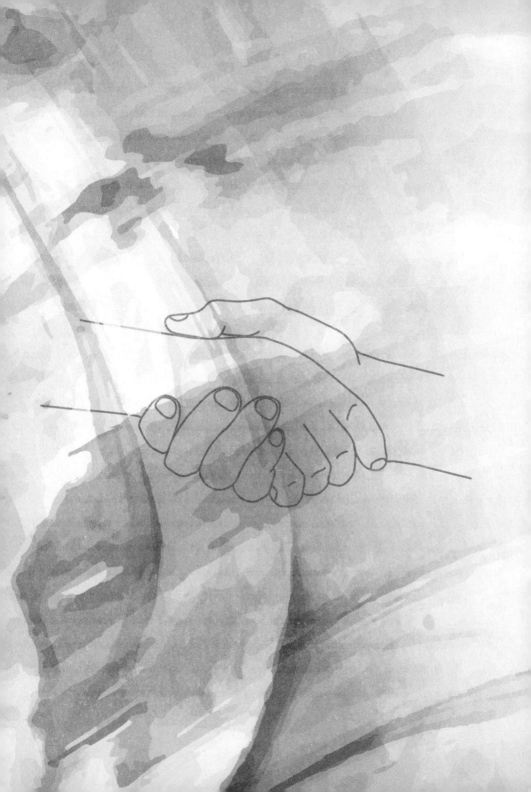

Capítulo
siete

Me pinto las uñas otra vez. Mamá comenzó a pintarme las uñas cuando yo tenía tres años. Me enseñó a hacerlo yo misma a los cinco.

Siempre de violeta oscuro y brillante.

Igual que ella.

—Como hermanas —había dicho, dándole un beso a mi pulgar y cerrando los ojos. Sabía que estaba pidiendo un deseo—. Nosotras pedimos los deseos a la punta de los dedos, no a las estrellas.

—¿Por qué? —le había preguntado, los ojos muy abiertos y todavía un poco enamorada de esa madre loca y hermosa. Mantuvo la mano sobre la mía, mostrándome cómo pintar desde el centro de la uña hacia afuera.

—Porque —contestó lentamente, la lengua apoyada sobre el labio superior, como cuando está concentrada—, si quieres algo de verdad, cariño, las estrellas no te ayudarán. Tienes que estirar la mano y tomarlo.

Ya pasaron varios años desde que nos acurrucábamos en el sofá y nos pintábamos las uñas. Solía ser divertido: reírnos, chismear y crear un espacio fuera de la realidad donde éramos simplemente hermanas, y lo de madre e hija, una ilusión. Pero me cansé de ese guion alrededor de la época en que cumplí doce años, cuando mamá decidió que yo era lo suficientemente grande como para enterarme de sus ocasionales relaciones de una noche entre un novio y el siguiente, algo que una niña que ni siquiera había tenido su primera menstruación necesitaba saber. Además, más allá de mis uñas inmaculadas, el resto de mí —el cabello, los intentos de maquillarme, la ropa— fue un completo y condenado desastre durante los primeros años de la secundaria, hasta que Emmy me enseñó a ponerme rímel y combinar un top con una falda.

Sin embargo, todavía no he sido capaz de quitarme la costumbre de pintarme las uñas aunque, a pesar de la lealtad de mamá hacia el color berenjena, yo incursioné por todas las tonalidades del violeta. Una vez probé el rojo. Otra vez el azul. Pero los otros colores se ven raros en mí, como si fueran las manos de una extraña. Variar de tonalidad es lo más cerca que logré estar de la rebelión del esmalte de uñas.

Esta noche, me pinto con Amanecer Lavanda todas las uñas, excepto las de los dedos mayores. Esas las cubro con un color morado que parece sangre.

—¿Se supone que eso es un sutil *fuck you?* —me pregunta Luca al levantarse de mi cama, donde él estaba entretejiendo unas viejas cuerdas de guitarra para transformarlas en algo que se parece lejanamente a un servilletero. Mi compañera de habitación de Boston tocaba guitarra para descargar la tensión de las ejecuciones de piano y del taller, que era bastante estresante la mayor parte del tiempo. Ella se deshizo de varias cuerdas usadas, pero yo las saqué del cesto de la basura, sabiendo que a Luca le encantarían. Él siempre está creando objetos con materiales totalmente inesperados. Cualquier cosa que pueda doblar, derretir o romper, la transforma en algo extraño y funcional. Después de que se gradúe, Macon y él tienen grandes planes para comenzar algún tipo de negocio de diseño industrial acá en el cabo. Emmy lo presiona para que vaya a la universidad, pero Luca simplemente la ignora.

—¿Demasiado obvio? —pregunto observándolo con una amplia sonrisa mientras él da vueltas por arriba de mi hombro.

De repente, me quita el clip que sujeta mi cabello desordenadamente arriba de la cabeza y todos los mechones me cubren el rostro.

—¡Ey! —le lanzo un manotazo para recuperar el clip.

Se ríe y me da unas palmadas en la cabeza.

—Tienes que pasar mañana por el restaurante. Quiero que conozcas a Eva.

—Dios mío, otra vez con lo mismo —Luca siempre está eternamente enamorado o tratando de enamorarse, o pensando cómo podría desenamorarse para enamorarse otra vez.

—No es por eso —acota.

Esbozo una sonrisa burlona.

—Está bien, tal vez sea un poco por eso, pero solo porque ella es realmente bonita. Pero la vida la cagó de arriba abajo. La mitad de las veces no sé qué decir ni qué hacer. Necesita amigos.

—Amigos.

—Sí, amigos. Tú sabes. Conversación. Tiempo pasado en compañía de otro. Bromas internas. Ese tipo de cosa.

Le lanzo un gruñido, literalmente.

—Calma, chicha.

Gruño con más fuerza.

—No tienen que ser culo y calzón…

—¿Dijiste culo y *calzón*?

Aspira profundamente por la nariz, una señal segura de que estoy fastidiándolo terriblemente. Es tan condenadamente divertido. Además, prefiero no caer en eso. No es que me oponga a la idea de hacer nuevos amigos. Está bien, puede ser que me oponga un poco, al menos históricamente. Y luego está el hecho de que no le conté que ya la conocí. No estoy segura de por qué. Todo nuestro encuentro en la playa me pareció algo así como… no sé. Sagrado. Tuve la impresión de que Emmy y Luca no sabían que Eva estaba llorando en una playa normalmente solitaria, de modo que decido mantener la boca cerrada por ahora. Además, fueron unos pocos momentos, no una amistad.

—Tengo que irme —dice Luca al ver que yo no agrego nada más. Luego coloca la creación hecha de cuerdas de guitarra sobre mi escritorio, toma la lima y los frasquitos de esmalte de uñas, la base y los esmaltes transparentes, y los ubica a todos en su nueva creación con forma de portapapeles.

—¿Vas a estar bien? —pregunta.

Aparto la vista.

—Siempre estoy bien.

Frunce el ceño.

—Luca, estoy bien —me pongo de pie y me estiro—. Solo estoy cansada.

—¿Nos vemos mañana?

—Sip.

Después de que se marcha, espero por lo menos cinco minutos para ver si se escuchan sonidos humanos en la casa.

Nada.

Abro apenas la puerta y me asomo. El pasillo está vacío y tiene un resplandor ligeramente azulado, por la luz de la luna que entra a través de los grandes ventanales de la sala. La puerta de Jay está cerrada y no hay luz en el espacio que está cerca del piso.

Corro hasta el baño de puntillas y cierro la puerta lo más suavemente que puedo. Enciendo la luz y apoyo las manos sobre el lavabo mientras respiro con profundidad por la nariz. La risa sube a borbotones por mi garganta al imaginarme andando a hurtadillas por mi propia casa para hacer pis.

Me lavo la cara con agua fría. Después de cepillarme los dientes, apago de un golpe la perilla de la luz, abro abruptamente la puerta y me deslizo rápido por el pasillo hacia mi habitación.

Pero me estampo contra una pared que apesta a Calvin Klein.

–Ay, maldición, Jay –sus manos se extienden para sostenerme, pero me aparto antes de que pueda tocarme.

–Lo siento.

–Me imagino.

–Grace, no hagas que todo esto sea más raro de lo que es.

Levanto la vista en medio de la penumbra. Él baja la vista hacia mí, sus ojos oscuros me miran con intensidad.

–Yo no estoy haciendo que nada sea raro. En realidad, no estoy haciendo nada porque acá no hay nada que hacer. Nosotros no somos nada. De hecho, esto –agito la mano entre los dos– ni siquiera existe. Es mejor que cada uno se ocupe de sus cosas, ¿de acuerdo?

Intento pasar rodeándolo, pero me detiene.

–No me digas que sigues enojada por lo de Tumblr.

–Jay, ya basta.

–Era una broma.

–Ja-ja.

–A nadie le importan esos estúpidos mensajes.

–A mí me importan.

–¿Así que te importan?

Con la rapidez del rayo, se estira, engancha un dedo en la presilla de mi cinturón y me atrae hacia él.

–Suéltame –digo, tratando de desenganchar su dedo–. Si me rasgas el pantalón, te juro por Dios…

–Vamos, Grace. Tuvimos buenos momentos. No arruines mis recuerdos.

–Tú eres quien los arruinó, idiota –logro finalmente colocar el pulgar debajo de su dedo, lo hago girar y lo desengancho. Me suelta y ladea la boca en una suerte de sonrisa triste, que me hace sentir completamente desconcertada. Cubro esa sensación con una sarta de insultos obscenos.

La sonrisa triste se desvanece.

—Qué boca más sucia tienes —exclama y luego ya está en su habitación, una puerta, aire y varios metros de distancia nos separan, pero parece que nunca serán suficientes.

Me vibra todo el cuerpo a partir del lugar en donde sus dedos me rozaron la cadera. Y no es una vibración buena. Sabe Dios que Jay es capaz de hacerte sentir bien, pero esto está todo mal. La sonrisa triste fue como una cachetada. Sumado a ese dedo enganchado casi agresivamente en la presilla de mi pantalón me hacen sentir mareada. Pero Jay siempre fue un poco confuso. Uno de esos tipos que saben que son atractivos y pueden engancharse a una chica tan solo con una sonrisa despreocupada. Pero cuando tuvimos sexo por primera vez, fui yo quien lo inició. Me preguntó tantas veces si estaba segura que le grité para que se callara y me besara.

Cuando regreso a mi dormitorio, me echo en la cama y examino mis uñas. Como esperaba, el esmalte del dedo índice está saltado, por haber hecho palanca para desenganchar el dedo de Jay de mi short. Estoy a punto de levantarme, para arreglarlo, cuando escucho un *golpeteo*.

Me enderezo, contengo la respiración y presto atención hasta que lo escucho otra vez.

Tap, tap, tap.

Volteo la cabeza hacia la ventana y casi grito al ver un rostro mirándome del otro lado del vidrio.

El rostro familiar de una chica.

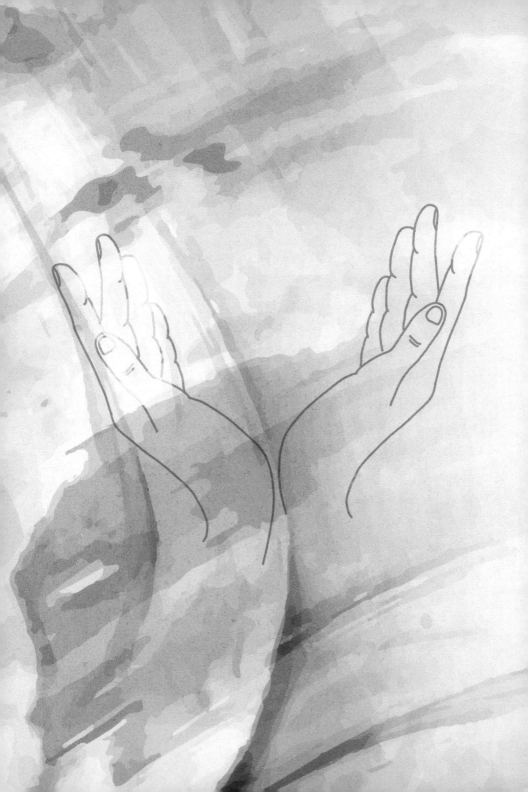

Capítulo ocho

Eva señala la traba de la ventana. La quito instintivamente, más que nada, por curiosidad. Empuja la ventana para abrirla y luego parpadea ante el repentino haz de luz que baña el patio exterior.

—¿Qué diablos estás haciendo? —pregunto mientras desliza su cuerpo por la abertura.

—Emmy me mandó a pedirles una docena de huevos —responde. Se tumba en mi cama y mira a su alrededor, las piernas cruzadas debajo del cuerpo como si yo la hubiera invitado a una maldita piyamada.

—Quiero creer que se trata de una broma.

Sonríe ampliamente.

—Sí, Grace, es una broma.

–¿Sabes que existe algo llamado *puerta*?

Mi tono brota un poco más duro de lo que pretendía, porque Eva deja caer la cabeza, mira hacia abajo y juguetea con un agujero diminuto que comienza a abrirse en la rodilla de su jean negro. Lleva gafas de marco negro, una camiseta negra ajustada y unas All Star negras. Parece que estuviera en una sofisticada misión de espionaje.

–Perdona, es que estoy realmente cansada –digo, echándome en la cama al lado de ella.

–Pero *sí* quitaste la traba de la ventana.

–Una momentánea ausencia de juicio.

–Usaré la puerta cuando me marche.

No puedo evitar reír ante el comentario.

–De todas maneras, ¿qué haces aquí?

–Quería preguntarte si puedo ver el faro.

–Ya lo viste.

–Quiero decir desde arriba.

Me reclino contra el respaldo de la cama y me froto los ojos cargados de sueño.

–Dios mío, ¿quién diablos *eres*?

–¿Acaso ya no había quedado claro? –se señala el pecho–: Eva. –Me señala a mí–: Grace.

–La pregunta tiene un sentido más existencial.

–Ah, bueno, cuando lo averigües, házmelo saber. No tengo la menor idea. Pero mi verdadero nombre es Evangeline, si eso te sirve de algo. Era el segundo nombre de mi madre –su voz al principio burlona y hasta seductora, al final se suaviza, reduciéndose casi a un susurro.

Al ver que no hago ningún comentario, parpadea, aparta la vista y se cruza los brazos sobre el pecho.

Nos quedamos sentadas ahí, ahogadas en un maldito río de incomodidad, durante lo que parece una eternidad. ¿Le digo que lamento lo de su madre? ¿Le pregunto si le gusta el cabo? Estoy a punto de decir algo, cualquier cosa, pero tiene una expresión en el rostro que me detiene. Es la misma expresión que tiene mamá cada diez de noviembre –el cumpleaños de mi padre– y cada veintiuno de marzo –el aniversario de casados–. Es esa expresión que dice *por favor, no menciones el tema*.

–Mira –digo, frotándome la frente con las dos manos–, estoy agotada. El faro es genial, pero es mi primera noche aquí, así que...

–¿Te meteré en problemas?

–No lo sé, ¿lo harás?

Sonriendo, se baja de la cama y comienza a pasearse lentamente por mi habitación, deslizando la mano por encima de mis escasas pertenencias.

–Emmy tiene sueño pesado y, últimamente, no puedo dormir. Además, el mar...

–Déjame adivinar. Te *llamaba, Carpe diem*, baby.

Inclina la cabeza hacia mí.

–Sí, me viene susurrando palabras bonitas al oído desde esta tarde. Tenía que verlo.

Meneo la cabeza, pero la risa bulle dentro de mi pecho.

–Más allá de su irresistible seducción, es *muy* cierto que se ve hermoso bajo la luz de la luna –Eva detiene el recorrido y me mira, apoyando el trasero contra la cómoda–. Ven conmigo.

—Ya he visto antes el mar bajo la luna.

—No conmigo. Ni desde la punta del faro.

En esa tiene razón, pero aun así… Intento buscar una buena excusa, pero algo hace que mantenga la boca cerrada.

Esboza una sonrisa lenta: sabe que me ganó.

Esto es ridículo, me digo a mí misma. Pero, en este momento, necesito un poco de ridiculez. Algo así como arrojarme desde un balcón.

Me bajo de la cama y se endereza súbitamente, lista para entrar en acción.

—Ey, tranquila —digo levantando las dos manos—. Ni siquiera sé cómo se llega allá arriba.

—Hay una puerta —señala Eva—. Cerrada. Pero el actual cuidador del faro tiene que tener una llave.

—No iré a hurgar en los pantalones del novio de mi mamá.

Frunce el ceño, pero se acerca a la puerta.

—Vayamos a echar un vistazo.

Levanto un dedo y escucho durante unos segundos, aguzando el oído para captar música, murmullos leves o crujidos del piso de madera. Nada.

—Está bien. Pero cuando abra esta puerta, mantente callada.

Hace el gesto de cerrarse la boca.

—¿Tú no serás de las que caminan como si fueran elefantes, verdad? Estos pisos son viejos.

—Te aseguro —responde después de unos segundos de silencio, el tono súbitamente fantasmagórico— que tengo el andar de una gacela.

Echo una mirada a sus largas piernas. Hasta cuando está de pie es elegante.

–Mantente callada.

Eva permanece a mis espaldas mientras abro lentamente la puerta. Al notar que cruje, me detengo, y luego trato de abrirla centímetro a centímetro.

–Hará menos ruido si lo haces rápido –susurra y su respiración me hace cosquillas en el cuello.

–¿Tienes mucha práctica en este tipo de situaciones?

–Se podría decir que sí –contesta–. Al menos, últimamente.

Ni siquiera quiero saber qué significa eso, pero estoy empezando a sospechar que deambular por las noches alrededor del cabo podría ser un hecho usual para esta chica desde su llegada al pueblo. *Pasa la mayor parte del tiempo en su habitación* las pelotas, Luca. Emmy enloquecería si lo supiera.

Pero no digo nada de esto. En su lugar, empujo la puerta con fuerza y no hace nada de ruido. Caminamos sigilosamente por el pasillo y casi ni respiro hasta que pasamos el dormitorio de Jay, y nos encontramos sanas y salvas en la sala. La luz de la luna se cuela por los amplios ventanales, rayos plateados en medio del azul oscuro.

–Es tan increíble que puedas vivir aquí –comenta Eva deteniéndose a mirar por el ventanal.

–Sí. Es un maldito milagro –camino de puntillas hacia la cocina. El dormitorio de mamá y Pete está doblando el pasillo, pero como sigo sin oír nada, supongo que están dormidos. Una luz arriba de las hornallas me permite mirar a mi alrededor.

—¿Encontraste alguna llave? —pregunta Eva, apareciendo detrás de mí tan silenciosamente que casi pego un alarido.

—¿Acaso da la impresión de que encontré alguna llave? —levanto las manos vacías.

—Mmm, quisquillosa.

—Mmm, entrometida —pero me estoy riendo. Sigue caminando, sus dedos hacen una delicada búsqueda bajo la luz de la luna.

—Acá —dice, señalando la pared junto a la puerta lateral y me dirijo hacia allí. Tres juegos de llaves cuelgan de sucios ganchos de bronce. Un juego es de mamá, adornado con una diminuta sandalia roja de plástico y con al menos seis llaves diferentes, que actualmente no tienen ningún uso, llaves de antiguos apartamentos o condominios, que nunca devolvió a los dueños. A los otros dos, no los reconozco, pero uno tiene una tosca llave de una camioneta Ford, de modo que imagino que esa es de Pete. El último juego solo tiene dos llaves, con aspecto viejo. No es que parezcan antiguas, sino que tienen mucho uso.

Las saco del gancho y abro el cerrojo de la puerta.

—Vamos.

Afuera, Eva toma la delantera. Hace un frío del demonio. Meto las manos debajo de las axilas y la sigo por el costado de la casa. El viento salado traspasa la tela del top y, después de mascullar unos cuantos insultos, estoy a punto de regresar a la casa cuando llegamos a la vieja puerta de madera en el extremo norte del faro. A mi derecha, la marea se desplaza con toda su fuerza y el océano golpea contra las rocas, que actúan como una barrera entre el agua y el pequeño patio del faro.

—Llaves —pide Eva extendiendo la mano. Las dejo caer en la palma de su mano, y ella mete una en la cerradura, la mueve y luego prueba con la otra. Después de algunos giros y forcejeos, la puerta se abre súbitamente. Una ráfaga de viento frío y húmedo se arremolina en la entrada. En la oscuridad, distingo apenas una escalera caracol con telarañas enrolladas en el pasamanos.

—Es una escena de una película de terror —observo—. Te das cuenta de eso, ¿verdad?

Eva se ríe y me tironea del brazo, empujándome en el interior del oscuro hueco.

Aparte de una caja de herramientas y de una escalera plegada en un rincón, no se ve más que la escalera caracol, de modo que comenzamos a subir. Trepamos y trepamos. El aire se vuelve más húmedo, mezclado con la sal y algo más suave: un aroma a almizcle y a flores, que no puedo identificar.

Está oscuro y, mientras ascendemos, el pozo de la escalera se achica cada vez más. El alivio se filtra dentro de mí cuando llegamos a la punta, pero hay otra puerta cerrada y mi respiración se vuelve entrecortada. Eva juguetea con la otra llave. A pesar del aire frío, su calor corporal es lo único que alcanzo a sentir, y me hace transpirar de esa forma que antecede al desmayo.

Finalmente, la puerta se abre de golpe y salimos bruscamente al balcón circular. El espacio entre la pared y el borde, cubierto con cemento alisado, es de unos noventa centímetros. Arriba de nosotras y durante lapsos de pocos segundos, la luz barre la tierra y el océano, encendiendo la plateada oscuridad con un haz amarillo pálido. Hay un viento infernal y juro por Dios que el faro se balancea como un borracho.

Siento como si se me encogieran los pulmones y apoyo la espalda contra la fría pared blanca. Eva pone un ladrillo, para mantener la puerta abierta antes de ir saltando hasta el borde, enroscar las manos en el pasamanos y observar el mundo. Su cabello danza en el viento, los rizos oscuros se encienden cada vez que la luz roza las puntas.

—¡Esto es increíble! —grita y voltea para mirarme. Su sonrisa se esfuma cuando ve mis dedos aferrados a la pared—. ¿Tienes vértigo?

Meneo la cabeza. No tengo problema con las alturas en general. Pero sí tengo problemas con aquellas alturas que me hacen sentir como si fuera una manzana que se balancea en la punta de un escarbadientes.

Se acerca y ese sutil aroma floral me envuelve otra vez. Como el jazmín debajo del sol primaveral. Se estira hacia atrás de mí y me toma la mano. Dejo que me lleve hasta el pasamanos. Mis dedos se cierran alrededor del frío metal y Eva se acomoda junto a mí, rozándome con el brazo mientras observa esta parte del mundo.

Trato de relajarme y concentro la mirada en el agua, en las rocas que están abajo y en el cielo que está arriba. Trato de vaciar mi mente de Jay, de mamá y de pianos. Extrañamente, después de unos minutos de no hacer nada más que observar, con el calor de Eva a mi lado, lo logro. Mis hombros se relajan y los párpados se vuelven placenteramente pesados, el viento salado y un mar fabuloso emiten un suave susurro.

—No puedo creer que nunca antes haya subido hasta aquí —admito.

Eva ríe.

—Yo tampoco.

—Abajo hay un museo mortalmente aburrido, pero la parte de arriba se cerró al público desde… —una ráfaga húmeda corta mis palabras y mis dedos se tensan en el pasamanos.

—¿Desde cuándo? —pregunta Eva.

—Desde que una joven saltó desde el borde, hace como cien años.

Sus ojos se abren.

—¿Hablas en serio?

Asiento.

—¿Por qué?

—Todo el mundo tiene una historia diferente. Tenía un amante marinero, que murió en alta mar. Su padre era una persona bestial y la obligó a casarse con un compañero de él, que también era una bestia. La pescaron con su novia, y sus padres iban a enviarla a un hospital psiquiátrico.

Eva contiene el aliento.

—¿Es cierto?

Lanzo una risita ligera.

—No lo sé. De ahí surgen todas estas historias contradictorias.

—Dios, es horrible.

—¿Cuál de todas?

—Todas. Y que nadie realmente conozca la verdad, que nadie realmente la conozca a *ella* —echa una mirada al océano, los ojos grandes y pensativos—. Lo que quiero decir es que toda su historia quedó tapada por la manera en que murió. Por eso solo. Eso es lo único que importa.

—Supongo que no —comento. Escuché estas historias millones de veces. El museo del faro tiene llaveritos con la imagen en bronce de una joven con una larga falda anticuada, el brazo de metal extendido como si tratara de aferrarse a algo. Ni siquiera pueden ponerse de acuerdo en el nombre. Harriet. Helen. Hattie. Pero Eva tiene razón. Es triste.

Nos quedamos en silencio durante un rato. A mi lado, Eva inhala con profundidad y luego suelta el aire despacio, su respiración tiene el mismo ritmo que las olas que rompen debajo de nosotras. Trato de pensar en algo para decir, pero, extrañamente, parece innecesario, como si las palabras fueran a resultar invasivas. Es un silencio lleno de paz. Fácil. Y maldita sea si no es agradable disfrutar de algo que sea fácil.

—Me hace sentir segura —señala, apoyando los antebrazos en el pasamanos.

—¿Qué cosa?

—Esto. Estar tan arriba, por encima de todo, rodeadas por la enormidad del mundo. Parece como si mi vida fuera pequeña, ¿sabes? Como si no fuera lo único. Hay mucho más. Se puede ser más, experimentar más. Sentir más.

Respiro el aire salobre y realmente siento que el mundo que nos rodea es grande y que me hace sentir pequeña, protegida dentro de su vastedad. Es extrañamente reconfortante.

—¿Por qué haces eso? —pregunta Eva, interrumpiendo mi calma. Toca el dorso de mi mano y miro hacia abajo, deteniendo mis dedos que habían estado moviéndose silenciosamente encima del pasamanos mientras una silenciosa música brotaba de ellos.

—Ah, *Riverside*.

Gira para quedar frente a mí.

—¿Se supone que eso tiene algún sentido?

Me río.

—En realidad, no. Es una canción de una de mis cantantes favoritas. Ella también es pianista, y esta canción la tengo metida en la cabeza todo el tiempo —no menciono lo condenadamente triste que es. Es más deprimente que el demonio, pero la amo, y amo tocarla. Hasta la canto un poquito cuando no hay nadie cerca. Aunque ahora no he tenido muchas oportunidades de hacerlo, ya que me quedé sin piano.

Estiro los dedos y crujen las articulaciones.

—Ni siquiera me di cuenta de que lo estaba haciendo.

—¿De modo que estabas tocando esa canción, en el pasamanos?

Me encojo de hombros.

—No nota por nota. Está más que nada en mi cabeza. Los dedos se mueven un poquito, aquí y allá. Es más bien un hábito nervioso.

—Parecías muy concentrada. ¿Eres buena?

Me encojo de hombros otra vez.

—Oh —sonríe con lentitud—. Eres realmente buena.

—Es imposible que lo sepas por verme tocar en un pasamanos.

—Claro que puedo —toma mi mano y la apoya en la suya—. Dedos largos, movimientos elegantes. Todos los ingredientes de una excelente pianista.

—Es que los dedos tienen poco que ver. Si no, pregúntale a mi madre. Sus dedos son más largos que los míos y no tiene nada de oído.

Eva sonríe, mi mano todavía en la suya, y desliza el pulgar por la uña de mi dedo mayor, pintada de un tono más oscuro que las demás.

—¿Es eso lo que quieres hacer? ¿Tocar el piano?

Trago con fuerza, el verbo *querer* me confunde. Es difícil querer cosas cuando tienes una vida como la mía. Hasta peligroso. De modo que me conformo con los hechos.

—Tengo una audición en la Escuela de Música de Manhattan a fines de julio.

Alza las cejas.

—Guau. Eso es en serio.

Sonrío.

—Sí, supongo que sí.

—Me gustaría escucharte tocar alguna vez.

—Solo si lo haces conmigo.

Frunce el ceño.

—Yo no toco el piano.

—Pero bailas, ¿verdad? ¿Ballet? Podrías bailar mientras yo…

—No, no podría —voltea la cabeza hacia el océano, su expresión completamente impávida y vacía. El silencio que se instala entre nosotras es tan denso que casi puedo tocarlo.

—Lo siento —murmuro, aunque no sé por qué.

Sacude la cabeza y los rizos saltan alrededor de su rostro.

—Está bien. Pero no me lo preguntes otra vez, ¿de acuerdo? Ya tengo bastante con Emmy.

—¿Qué quieres decir?

—Ella piensa que debo *involucrarme*, comenzar a bailar otra vez. Creo que hay un buen estudio de danza en Sugar Lake o algo así.

—Y tú, ¿no quieres?

No me mira, pero sus ojos se posan sobre el agua con la mirada perdida.

—No tiene que ver con querer.

Otra vez esa peligrosa palabra: *querer*. A mi lado, Eva está rígida, los hombros caídos hacia adentro, hacia el pecho, como tratando de protegerse.

—De todos modos, me gustaría escucharte tocar —agrega, volviendo finalmente su mirada hacia mí.

—¿Por qué?

—¿Por qué no?

—No, quiero decir *por qué*. ¿Qué diablos estás haciendo aquí arriba conmigo en medio de la noche? —me río mientras le hago la pregunta, pero hablo completamente en serio. Esta chica es más que rara, y yo me siento rara a su lado. Sensata y ligera, tensa y nerviosa, todo al mismo tiempo. No me he sentido así con nadie en mucho tiempo.

Desde Natalie.

Me observa durante unos largos segundos. Demasiado largos. De hecho, se toma su maldito tiempo, dejando que su mirada se deslice por mis rasgos como si estuviera memorizándolos. Abre la boca y espero alguna respuesta tonta, una broma tal vez, porque no parece querer detenerse en nada que sea demasiado profundo, pero lo que recibo no es lo que espero.

—Porque me siento desdichada —responde calladamente, los ojos aún clavados en los míos—. Y hoy contigo en la playa, me sentí un poco menos desdichada.

—Oh.

—Sí.

—Bueno, de acuerdo. Pero no tengo más arena encima, por si te agarra hambre.

Se ríe y yo también me río y siento como si me estuviera entregando. A qué me estoy entregando… a una nueva amistad o solamente a un momento en el tiempo con esta chica, no estoy segura.

Pero, por ahora, me parece bien.

Sin hablar, nos quedamos una al lado de la otra, los hombros pegados, mientras el viento se arremolina a nuestro alrededor, observando la negrura barrida por los haces de luz, sintiéndonos pequeñas y grandes al mismo tiempo.

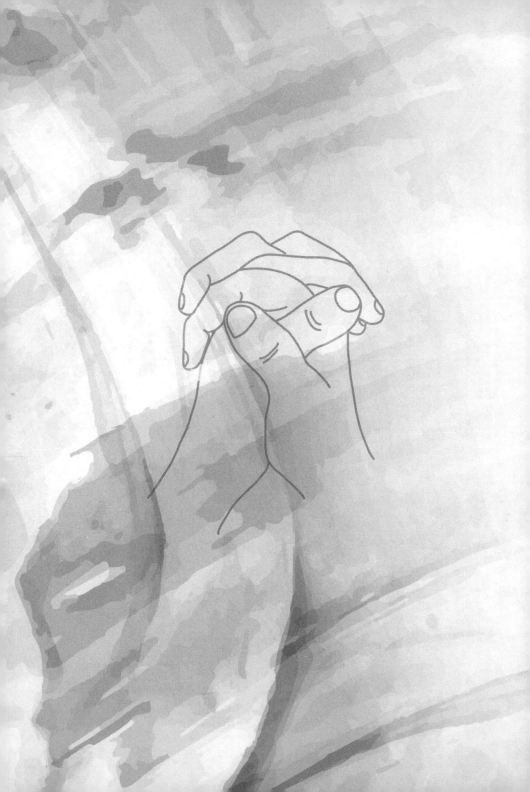

Capítulo nueve

Me despierto sobresaltada. Algo que parece tener el tamaño de una casa aterriza en la cama a mi lado y me sacude de un sueño en el que una chica con un largo vestido blanco se arroja de cabeza desde el faro. Una y otra vez. Se lanza desde el borde, cae en el agua y luego vuelve a subir al faro mientras yo miro desde la playa.

Y justo antes de golpear contra las olas, cada vez, su rostro se transforma en el de mi madre.

—Puf —gimo, frotándome las sienes con ambas manos.

—Despierta, haragana —dice mamá, extendida junto a mí. Indudablemente, no tiene el tamaño de una casa, pero apesta a cigarrillo y a pegamento caliente. No sé qué hora es, maldita sea, pero sí que es demasiado temprano para cualquier cosa que ella pueda querer.

Pero luego desliza unos dedos suaves por mi mejilla y, con el sueño adherido como si tuviera resaca, me acurruco lentamente a su lado. Se acerca un poco más, mete mi cabeza debajo de su mentón y desliza la mano por mi espalda. Mamá es más alta que yo, pero mi cuerpo tiene más relieve, mientras que el de ella es liso y recto. En el raro momento en que nos entrelazamos de esta manera, cuando lo único que hay entre nosotras es sangre y no hombres ni cigarrillos ni cajas sin desembalar, me siento como si fuera una bebita. Su bebita. Mamá tararea una melodía desentonada y dejo que su voz ligera elimine los rastros de ese sueño.

—Necesito que vengas conmigo a LuMac's –comenta rompiendo el momento mágico. Nunca dura mucho.

—¿Por qué?

Se endereza y se acomoda el top de tirantes finitos.

—Porque tengo antojo de una omelette estilo Philadelphia y quiero conocer a Ella.

—Eva.

—Sí, Eva.

—Entonces ve a comer una omelette y a conocer a Eva.

Emite un quejido.

—No puedo ir sola, ya sabes cómo es Emmy. Querrá *hablar* y puf. No puedo lidiar con ella esta mañana.

—Es probable que solo te diga *hola*, mamá. Es educada.

—¡Yo soy educada! Pero siempre siento como si me estuviera juzgando. Como si yo no pudiera hacer nada bien y no sé qué decirle. Tú y yo estamos bien. Siempre estamos bien, ¿verdad?

Emito un sonido ambiguo. No voy a entrar en esa cuestión. Dediqué lo que siento que fueron como diez vidas a intentar que mamá viera cómo me afecta su comportamiento a mí y a otras personas, que no es precisamente saludable comer pan tostado con una Bud Light de desayuno. Pero está totalmente ciega en esta maldita cuestión. Ella es un modelo de madre y de salud mental. Pregúntenle y verán.

—Pero, ay, esta pobre chica Eva —mamá lanza un suspiro melancólico—. Tengo que conocerla, cariño. Además, tú tienes que arreglar tu horario de trabajo, ¿no es cierto?

—Claro, claro. Está bien —me pongo unos shorts y una camiseta negra antes de recogerme el cabello en un desordenado rodete arriba de la cabeza—. De todas maneras, necesito encontrar un piano en algún lugar para practicar —le echo una mirada intensa, pero ella se limita a asentir y a decirme que ¡es una buenísima idea!

En la cocina, Jay está sentado en la mesa sorbiendo el cereal ruidosamente.

Y no lleva más que bóxers.

Aprieto los dientes mientras me sirvo un vaso de agua, pero puedo sentir sus ojos recorriéndome. Mamá le charla seductoramente, riendo y dándole palmadas en los hombros como si él no tuviera diecisiete años ni estuviera medio desnudo.

Trago el agua de golpe, para no vomitar, y salgo por la puerta. Mamá puede seguirme si quiere, pero de ninguna manera voy a quedarme observando lo que rayos esté pasando allí adentro, sea lo que sea.

Mamá me alcanza después de algunos segundos.

—Ni siquiera le dijiste buen día a Julian —comenta mientras enciende un cigarrillo.

—No les digo buen día a los cretinos babosos.

—Pero él no es tan malo. Ha sido muy amable conmigo.

Sí, bueno, anoche casi me arranca la presilla del cinturón. Eso sí que es ser amable.

Las palabras casi se escapan de mi boca. Es algo obvio: contarle a tu madre acerca del chico desagradable que te hace sentir nerviosa en tu propia casa, pero no. Porque sé lo que dirá.

Grace, ahora estás haciendo un drama de nada. Sé que no fue bueno contigo cuando rompieron, pero trata de actuar de manera civilizada, ¿puede ser?

Aprieto la boca con fuerza y la mantengo así las cuatro calles que nos separan de LuMac's.

Lo primero que noto apenas entramos es la decoración. Dos semanas atrás, era un restaurante estilo años cincuenta. Ahora, es un restaurante estilo años cincuenta con una onda industrial. Las creaciones de Luca están por todos lados. Servilleteros de cobre y níquel, un exhibidor de pasteles hecho de hierro soldado, marcos de metal retorcido para las láminas de obras de arte en las paredes. Siempre tenía algunas piezas desperdigadas por el salón, pero ahora es como si un depósito de chatarra hubiera desarrollado su veta artística y luego hubiera vomitado todo en medio de un baile.

Mamá emite un grito ahogado y masculla:

—Bueno, es una interesante opción —pero yo pienso que es recontragenial.

El olor a manteca y a comida frita llena el lugar mientras mamá y yo nos acomodamos en uno de los pocos boxes aún disponibles. Como está comenzando el verano, los turistas están invadiendo el cabo y van en manada a LuMac's a todas las horas del día.

Mi trasero apenas toca el almohadón de vinilo rojo brillante cuando Emmy ya desciende sobre nosotros.

—¡Mis dos damas favoritas! —exclama deslizándose a mi lado. Su largo cabello color anaranjado rojizo está sujeto en su típica e impecable cola de caballo, y sus brazos suaves envuelven mis hombros. Me reclino un poco contra ella. Huele a azúcar y a pan caliente, y se ve exhausta.

—Hola, Em —la saludo mientras mis ojos recorren el lugar en busca de Eva—. ¿Cómo estás?

—Estoy muy bien. Vamos por el camino correcto —deposita un beso en mi mejilla—. ¿Estás lista para trabajar para mí?

—Sip. Solo tienes que decir cuándo.

—¿Qué tal mañana por la mañana? Luca ya habrá terminado de entrenar a Eva. Por supuesto que Macon podría entrenarte, pero está armando nuestro servicio de entrega por internet.

—Sí, suena bien —le sonrío mientras busco alguna señal de que sabe que Eva pasó anoche más de dos horas arriba del faro, como si fuera información que debería llevar escrita en la cara o algo por el estilo. Me hago el gesto de poner los ojos en blanco a mí misma.

–¿Qué tal la nueva casa, Maggie? –pregunta Emmy.

Mamá asiente.

–Maravillosa. Tú conoces a Pete, ¿verdad?

–Sip. Su familia se mudó aquí cuando él tenía alrededor de catorce años, así que lo conozco desde la escuela secundaria. Es todo un personaje.

–Me enamoró por completo, debo reconocer –mamá esboza una amplia sonrisa como si su cuadragésimo romance del año fuera la cosa más adorable que ambas hayamos visto en nuestra maldita vida.

–Muy bien, chicas –dice Emmy–. Háganme saber si necesitan algo durante la mudanza. ¿Sí?

Los ojos de mamá se entornan ligeramente y echa los hombros hacia atrás.

–Gracias, pero estoy segura de que estarás ocupadísima. Creo que lo único que necesitamos ahora es algo para desayunar.

No miro a Emmy, pero el tono de mamá de *vete al diablo* y tráeme algo de comida hace que se me sonrojen las mejillas.

–Por supuesto –replica Emmy con una sonrisa forzada–. Llamaré a Eva. Necesita practicar y sé que estará segura con ustedes –me aprieta el brazo antes de desaparecer en la cocina.

Mamá exhala una gran bocanada de aire, que ignoro. Unos pocos segundos más tarde, Eva brota desde el fondo, Luca le pisa los talones. Ella tiene el cabello recogido en una cola de caballo, unos rizos le caen sobre la cara y está toda vestida de negro otra vez. O todavía. Con esta chica, nunca se sabe.

Se aproximan a nuestra mesa, Luca le habla a mil por minuto y le señala aquí y allá mientras Eva asiente y dice *ajá, ajá.* Cuando me ve, se le dibuja una gran sonrisa en el rostro.

Le devuelvo una sonrisa con la boca cerrada, que dice que estoy fría como un témpano, pero el estómago me da un pequeño vuelco, que ignoro sepultando la cabeza en el inmenso menú de LuMac's.

—¿Desde cuándo tienes que leer con detenimiento las refinadas opciones de nuestro todavía más refinado establecimiento? —pregunta Luca cuando está lo suficientemente cerca.

Le lanzo una mirada asesina desde arriba del mamotreto.

—Desde hoy, supongo.

—¿Entonces *no* quieres crêpes de canela, huevos revueltos y esa repugnante tostada de trigo y frutos rojos que solo se atreven a comer Macon y tú?

Me encojo de hombros distraídamente y continúo examinando el menú que memoricé durante unos dos años.

—Ey, a propósito —agrega Luca—. Ella es Eva.

Alzo la vista y me encuentro con los ojos suavemente entornados de Eva y su pequeña sonrisa. Una sonrisa que arroja la pelota de mi lado. Sería tan fácil decirle a Luca que ya nos vimos. Dos veces. Lo que quiero decir es, ¿por qué diablos no hacerlo? Yo le cuento todo a Luca y, lo que no le digo, lo deduce en un lapso de tiempo ridículamente breve.

Cuando teníamos catorce años, Luca me escuchaba hablar sin parar de Natalie Fitzgerald, la nueva salvavidas de la piscina municipal. Y cuando me pescó observándola, fascinada por la forma en que el sol se reflejaba en sus suaves muslos, me preguntó simplemente qué estaba pasando dentro de mi cabeza. No hizo un gesto burlón ni frunció el ceño ni enloqueció, ni hizo una broma sobre un ménage à trois. Y luego, el invierno pasado, agrandó una copia de la foto de Jay del anuario, y le arrojamos dardos durante horas en el cobertizo, detrás de LuMac's. Él sabía que yo tenía que desahogarme y los dardos eran una opción infinitamente más sabia que prenderle fuego a su equipo de fútbol americano. Una opción ligeramente menos satisfactoria, pero más sabia. Luca sabe todo, ve todo, es absolutamente equilibrado para todo.

Aun así, me agrada ese gran mundo que Eva y yo creamos anoche en el faro. Tan grande que solo había espacio suficiente para nosotras dos, protegidas contra todas las estupideces. Además, Emmy es una persona muy fuerte cuando está enojada; y Eva y yo arriba del faro, más allá de los límites permitidos, somos sin lugar a dudas una buena razón para causar su enojo.

—Encantada de conocerte —contesto y su sonrisa se agranda.

—A ti también.

—Ay, querida —exclama mamá, casi hablando por encima de nosotras, y estira la mano para tomar la de Eva—. Estamos tan contentas de que estés aquí. Tú y yo vamos a charlar muy pronto, ¿de acuerdo?

Espero que Eva frunza el ceño, que retroceda o intente liberarse de los ojos de cachorrito triste de mamá y de su intromisión emocional, pero no lo hace. En cambio, le mantiene la mirada por una cantidad de tiempo que me parece interminable. La sonrisita traviesa desaparece y es reemplazada por algo tan crudo y brutal que casi siento que *yo* soy quien se está entrometiendo.

—De acuerdo. Gracias —dice Eva finalmente con suavidad. Y luego aprieta la mano de mi madre. La *aprieta*.

Mamá asiente y juguetea con los dedos de Eva antes de soltarlos. Pide café y la omelette, de la cual solo comerá un cuarto, afirmando que, sin duda, quiere guardarle un poco a Pete. No sé qué diablos fue esa mirada soñadora que compartieron Eva y mi madre, pero preferiría no pensar demasiado en eso.

—¿Qué te parece la vida en el cabo hasta ahora, Eva? —le pregunto mientras ella anota el pedido de mamá.

—Ah, es fabulosa —responde secamente—. Todos son superamistosos y amables, me muestran los sitios *emblemáticos* y todo eso.

—¿Probaste alguna de las exquiseces de nuestras playas? —pregunto y Luca me mira como si me hubiera salido una segunda nariz.

—Claro que sí —contesta Eva—. Incomparable textura, aunque algo ásperas. Y un poco saladas para mi gusto.

—¿Están hablando de las langostas? —inquiere Luca. Eva y yo nos desternillamos de risa. Me siento un poco mal al engañar a Luca de este modo pero, tarde o temprano, se lo voy a contar.

—Gray —dice con los ojos entrecerrados posados en mí.

—¿Qué?

—Pedido. Comida. Desayuno.

—Perdón, perdón —cierro el menú y dirijo los ojos hacia Eva, que espera con un bolígrafo sostenido en forma dramática, las gafas levemente caídas sobre la nariz. Junto las manos en forma recatada—. Comeré crêpes de canela y huevos revueltos con esa repugnante tostada de trigo y frutos rojos que solo nos atrevemos a comer Macon y yo.

Eva se ríe y mamá me patea debajo de la mesa, pero igual me sonríe. No puede soportar a los que se hacen los graciosos, de eso no cabe duda. Luca se limita a sonreír con suficiencia y manotea el menú de la mesa antes de darme un golpe con él en la cabeza.

—¿Te das cuenta de que ni siquiera lo siento, verdad? —doy unos golpecitos en mi caótico rodete.

—Esto sí lo vas a sentir —se estira por la mesa y me hunde un dedo en el hueco de la clavícula. Como es de esperar, lanzo un aullido y una o dos maldiciones. Eva nos observa, la pequeña sonrisa en el rostro.

—¡Luca, deja de hostigar a los clientes! —grita Emmy desde la cocina.

—Ella no es una clienta… es Gray-Gray.

—Vuelve acá.

Súbitamente, Luca endereza el cuerpo y le hace un saludo militar a su madre, que sonríe y desaparece por el fondo.

—No lo olvides, Gray —agrega Luca—. Fogata, esta noche.

—Ah, mierda.

—Grace, basta de groserías —advierte mamá, echando una mirada a su alrededor como temiendo que el pastor Alan esté escondido en el box de al lado para arrestarme. La ignoro.

—Lo prometiste —insiste Luca—. Además, es la primera fogata de Eva. Le dije que le mostraríamos de qué se trata.

—Es una pila de troncos ardiendo en la playa y todos nuestros compañeros borrachos alrededor de ella… estoy segura de que lo averiguará sola.

—No sé —dice Eva—. Suena bastante complicado.

Una risa brota de mi boca.

—Vamos, Grace. Es una tradición –comenta Luca.

—Está bien. Nos encontraremos ahí.

Levanta los pulgares y se encamina hacia la cocina, pero Eva se queda.

—Voy a ir atrás, para ver si encuentro algo para condimentar tus huevos –dice mientras guarda el anotador en el delantal.

—Que vengan sin algas, por favor.

—Tus deseos son órdenes –sonríe y la observo caminar de regreso a la cocina.

—¿Por qué no quieres ir a la fogata? –pregunta mamá, interrumpiendo mi contemplación.

—No es que *no* quiera ir.

—Estoy segura de que sonó así.

—Acabo de regresar. Estoy cansada –antes de finalizar la frase, ya suena como una mala excusa. La verdad es que me encanta la fogata que hace el equipo de béisbol de la escuela todos los veranos. En mi opinión, son unos tipos raros, que usan calcetines olorosos y están obsesionados por las estadísticas, pero saben cómo se hace una maldita fiesta. El problema es que asiste la escuela completa y yo preferiría evitar el tremendo revuelo que sobrevendrá cuando todos descubran que estoy viviendo con Jay.

Pero qué importa.

Estoy segura de que a nadie le preocupará demasiado. Estoy segura de que Jay estará demasiado ocupado con sus amigos como para prestarme atención. Estoy segura de que mamá podrá desempacar sin problemas mientras yo no estoy.

Estoy segura, estoy segura, estoy segura. Tal vez si lo digo muchas veces, todo eso sucederá, como Dorothy golpeando los tacones uno contra otro y ¡*zas!*, abracadabra, ya estoy en casa.

—Creo que deberías ir, cariño —insiste mamá mientras juguetea con el teléfono—. Mereces un poco de diversión. Además, Pete y yo iremos a Portland.

—¿Qué? —Portland está más o menos a una hora de viaje en automóvil y mamá ya usó un montón de combustible al ir a buscarme ayer a la estación de autobuses—. ¿Por qué?

—Ahí hay una sofisticada tienda de materiales artísticos que hace mucho tiempo que quiero conocer. Ahora finalmente tengo un motivo.

—¿Y cuál es ese motivo? —sé con certeza que no tiene ningún pedido de su tienda Etsy, una tienda de venta online de productos hechos a mano, suministros y artículos retro. Tengo la contraseña y me fijo todos los días, para asegurarme de que no se le escape nada.

—Eva —dice.

Parpadeo.

—Eva.

Asiente mientras continúa toqueteando el teléfono.

—Me parte el corazón, y me doy cuenta de que se siente un poquito… perdida. Tengo algunas ideas de cosas que puedo hacer por ella, cosas pequeñas que la hagan sentir como si estuviera en su casa. Con más apoyo.

—Emmy le da suficiente apoyo, mamá. Es psicoterapeuta especializada en temas de duelo.

Agita la mano y bebe un sorbo de café.

—Eso es puro bla, bla, bla de los loqueros y no funciona, puedes creerme —suspira y su mirada se suaviza—. Es tan adorable, ¿no lo crees? Hija única, no tiene padre, demasiado joven para enfrentar la pérdida de la persona más importante de su vida.

Su voz tiene un tono soñador y la observo mientras toma una servilleta de la genial creación de Luca, los ojos vidriosos con lágrimas verdaderas por una chica que se podría decir que es una completa desconocida. Algo se cierra dentro de mi pecho, se tensa y luego se abre bruscamente otra vez. Yo soy hija única, no tengo padre, soy demasiado joven para enfrentar la mitad de la basura con que tengo que lidiar todos los días. Al menos, pienso que lo soy. Y soy... bueno, *adorable* nunca fue un adjetivo atribuido a mí, pero tampoco soy un maldito monstruo ni nada por el estilo.

Aunque tampoco espero que mi madre note alguna de estas cuestiones.

El año pasado, me regaló dos docenas de rosas rojas para mi cumpleaños. Son mis flores preferidas. Son mis flores preferidas porque siempre fueron sus flores preferidas, y a mí me solía gustar que compartiéramos ese gusto. La mañana del dos de agosto, entró sigilosamente en mi habitación antes de que amaneciera. Mientras dormía, tomó algunas flores, estrujó los pétalos y los desparramó por el piso, cubriendo la raída alfombra con un color hermoso. Luego dividió el ramo en varios más pequeños, los colocó en botellas y floreros antiguos, y los distribuyó alrededor de mi dormitorio. Sobre la mesa de noche. Sobre el escritorio. Sobre la cómoda. Sobre la repisa de la ventana. Dispuso un plato con mis muffins preferidos de calabaza y manzana junto a mi cama.

Cuando desperté, debería haber sido algo perfecto. *Habría* sido perfecto si mi cumpleaños fuera el dos de agosto.

No lo es.

Es el veintidós de agosto.

Me dije que no era importante. Que *la intención es lo que vale* y todo eso. Sabía que las rosas eran caras y que tuvo que encargarlas especialmente. Sabía que era probable que hubiera cocinado esos muffins –lo único que hace realmente bien– después de que yo me había ido a dormir la noche anterior. El día continuó, ella parloteando acerca de mi nacimiento y hasta hablando un poquito de mi padre, de que él lloró cuando me tomó en sus brazos por primera vez y pasó a escondidas una hamburguesa con queso para ella delante de las enfermeras del hospital.

Le llevó casi hasta la hora de la cena –más algunas palabras cortantes a un desconcertado Luca por haberse *olvidado* de mi cumpleaños– darse cuenta de que se había confundido la fecha por completo.

Y ahora, aquí está ella, dispuesta a gastar dinero que no tenemos y cantar el himno de la alegría por una chica que recién acaba de ver por primera vez en la vida real.

De repente, ese mundo grande se encoge hasta quedar del tamaño de un alfiler, y yo estoy dentro de él y soy muy pequeña.

Muy pequeña para mi madre.

Muy pequeña para mi pueblo.

Muy pequeña para este verano, para el próximo año, que me pesa como un abrigo de piel en medio del estío.

Muy pequeña incluso para Luca y su preocupado apretón en el hombro, al ver que no levanto la mirada para hacer contacto con la suya mientras coloca el plato delante de mí.

Nada encaja y, por más que se hagan muchas bromas y aparezcan nuevos amigos y suba muchas veces al faro, nada podrá cambiar eso.

—¿Nos vemos esta noche? —pregunta Luca.

Asiento sin alzar la mirada mientras muevo los huevos con el tenedor y mamá sorbe ruidosamente el café. En realidad, sorbe ruidosamente todas las bebidas. Sus tragos son sonoros, húmedos e irritantes, y el equivalente a las tizas sobre un pizarrón para mis oídos.

Cuando Luca se aleja, levanto los ojos esperando que mamá me esté echando una mirada de preocupación. Pero no es así. Está sumergida en su teléfono mientras bebe el café sin dejar de hacer ruido.

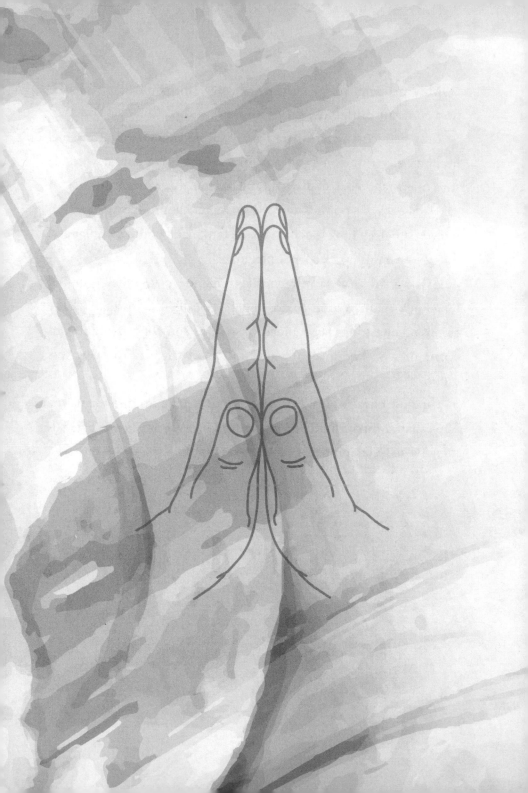

Capítulo

diez

Para cuando llego a la fogata, el sol hace rato que se marchó y la mitad de los invitados ya están borrachos. El tonel de cerveza se encuentra cerca del fuego y hay una banda de tipos que ronda a su alrededor. Un sujeto que, creo, se llama Chad, con brazos del tamaño de mis muslos, comienza a mostrarme cómo usar el tonel, pero tomo mi propio vaso rojo y lo lleno antes de que pueda proferir alguna palabra muy masculina. Me alejo, pero uno de ellos –¿Ernest Vince? ¿Edward Vance? Algo con una E y una V– me agarra la muñeca.

–Ey, Glasser, ¿adónde vas? –pregunta–. Traje el teléfono, así que podemos, tú sabes –sacude la cadera y emite unos ruidos guturales que espero que ninguna chica tenga que oír en la vida real–, enviarnos *mensajes de texto*.

Sus compañeros echan a reír. Desprendo bruscamente mi brazo del suyo, derramando la mitad de mi cerveza con el movimiento.

—Tentador, pero no me interesa la zoofilia.

Enfermedad Venérea frunce el ceño y su pandilla se ríe con más fuerza. Me alejo rápidamente de ellos, pero siento sus ojos clavados en mí mientras camino, y se me enciende el rostro. Ninguno de los mensajes que Jay posteó venía con fotos, gracias a Dios, pero eran lo suficientemente detallistas como para dejar muy poco a la imaginación. Desde entonces, nunca me sentí completamente vestida al estar cerca de alguien de la escuela, de modo que resulta algo muy divertido.

A través de la multitud, suena una música atronadora, que proviene de una fuente difícil de identificar. Todos llevan shorts y suéteres con capucha, aunque algunas chicas insisten en llevar el top del bikini, como para obligar al verano a que aparezca. Buscando a Luca, serpenteo entre cuerpos que se balancean y rocas ocupadas por parejas besándose, los ojos bien abiertos a través de la luz de la luna y de las llamas que ondean en la oscuridad. Inclino el vaso sobre la boca y trago algunos sorbos de una cerveza que no tiene casi nada de efervescencia.

—Este año sabe a pis —comenta Luca a mis espaldas sobresaltándome y, de un resoplido, me sube la cerveza por la nariz. Toso y escupo mientras me palmea la espalda.

—Maldición, Luca —me limpio la boca—. Y también, tienes razón. Pero todas las cervezas saben a pis.

—No la buena.

—¿Y qué diablos sabes tú acerca de la buena cerveza?

—Actualmente, Macon está muy metido en el tema de las cervezas artesanales. Viene cocinando esa mierda en su cocina durante las últimas semanas.

—¿Cocinando mierda? ¿Está destilando cerveza o manejando un laboratorio de metanfetamina?

—Ya conoces a Macon. Un emprendedor nato.

Me río. Claro que lo conozco a Macon. Es cinco años mayor que nosotros y es de esos tipos que son hábiles para todo. En la escuela, siempre obtenía las mejores calificaciones, podía resolver cualquier cosa si le dabas una hora de silencio, y nunca perdió un juego de Trivial Pursuit, porque es un pozo de información inútil. Tampoco fue a la universidad, aunque Emmy le rogó que lo hiciera. En vez de eso, se casó con Janelle, su novia de la secundaria, y permaneció en Cabo Katie ayudando a su madre a manejar LuMac's y a criar a su hermanito igualmente emprendedor. Macon y Luca ya comenzaron a vender algunas de sus extrañas creaciones por el pueblo, pero después de que Luca se gradúe, Diseños LuMac's se lanzará con todo.

Cada vez que pienso en eso, me asalta una leve punzada de soledad. Nunca estuve sin Luca. No más de dos semanas como mucho. La idea de dejarlo —y dejarlo *aquí*, sabiendo ambos que yo cuento con él para que Maggie no se caiga del planeta— me llena de alivio, de mucha culpa y de mucho más miedo. Cada vez que comienzo a entrar en pánico y a dudar si podré irme, si *debería* irme, él suele hacer ese irritante sonido del botón de los programas de entretenimiento.

—¡Eeehhh! ¡Respuesta incorrecta! ¡Prueba otra vez! –grita.

—Por Dios, Luca –suelo replicar yo, cubriéndome los oídos.

—Gray, ambos sabemos que tienes que marcharte de este pueblo. ¿Yo? Yo estoy bien aquí. Estoy contento. No soy un chico de universidad. Pero ¿tú? Tú necesitas esa sala de conciertos y necesitas una maldita vida propia, así que ¡Eeehhh!, ya deja de hablar al respecto.

Y entonces yo dejo de hablar durante una semana aproximadamente y mamá hasta cocina una o dos veces y me compra un nuevo top o algo así. Yo me pongo cómoda, me acostumbro a cierta normalidad, y entonces ¡BAM!, mamá hace algo enloquecedoramente alarmante, como ir al apartamento en donde vivíamos *dos apartamentos antes* y golpear la puerta porque no funciona su llave hasta que la persona que vive allí en ese momento ha llamado a la policía para que se la lleven.

—¿Encontraste un piano? –pregunta ahora Luca.

—Sí. Por suerte. Aunque es un trasto peor que el mío.

—¿Dónde?

—En el Rincón de Libros. Patrick Eisley tiene un viejo piano vertical en el depósito que era de su padre o de su tío o de alguien. A quién le importa. Tiene ochenta y ocho teclas. Estuve practicando un par de horas esta tarde.

Luca hincha las mejillas y luego exhala el aire con un leve *pfff*. Una señal segura de que está reprimiendo alguna *opinión*.

—Ya lo sé –comento–. No tienes que decírmelo.

—Yo no dije nada.

—Pero querías hacerlo.

—Gray, yo siempre quiero cuando se trata de Maggie. Tú sabes que la quiero, pero…

—Estamos en una fiesta, Luca.

—¿De modo que lo que estás diciendo es *cállate y diviértete*?

—Básicamente.

—Puedo hacerlo —me da un golpe en el hombro juguetonamente antes de mascullar—: por ahora.

Los dos bebemos y miramos cómo beben nuestros compañeros, que se van emborrachando con cada nuevo vaso y derraman la mitad del contenido en la arena.

—Ah, finalmente —señala Luca.

—¿Qué?

—Llegó Kimber —arroja hacia atrás el resto de la cerveza y se pasa la mano por el pelo unas cinco veces: señal segura de que se está preparando para un importante galanteo.

—¿Kimber Morello?

—Sí.

—¿Desde cuándo te gusta Kimber Morello?

—Desde que pasó hace unas horas por el restaurante con una falda cortita y un diminuto top con la espalda desnuda.

Le hago una mueca. A pesar de su caballerosidad, Luca es machista. Pero podría salir con alguien mejor que Kimber. Es una chica verdaderamente agradable y una de las pocas que no me observaban con una sonrisita burlona cuando nos cruzábamos por los pasillos después de todo el desastre de los mensajes sexuales. Además, es preciosa, con ese cabello oscuro superlacio que yo moriría por tener, y es una fotógrafa infernal. El año pasado, cuando fui la asistente de Martha Ireland, Kimber era la pasante. Sus fotos espontáneas en blanco y negro eran increíblemente originales.

—Pensé que te gustaba *Eva* —menciono prolongando las vocales del nombre. Kimber divisa a Luca a través de la fogata y le hace una inclinación de cabeza, una clara invitación para que se acerque a ella.

—Yo dije que era bonita… no es lo mismo.

—Por favor. Casi se te cayó la baba cuando me hablaste de ella.

Lanza un resoplido.

—Como sea. Además, no tengo posibilidades, créeme.

—¿Por qué no?

Agita la mano como despidiéndose y da un paso hacia Kimber, pero le sujeto el brazo.

—¿Por qué no tienes posibilidades?

Alza las cejas y le suelto el brazo mientras bebo un poco de cerveza, para ocultar mi interés.

—Porque no —responde—. Si sientes tanta curiosidad, deberías preguntárselo tú misma. Anda por aquí.

—¿Y qué paso con eso de que "le mostraríamos de qué se trata" —pregunto haciendo la señal de las comillas con los dedos.

—Ya tiene todo controlado. Pero ve a ver si está bien. Hazme ese favor. Mamá me matará si Eva se emborracha —me agarra una mano y la lleva a su boca como si tratara de morderme.

Le clavo el dedo índice en el labio inferior.

—¡Ey! ¡Diablos, Gray! Es probable que lo necesite más tarde —se frota el labio y hace una mueca de irritación.

—Entonces, la próxima vez, no metas mi dedo dentro de tu boca.

Se ríe, menea la cabeza y luego su expresión se suaviza.

—Estoy contento de que hayas vuelto.

Veloz como un rayo cayendo sobre el océano, se me hace un nudo en la garganta.

—Claro, claro. Yo también.

Resopla un poco por la nariz, pero asiente. Ambos sabemos que "contentos" no es la palabra exacta para esto.

Kimber lo llama por el nombre y Luca agita la mano hacia ella.

—Tengo que irme. Y tú necesitas un poco de diversión. Ve a emborracharte. Ten sexo seguro.

—Gracias, papi.

Me da un empujoncito en el hombro, pero deposita un beso arriba de mi cabeza.

Y luego se va, el brazo sobre los hombros de Kimber y una sonrisa ya dibujada en los labios mientras se alejan por la playa.

Después de terminar la cerveza, arrojo el vaso en una pila con los demás y busco un rostro familiar entre la multitud. Pero esto es Cabo Katie: muchos rostros son familiares, pero no conozco realmente a nadie. Algunos nombres. Sus pasatiempos. Quién salió con quién durante cuánto tiempo y por qué rompieron. Nada que sea realmente importante.

Voy de un lugar a otro para mantenerme ocupada y parecer interesada, y decido darme un buen cuarto de hora para poder marcharme de acá de una maldita vez. Con Luca ocupado en otra cosa, no se dará cuenta, y me habré quedado lo suficiente como para poder decirle mañana "¡Dios mío, *claro* que vi a Melody Caruthers vomitar encima de Layla Simms!". El olor pestilente de Melody flota en el aire marino, y estoy a punto de salir huyendo a casa cuando escucho que brotan risas cerca de la fogata. Suenan masculinas y ávidas. Paso alrededor de una Layla empapada y llorosa en mi camino hacia el fuego, mientras la música se entrelaza con el aire arenoso.

La veo antes de registrar cualquier otra cosa de lo que está sucediendo. Se halla arriba de una vieja mesa de picnic, bailando con otras chicas. Lleva un top negro sin mangas de tela vaporosa y shorts blancos, su piel suave emerge por todos lados. La luz del fuego hace brillar su cabello y tiene los ojos cerrados, pero no sonríe. Sus movimientos no tienen nada que ver con el ballet –los golpes del bajo y los ritmos electrónicos no son exactamente elegantes–, pero los balanceos de su cadera y de sus hombros son fascinantes.

—¡Así se hace, maldita sea! ¡La nueva chica exótica sí que sabe cómo moverse!

La voz familiar me aparta abruptamente de mi observación. Jay golpea las manos arriba de su cabeza, la mirada hacia arriba mientras sus ojos vagan por el cuerpo de Eva. Sus amigos increíblemente idiotas se codean y se ríen, pero no se miran entre sí. Solo la miran a ella. Apuntan sus teléfonos hacia ella. Le gritan. Silban. Jay estira la mano y la desliza lentamente por la pantorrilla de Eva. Ella se aparta un poco y se tambalea lo suficiente como para que yo me dé cuenta de que su contacto la perturbó.

Jay, alguien que no soporta que lo ignoren, se trepa a la mesa de un salto y comienza a moverse. Dios mío, no tiene nada de clase, pero sí sabe sacudir la cadera. Se acerca más y apoya el estómago contra la espalda de Eva. Los ojos de ella se abren bruscamente, la boca se parte de la sorpresa. Él le sujeta la cintura y trata de balancearse con ella. Al principio, Eva lo sigue, pero su sonrisa se tensa y desaparecen todos sus movimientos previos, llenos de espontaneidad.

Luego, súbitamente, no puedo verla. Uno tras otro, los varones suben a la mesa y se desparraman por encima de la superficie como un ejército de hormigas. La rodean, agitando las manos en el aire, contoneando la cadera, las risas resuenan en el viento. Eva ha desaparecido por completo.

¡Grace!

La súplica de mamá reverbera dentro de mi cabeza y me pierdo en el recuerdo. Mis pies aplastan el piso cubierto de cáscaras de maní, el hedor a sudor y a cerveza me produce escozor en la nariz, la masa de cuerpos empuja y se acerca cada vez más.

¡Gracie!

Muy cerca del cabo, en un pueblito llamado *Sugar Lake*, hay un bar de mala muerte que mamá le encanta frecuentar. *Ruby's* se llama, como si fuera una refinada piedra preciosa en bruto. No lo es. Solía ser una semidistinguida discoteca allá por los años ochenta, pero ahora es un antro total. Si mamá se siente sola o rompe con su último novio o nos echan de un apartamento porque no pagamos el alquiler, suele terminar ahí, borracha como una cuba y toqueteándose con algún sujeto asqueroso en un rincón oscuro. Una vez, durante el invierno pasado, fui con ella. Estaba particularmente perturbada por haber roto con un sujeto cuyo nombre ni siquiera recuerdo. Me senté en la barra a tomar ginger ale mientras ella bailaba y bebía. Al menos, de esa manera, estaría segura de que mamá regresaría a casa. Pero se hacía cada vez más tarde, ella estaba cada vez más borracha y los tipos cada vez más toquetones. Cerca de las dos de la mañana, fui al baño. Cinco minutos después, no podía encontrarla. Estaba en medio de una pared de hombres, cuyos cuerpos se iban acercando cada vez más a ella al ritmo de la música.

Al principio, ni estaba segura de que estuviera allí dentro, pero después escuché mi nombre, una súplica débil y aguda que se elevaba desde el interior de esa enorme masa aturdida. Me abrí paso a los codazos, soportando varios pellizcos en el trasero por el camino, y la saqué de ahí.

Primero se reía y luego lloraba, y yo nunca me sentí más aterrorizada. Hacía varios meses que mamá no volvía allí… al menos, que yo supiera.

Después de eso, decidí no ir a la universidad. De ninguna manera. Mamá no *sobreviviría* físicamente sin mí, y hay un centro de formación profesional superior en Sugar Lake. Suficiente para mí.

Luca está completamente en desacuerdo.

Un grito de la multitud me trae otra vez a la fogata.

Los dientes apretados, avanzo entre la gente, agitando los codos y lanzando insultos a mi paso. Cuando llego a la mesa, salto y empujo con más fuerza hasta que encuentro a Eva, que se halla en el centro. Está intentando no demostrar lo molesta que está mientras arrastra los pies y aparta con gentileza las manos de los chicos. Por fortuna, Jay tiene las suyas a los costados porque, de lo contrario, lo castraría aquí y ahora. Aun así, Eva se ve completamente asustada. La tomo del brazo y jalo hasta que casi se cae de la mesa. Aterriza de pie y la empujo delante de mí.

—¡Ey, Grace! —me grita Jay desde atrás, totalmente abstraído—. ¡Ven a bailar!

Lo ignoro y mantengo la mano en la espalda de Eva mientras la guío a través de la embobada multitud. Algunos ríen. Otros echan miradas de deseo. Otros ni siquiera notan nuestra presencia, pero yo continúo moviéndome hasta que llegamos al borde del grupo.

Al pasar por una refrigeradora, tomo dos botellas de agua, pero sigo caminando hacia el mar. La adrenalina zumba en mis oídos y en mi pecho, y las puntas de mis dedos burbujean como si hubiera inhalado mucho oxígeno.

—Dios, eso sí que fue una locura —exclama Eva, respirando con dificultad.

Abro una de las botellas y tomo un buen trago, el frío es una conmoción para mi garganta áspera por la arena. Y no me detengo.

—Ey, Grace. Espera un momento.

Una mano en el brazo me hace girar. Tiene los ojos enrojecidos, el rímel corrido, el cabello despeinado. Es todo muy familiar. Es muy fácil para mí hacerme cargo de la situación. Es muy difícil para mí darle la espalda.

Me doy vuelta otra vez.

—No seas así, Grace.

Pero no hay nada que decir, porque si a ella le agrada esa clase de diversión, la que es básicamente un espectáculo para idiotas y un bálsamo para aliviar alguna herida oculta, mejor para ella, pero que no cuente conmigo. Porque eso es lo jodido de tener una madre como la mía. Los límites se vuelven borrosos. La mayoría de las veces, mis intentos de ayudar a Maggie con cualquier cuestión relacionada con uno de sus novios termina en un regaño muy severo seguido de lágrimas, coronado por otra ronda de ¡No es *asunto tuyo, Gracie!*

De modo que sí, todo esto es tremendamente familiar, maldita sea.

—Tengo que irme —digo.

—Grace, espera. Por favor.

En este momento, lo único que quiero es irme a casa —donde sea que esté mi casa en este instante— y acurrucarme en la cama de mi madre. Tal vez hablar con ella un poco más acerca de Pete y Jay, y hacer que entienda, porque yo siempre, siempre, espero que algún día ella entenderá.

Pero no está ahí.

Mamá está en Portland, comprando un montón de tonterías para… bueno, una chica que no soy yo. El recuerdo hace que me detenga y volteé para mirarla, a esta chica que no soy yo.

—¿Qué? —pregunto.

—¿Estás enojada conmigo o algo así?

—¿Eso crees?

No es su culpa que una banda de imbéciles haya decidido intentar bailar con ella. No es su culpa que haya perdido a su madre. No es su culpa que yo presienta que mi madre se está aferrando a ella, atrayéndola como su nueva tragedia preferida.

–No –respondo en voz baja, tratando de convencerme a mí misma–. No estoy enojada. Solo estabas bailando.

Se relaja visiblemente y se pasa la mano por el cabello. El movimiento aplasta los rizos hasta que aparta la mano y los rizos se levantan otra vez.

–A eso yo no lo llamaría *bailar*.

–¿Cómo lo llamarías?

Se encoge de hombros.

–Fingir que bailo –exhala una bocanada de aire mientras se sienta en la arena. Delante de nosotras, el mar golpea contra la orilla mientras la marea sigue creciendo. Eva parece tan pequeña, como despojada de todas las bromas y de la temeridad que me condujeron a la punta del faro.

Excepto la soledad. La soledad todavía la envuelve por completo.

Me siento junto a ella, abro su botella de agua y le codeo el brazo hasta que la toma y bebe unos sorbos.

–Gracias por ayudarme –murmura–. En serio.

–Está todo bien –digo, pero sé que estoy mintiendo. Puedo sentir una bola de ira –*algo que no está bien*– enroscándose en mi pecho. Pero la ira no es contra Eva, sino contra mi madre que, lentamente, me está volviendo inhumana. Insensible y fría.

–Ey –me toca el brazo y levanto los ojos hacia los de ella, que están un poco enrojecidos–. Hablo en serio. No he ido a muchas fiestas, y tú recién estuviste fantástica.

Tengo mucha experiencia, tengo ganas de decir. Pero no lo digo. No puedo. Eso implicará preguntas. Y las preguntas implicarán tener que dar explicaciones sobre mi madre, mi vida, y eso es algo que prometí no hacer con nadie, excepto con Luca; y compartir todo eso con él, a veces, ya es muy difícil. Siento que hablar de mamá es como una traición. Todo suena tan trágico, tan trillado, como salido de una película romántica y empalagosa de televisión. Y mi mamá... bueno, es mi madre. Y las cosas no están tan mal. *No están tan mal.*

–Bueno –decido decir. Un comentario muy profundo, lo sé.

–¿Conoces a ese tipo? ¿Jay?

Lanzo un resoplido.

–Sí. Se podría decir que sí.

–Olía a pollo asado.

Me río.

–Dios mío, es cierto. Siempre huele así cuando bebe y se vuelve loco. Es como si toda la carne que hubiera comido le saliera por los poros cuando transpira. Es muy raro.

–Y totalmente desagradable.

–También eso.

–Dijo que yo era exótica. Odio que me digan eso.

Inclino la cabeza hacia ella.

–¿Por qué?

Menea la cabeza.

–Parecería que tener un padre blanco y una madre negra significa tener tres piernas y plumas. Soy birracial, no una especie rara de una isla despoblada.

–Bueno, Jay es un idiota. De modo que es probable que piense que eres literalmente una especie rara de una isla despoblada.

Eva se ríe y resopla, y se atraganta un poco con el agua.

—O es un blanco idiota, por derecho propio, de Estados Unidos, y está cachondo.

—Eso ni lo dudes.

Nos reímos un poco más, bebemos un poco más, observamos el ir y venir del mar un poco más. No estoy segura de cuánto tiempo pasa antes de que se me ocurra llenar el silencio con una gran estupidez.

—¿Así que nunca conociste a tu padre?

Respira profundamente.

—Perdona —agrego—. No debería haberte preguntado eso.

—No, no. Está bien. Solo me sorprendiste. No sabía que estabas al tanto.

—Luca me lo dijo.

—Entiendo —se lleva la botella de agua a la boca y la bebe hasta terminarla—. Y no, no lo conocí nunca.

—¿Ni siquiera sabes quién es?

—Sé cómo se llama. Es un tipo blanco, con quien mamá hizo una gira cuando bailaba para una compañía de ballet de Filadelfia.

—Oh, el mío también —comento—. Me refiero a que mi padre era un tipo blanco, no a que fuera bailarín. Y no era un tipo cualquiera. Lo que quiero decir es que mi madre estaba casada con él. Ay, perdóname. No debí haber tocado este tema.

Se ríe un poco ante mis balbuceos.

—Está bien. Y sí, claro que me imaginé que tu padre sería un tipo blanco —señala mis brazos de una palidez extrema—. De todos

131

modos, mis padres no estaban casados y supongo que él no quería comprometerse, de modo que mi mamá no puso el nombre de él en mi partida de nacimiento. Recién me dijo cómo se llamaba el año pasado.

—Debe haber sido muy duro para ella, tener que hacer todo sola.

—No tuvimos problemas. Pero en aquellos tiempos, fue duro, pienso. Y después su compañía se enojó ante el hecho de que hubiera quedado embarazada y la echó.

—¿En serio? ¿Pueden hacer eso?

Se encoge de hombros.

—Lo hicieron de todas maneras. Desde el principio, mamá no era la preferida. Más bien, tuvo que abrirse paso en la compañía con mucha dificultad, aun cuando fuera una de las mejores bailarinas.

—¿Por qué?

Me echa una mirada que dice que la respuesta es obvia y apoya las puntas de los dedos sobre mi muñeca, su piel todavía más oscura al contrastar con mi palidez.

—Ah —musito suavemente.

Agita la mano y luego coloca los brazos alrededor de las rodillas.

—Me tuvo a mí y abrió un estudio con un par de amigos de la universidad. Desde entonces, siempre estuvimos las dos solas. Creo que conocer a mi padre ahora no haría más que confundirme.

—¿De qué manera?

—No sé. Lo que quiero decir es que es blanco y es un hombre. Tal vez sea un excelente ser humano, pero ¿cómo podría yo saberlo? Por supuesto que tengo curiosidad. Pienso mucho en él y quizás algún día lo busque, pero pienso que no haría más que... complicar la manera en que me veo a mí misma. Así como están las cosas, ya es bastante difícil.

—¿Qué es difícil? Me refiero a la forma en que te ves a ti misma.

Sonríe, pero sin alegría.

—Las voces de otras personas pueden ser muy fuertes. Cuando era pequeña, casi nadie tenía mi apariencia y yo le contaba a mi madre todo lo que escuchaba que la gente decía en la escuela y en las clases de danza. Ella se ponía furiosa. Fue realmente muy buena para reforzar mi personalidad, señalándome todo lo bueno que tiene ser quién soy, ser yo. Y lo logró. Me gusta cómo soy, en serio. Pero todavía soy... —aprieta los labios y aparta la mirada—. Es que a veces es duro. Eso es todo. Me pongo muy ansiosa, como si hubiera demasiadas cosas dentro de mi cabeza, demasiado que sentir. Yo siempre fui así, incluso antes de que mamá... De cualquier manera, no podrías entenderlo de verdad.

Frunzo el ceño porque *quiero* entender. No, no soy negra, mi mamá no está muerta y no tengo idea de lo que es eso, pero siento este extraño tirón en el pecho, como un gancho que me empuja hacia ella. Como si una parte fundamental de mí, aunque tenga una experiencia distinta de la de Eva, *sí* entiende. Necesita entender.

—Por eso me gusta pintar —agrega—. Me relaja, desacelera mis pensamientos y hace que todo tenga sentido. Colores, líneas, dibujos. No importa cuán elaborados sean, siempre tienen un orden.

—A mí me pasa lo mismo con el piano.

Asiente.

—Solía pasarme lo mismo con el ballet. Me gustaba que tuviera método, ¿sabes? La coreografía, las posiciones, la técnica, el ritmo de la música. Y que igual yo tuviera muchísima libertad para…

—Convertirlo en algo tuyo.

Me sonríe.

—Exactamente.

—Y el ballet, ¿ya no te produce eso?

Se encoge de hombros y aparta la vista.

—También hay mucha libertad en esto de colorear.

Su respuesta huele a cuento chino, pero no la presiono.

—Me parece que debería probar.

—Hazlo. Preferentemente en un día ventoso en la playa.

—Con un poco de manteca de maní.

—Siempre con manteca de maní —sonríe, apoya la mejilla sobre la rodilla y me observa—. Ahora háblame de ti. ¿Dónde está tu papá?

—Ah. Murió en Afganistán.

Abre los ojos muy grandes.

—Lo siento.

—Está bien. Yo tenía dos años. En realidad, no lo recuerdo.

Asiente y nos quedamos en silencio. Estoy segura de que está pensando en su mamá. Quiero preguntarle más, preguntarle si ella está bien, preguntarle qué puedo hacer, pero todo suena muy predecible. Además, yo llevo años tratando de ayudar a mi madre con su dolor. *Tú no entiendes, Grace. No comprendes*, siempre decía cuando estaba sufriendo realmente. Y tal vez sea así. Tal vez no pueda. Existe una diferencia abismal entre perder a alguien a quien nunca conociste de verdad y perder a alguien que abarcaba todo tu mundo.

—¿Por qué Luca no tiene posibilidades de salir contigo? —pregunto finalmente. En apariencia, cuando el silencio se vuelve muy opresivo, me gusta vomitar preguntas ridículamente incómodas.

Abre los ojos sorprendida, pero una de las comisuras de sus labios se tuerce en una sonrisita.

—¿Él te dijo eso?

—Sip.

—Maldito sea. Ese chico está arruinando mi mística.

Se ríe y me río, pero no me mira. En cambio, apunta la vista hacia el agua. A pocos kilómetros, un rayo amarillo anaranjado del faro se balancea sobre las olas y ella lo sigue con la mirada.

Sube, se desliza y se aleja.

Sube, se desliza y se aleja.

Escucho que toma aire, como si fuera a hablar, pero las palabras no llegan.

Hasta que lo hacen.

—Me gustan las chicas, Grace.

Sus palabras parecen aletear en el viento, sacudirse de un lado a otro, hasta aterrizar en medio de nosotras.

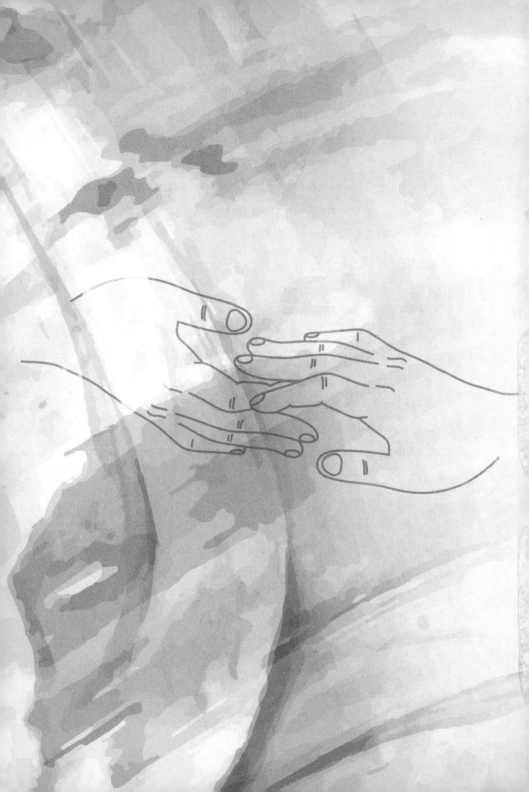

Capítulo once

Me gustan las chicas, Grace.

Sí, claro, ¿a quién no?, pienso en primer lugar. Porque eso es exactamente lo que mi madre me dijo una vez, su réplica *tan* maternal a una confesión muy similar.

Me gustan las chicas, Grace.

La miro a Eva, la forma en que se muerde el labio inferior y se concentra en los remolinos que dibuja en la arena, mientras el nerviosismo desciende de ella en oleadas. Aun así, su boca se tuerce en una ligerísima sonrisa.

Mi mente se detiene y retrocede tres años hasta Natalie Fitzgerald, la salvavidas de dieciséis años de la piscina municipal del cabo. Todos los chicos la adulaban, le llevaban refrescos y se ofrecían a esparcir por su espalda una capa de pantalla solar con factor de protección 40. Las chicas iban temprano a la piscina, para poder verla llegar y captar un vistazo del atuendo de moda que llevara sobre su traje de baño enterizo color rojo.

¿Yo? Me encontraba en el medio. Siempre había estado con chicas. Durante mucho tiempo, cuando era un poco más pequeña, pensaba que era así como las chicas veían a las demás chicas: con una mezcla de entre belleza, fascinación y curiosidad, con una fina capa de deseo por debajo. Me tomó hasta los catorce años descubrir que no, que la forma en que yo veía a las otras chicas era un poquito distinta.

El cabello negro y largo de Natalie le caía en forma de cascada por la espalda. Siempre lo llevaba suelto, aun cuando estaba de turno, y su cuerpo bronceado era suave y esbelto, de años de formar parte del equipo de natación. No podía evitar observarla cada vez que se levantaba de la silla para revisar los niveles químicos de la piscina, cada vez que se arrojaba al agua en el horario de natación para adultos. Si ella se estaba moviendo, yo estaba observando, y algo se agitaba muy abajo en mi estómago. La misma sensación que yo sabía que también se encendía en la panza de Luca, cuya boca se mantuvo abierta prácticamente todo el verano.

No le hablé de los pensamientos que se arremolinaban en mi cabeza al pensar en Natalie, ni siquiera cuando los tres entablamos esa amistad que se limitaba a la piscina, pero él igual preguntó. Así era Luca, así es y así siempre será.

—Así que te gusta Natalie, ¿verdad? —había preguntado un día caluroso. Yo acababa de desplomarme otra vez en la toalla después de que Natalie me había llamado para que fuera a su silla, para escuchar en su teléfono a un nuevo cantante que le gustaba.

—¿Qué quieres decir? —le había replicado.

Ladeó la cabeza hacia mí.

—Natalie. Te *gusta*.

—Hum… —pensé negarlo, solo porque no estaba segura de *qué* sentía exactamente. Pero después su pregunta resonó dentro de mi cabeza al captar un vistazo de Natalie levantándose el tirante del traje de baño, que se le resbalaba constantemente. Se me secó la boca y sentí que el corazón me pesaba dentro del pecho.

—Sí, creo que me gusta —había murmurado con suavidad.

Luca asintió y sonrió, como si fuera lo más natural del mundo. Y, para mí, supongo que lo fue.

Al final del otoño de ese año, se mostró bastante desconcertado cuando empecé a salir y a enredarme con chicos, pero ellos también me gustaban. Me llevó varias conversaciones con Luca —los dos sentados con las piernas cruzadas sobre su cubrecama de *La Guerra de las Galaxias*— para que lo entendiera. Para que *yo* lo entendiera.

—¿Grace besa a chicos solo porque piensa que debería hacerlo? —le había preguntado a una Bola 8 Mágica, sacudiéndola tan enérgicamente que hizo vibrar toda la cama. Teníamos quince y yo acababa de besar a Nate Landau en una fiesta, el fin de semana anterior. Luca hizo una mueca ante la respuesta de la bola y luego me la mostró.

Mis fuentes dicen que no.

Yo me había reído y le había arrebatado la Bola 8 de las manos.

—¿Luca todavía se chupa el dedo cuando duerme?

Sin ninguna duda.

Luca lanzó un fingido suspiro de sorpresa y me quitó la Bola 8. Luego esbozó una gran sonrisa, que se desvaneció con rapidez.

—En serio, Grace. Ayúdame a entender esto.

Resoplé ruidosamente, me acosté en la cama y me quedé observando el techo, para no tener que ver la mirada vehemente de Luca.

—Me *gusta* besar a los chicos, ¿de acuerdo? —y me gustaba. Sigue gustándome.

—Entonces, ¿no eres gay? —preguntó.

Recuerdo haber parpadeado como un millón de veces, las rugosidades del yeso del cielorraso titilaron en mi vista. En mi cabeza, di vueltas varias veces esa palabra y todo lo que ella implicaba. No encajaba. No definía quién era yo y eso expresé.

—Muy bien —admitió Luca—. Pero ¿habrías besado a Natalie? Quiero decir, ¿si ella hubiera querido?

Dios mío, de solo pensarlo, se me erizó la piel de los brazos. Toda esa suavidad. Esa perfección.

—Sí, sí. Lo habría hecho sin ninguna duda.

Sus ojos se concentraron en mí. No era una mirada moralista, sino curiosa y… típica de Luca. Me observó unos segundos antes de dibujar una amplia sonrisa y tamborilear el dedo en el mentón.

—Sabes algo, creo que existe una palabra para eso.

Aparté la vista y me subió el color a las mejillas, pero no de vergüenza, sino por *saberlo*. Por darme cuenta, porque también estaba muy segura de que existía una palabra para eso.

—Eres una niñita bisexual —y aunque mi estómago me dio un vuelco mientras un débil *sí* zumbaba por mis venas, me reí de la forma en que Luca trataba de asegurarse de que yo no me sintiera incómoda, deslizando algo desenfadado en medio de una gran verdad. Se estiró y me dio una palmada en el hombro, pero yo lo esquivé y lo miré con los dientes apretados.

—Niñita bisexual y mala.

La conversación derivó en risas y coscorrones, y eso fue todo. Luca nunca me hizo sentir rara por eso. Nunca me cuestionó cuando salía con chicos. Nunca arqueó una ceja de manera inquisitiva cuando me quedaba mirando demasiado tiempo a una chica bonita. Me dejó ser quien soy. Y yo supe que la palabra me iba bien. Era correcta. En realidad no era una etiqueta, sino más bien, una forma de comprenderme a mí misma.

De todas maneras, nunca había salido con una chica. Ni siquiera había *besado* a una. Antes y después de Natalie, habían existido algunas en el pueblo y en la escuela que me hicieron sentir lo mismo que ella, al menos físicamente, provocando fantasías durante la escuela y durante esos tranquilos momentos sola en la cama, el cuerpo tenso con pensamientos a los que me resultaba tan fácil y natural entregarme.

Con las pocas chicas por las que me había sentido atraída, siempre existió un juego de adivinanzas. Y nunca había recibido más que una onda amistosa de todas ellas. Diablos, esa onda la recibí muy raramente. Como dijo ayer Eva, a veces puedo ser un poquito quisquillosa. Después de todo, *soy* hija de mi madre. De cualquier manera, puedo afirmar con maldita seguridad que no hubo ningún amorío con ninguna de ellas. Jay me derretía con solo sonreírme desde el otro extremo de la cafetería, pero no estaba enamorada de él. Ni siquiera estoy segura de que *puedo* enamorarme. Lo único que sé es que nunca existió *nadie* que me intrigara lo suficiente como para querer averiguarlo. No desde Natalie.

Hasta ahora.

Quiero decir… ¿será posible?

Dios mío, estoy confundida, porque, como ya dije, con las chicas siempre existe ese juego de adivinanzas. Una constante pulseada entre tener esperanza y destruir esa esperanza, para evitar una decepción. Aunque tal vez, solo sea yo.

Aprieto la frente con los dedos, para tratar de volver a acomodar la mente y pensar en un comentario brillante y afirmativo ante la confesión de Eva.

Pero, en su lugar, *Ah* es la única réplica elocuente que brota de mi boca.

A mi lado, Eva se pone tensa.

—Eso te… ¿molesta?

—¡No! —ambas nos sobresaltamos ante el volumen de mi maldita voz—. Digo, no. Claro que no. Yo… está bien.

El silencio se instala entre nosotras, una quietud nos rodea, esperando que yo la llene con más palabras, más verdades. Pero no puedo sacarlas hacia fuera. No es que esté avergonzada. Es todo tan horriblemente nuevo, esta *posibilidad* de carne y hueso, que se halla sentada junto a mí, el aroma intoxicante a jazmín que brota de su piel y se mezcla con la arena y el aire marino.

Eva esboza una leve sonrisa mientras se reclina sobre las manos y estira las piernas.

–Bueno, me alegro de que esté bien.

–No quise decir que necesitaras mi aprobación.

–No, lo sé. Pero uno nunca sabe cómo puede reaccionar el otro. Cuando se lo dije a mi madre, le llevó un par de semanas entenderlo.

–Pero ¿lo aceptó bien?

–Sí –mira hacia abajo y juguetea con un hilo suelto de la camisa–. Ella me ama incondicionalmente. Me *amaba*. Dios mío, creo que nunca me acostumbraré a pensar en ella en tiempo pasado –suspira con fuerza y se frota la frente.

–Eva…

–¿Y con respecto a ti? –pregunta.

La observo y siento otra vez que debería decir algo tranquilizador y que ella no quiere que lo haga.

–Hum. ¿Con respecto a mí?

–¿Tú y Luca? ¿Alguna vez, tú y él…?

–Dios mío, no.

–¿Por qué no?

–Él es como mi hermano. No, él *es* mi hermano –me estremezco para que el efecto sea mayor y Eva se ríe.

–Pero ¿tú y Jay?

Lanzo una larga bocanada de aire.

–Sí, Jay y yo. Desgraciadamente. Pero ya está superado. Muy superado. Tan superado.

–¿De modo que ya lo superaste?

Le arrojo un poco de arena en los pies y ella la hecha sobre mis piernas.

—¿Estás saliendo con alguien en este momento? —pregunta.

Mis ojos se dirigen hacia los de ella arrastrándose muy lentamente.

—Nop.

Asiente y desvía los ojos.

—Yo ni siquiera besé a alguien.

—¿Hablas en serio?

Hace un gesto de vergüenza y me siento una completa idiota.

—Lo siento —exclamo, y luego pongo un tono afectado de señora mayor y conservadora, que es realmente terrible—. Lo que quise decir es: *Pero qué recatada que habías resultado.*

Da resultado: Eva se ríe.

—Créeme, no tiene nada que ver con ser recatada. Salí del armario hace apenas un año. Sí me he enamorado fugazmente de algunas chicas, pero no eran gays. Puedes imaginarte lo divertido que fue.

Me viene a la mente la sonrisa compasiva de Natalie al final de aquel verano. Su mano suave en mi hombro mientras me hace dar vuelta y señala a su novio universitario, que la espera junto a su BMW negro.

Creo que me lo imagino bastante bien.

—Además yo vivía en Nueva York, así que por supuesto que conocía chicas que eran gays. Pero ninguna que me gustara. Al menos, no cuando ya era lo suficientemente valiente como para hacer algo al respecto. Y estaba casi todo el tiempo bailando, no me quedaba mucho tiempo para otra cosa. Como te dije, esta es mi primera fiesta de verdad.

–Guau.

–Sí. Deprimente, ¿no?

–Besarse no es todo lo divertido que se dice.

Abre los ojos muy grandes.

–¿En serio? Porque parece ser totalmente increíble.

Me río.

–Está bien. Me pescaste. Es realmente genial.

–Como imaginaba.

Detrás de nosotras, estallan las carcajadas. Al darme vuelta, veo a Jay con el torso desnudo, revoleando la camisa alrededor de la cabeza al ritmo de una canción de Beyoncé, como si fuera un stripper o algo parecido. Las chicas se amontonan alrededor de él, agitando billetes de un dólar y dando aullidos sinceros.

–Dios, está totalmente borracho –mascullo poniéndome de pie y quitándome la arena del trasero.

Eva me estira la mano y la ayudo a levantarse. Sus dedos se aferran a los míos durante un momento, más de lo necesario. Pero quizá todo eso sea solo producto de mi imaginación. Quizá cada mirada, cada sonrisa y cada gesto seductor sean solo producto de mi imaginación, como con Natalie.

Uf. Uf al infinito.

–¿Hora de irnos? –pregunta Eva, apuntando la cabeza hacia la hoguera. El cinturón de Jay ya está abierto, mostrando los bóxers con dibujos de fútbol americano.

–Yo diría que sí. ¿Ya te vas para lo de Emmy?

Asiente y emite un suspiro.

—Hogar dulce hogar —murmura, pero no se mueve, sino que se queda observando el movimiento de las olas, los ojos perdidos en sus pensamientos.

No me cabe la menor duda de que Emmy y Luca, incluso Macon y Janelle, están intentando darle a Eva un buen hogar. Hacer que se sienta querida. Observándola a Eva, no me cabe la menor duda de que eso no está funcionando. Tal vez nada pueda funcionar en un momento como *este*.

—¿Quieres que nos encontremos en el faro más tarde? —pregunto antes de pensarlo mejor.

Voltea hacia mí, los ojos brillantes.

—Sí.

Sin dudar y sin vacilar.

Sí.

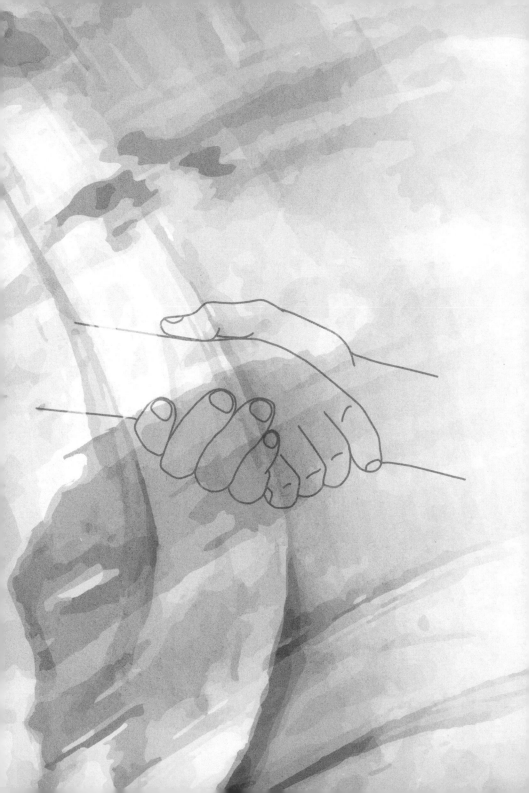

Capítulo doce

A la mañana siguiente, al cepillarme los dientes medio dormida, escucho que mi madre suelta una andanada de malas palabras en voz tan alta como para hacer repiquetear las ventanas.

Apenas ha salido el maldito sol —estoy en pie temprano para mi primer turno en LuMac's—, de modo que estoy muy sorprendida de que ella ya haya salido de la cama. Pete y mamá no estaban en casa cuando regresé anoche de la fogata, pero tuve que atravesar un reciente reguero de latas de cervezas cuando salí furtivamente a medianoche para encontrarme con Eva.

Como siempre, los latidos de mi corazón se aceleran y siento un cosquilleo en los pies que me impulsa a lanzarme a toda velocidad hacia mi madre antes de que mi cerebro comience a funcionar, me calme y me prepare para la insignificancia o la enormidad que estoy a punto de enfrentar. Escupo los restos de la espumosa pasta de dientes y me dirijo hacia la catarata de maldiciones.

Mamá se encuentra en la cocina, una soldadora en sus temblorosas manos. Se me cae el alma al piso cuando veo una lata abierta de Bud Light al lado de su codo. Me voy acercando lentamente, preguntándome si podré arrojar la lata a la basura sin que ella lo note, cuando diviso tres finos trozos de vidrio de mar de forma triangular, de distintas tonalidades aguamarina. Cerca de ellos, hay delgados hilos de cobre, listos para ser unidos con la soldadora. Siento un irritante estallido de júbilo infantil.

Al aproximarme a la mesa, levanto un conocido y ajado cuaderno, abierto en un dibujo de un collar. En la imagen, los fragmentos de vidrio de mar se abren en un abanico y forman una cadena delicada y casi traslúcida. El cobre, de color rojo herrumbre, rodea cada pieza. He visto tantas veces ese collar en su forma definitiva, y el efecto es mágico.

Lo amo. Mamá lo diseñó hace unos años y es la pieza más popular de su tienda online. Desde hace mucho tiempo viene prometiendo hacerme uno para mí, pero la mayor parte de las veces, le toma hasta la última gota de iniciativa llegar a cumplir con un pedido, de modo que hacer un collar sin ninguna ganancia —aun para su propia hija— es algo poco probable. Hasta se convirtió en una broma habitual. Cada vez que ella recibe un pedido, sonríe y me dice:

—Otro pedido para el Tesoro.

—Gollum es tan demandante —comento yo.

—Pero nosotras lo necesitamos, Tesoro —insiste con una imitación espantosamente exacta de Gollum, y nos reímos, y yo la ayudo a sacar todos los materiales, y el mundo es pequeño y amable y nuestro.

—Maldita sea —exclama ahora mamá, por lo que me obliga a apartar los ojos del boceto. Está intentando bordear con cobre soldado una porción muy finita de un maravilloso verde azulado, pero no puede evitar que el cobre manche la superficie del vidrio, porque está muy caliente. Tiene los dedos rojos, debido a las pequeñas quemaduras y a las salpicaduras de cobre.

—¿Puedo ayudar? —pregunto, poniendo la cerveza fuera de su alcance.

Se sobresalta.

—Oh, cariño. No te oí llegar.

—Lamentablemente, estoy aquí —recorro el lugar buscando un formulario de pedido, para hacerme una idea de cuánto tiempo disponemos antes de tener que enviarlo, pero no veo más que el cuaderno y los materiales—. ¿Quién pidió el Tesoro esta vez?

Ni siquiera un atisbo de sonrisa. No alza la vista, solo limpia el vidrio con un limpiador líquido que quita pegamento y comienza a trabajar nuevamente con los bordes de cobre.

—¿Mamá?

—¿Qué?

—¿El pedido? ¿Cuánto tiempo tienes para hacerlo?

—Mmm… no hay límite de tiempo —finalmente logra colocar bien el borde y pasa al trozo siguiente.

—Oh —reprimo una sonrisa al entender por qué actúa de forma

tan rara y comienzo a alejarme de la mesa—. Entonces fingiré que no vi nada.

Por fin, levanta la mirada hacia mí.

—¿Y por qué habrías de hacer eso?

—Tú sabes. El collar —desplazo la mano por arriba de la mesa.

Mamá frunce el ceño.

—Sí, el collar. Es para Eva.

Me da un vuelco el estómago.

—¿Qué?

—Eva. Te dije que pensé en algunas cosas que podrían hacerla sentir más como en su casa.

—¿Y eso es… un collar?

Se encoge de hombros, los ojos no abandonan la tarea ni un segundo.

—Te sorprendería saber qué te hace sentir querida cuando pierdes a la persona más amada por ti.

Parpadeo. Una y otra vez, esperando que la escena cambie, pero nunca cambia. Como no me muevo ni digo nada más, mamá levanta la vista.

—Ay, cariño, no me mires así —regresa los ojos a su noble tarea—. ¿Me ayudas, por favor?

Continúo observándola: el top demasiado grande le cuelga de los hombros, los dedos largos se vuelven cada vez más firmes mientras trabaja. Cuanto más tiempo se dedica a algo, se va volviendo más segura, va mejorando, su parálisis creativa crónica se va disipando con cada movimiento. Sé eso acerca de ella.

Y entonces me pregunto, ¿qué sabe ella acerca de mí? ¿Qué diría si alguien le preguntara cuál es mi comida preferida o qué me da miedo o cuál es la forma segura de hacerme reír? ¿Tendría alguna respuesta?

—¿Gracie? —insiste al ver que no contesto—. ¿Una ayudita?

Los ojos cerrados, tomo aire por la nariz y lo suelto lentamente, algo que Emmy me enseñó hace unos años cuando me estresaba con los recitales de piano. Cuando me siento un poco menos violenta, abro los ojos y veo a Jay parado en la entrada de la cocina. Su mirada se pasea con rapidez de mí a mamá, luego al collar y de nuevo hacia mí. Se ve preocupado y me pregunto cuánto tiempo lleva ahí y cuánto escuchó.

La violencia me inunda otra vez, pero es una violencia infantil. De esa clase que hace que quiera golpear con fuerza los pies contra el piso, esconder la cara en la falda de mi madre y pedirle —suplicarle— que me *vea*.

Pero no puedo pedirle que haga eso.

Porque si lo hago, ella inclinará la cabeza hacia mí y me sonreirá, hasta puede ser que tome mi rostro entre sus manos y me dé un beso en la frente.

Claro que te veo, cariño.

Y esa réplica es casi peor que ninguna.

—Tengo que ir a trabajar —anuncio secamente.

Mamá no me dice adiós mientras cruzo la puerta.

Jay me detiene cuando ya estoy afuera. No escucho sus pies avanzando rápidamente por la grava hasta que se encuentra a mi lado, me agarra del brazo y me hace dar vuelta. Me aparto de él con brusquedad, casi suelto la bicicleta y continúo la marcha, llevando la bici al costado.

—Grace.

—Tengo que ir a trabajar, Jake. ¿No deberías estar durmiendo o jugando a Mario Kart o masturbándote o algo así?

—Muy lindo. Y yo también tengo trabajo, ¿sabías?

—No, no lo sabía y no me importa.

—Por Dios, estoy intentando ver si te encuentras bien. Tu mamá…

—¿Qué? ¿Acaso se te acabó el material de seducción que utilizas con ella?

—Eres imposible.

Me detengo, me doy vuelta y le echo una mirada asesina, los dedos blancos sobre el manubrio de la bicicleta. Tiene el pelo todo desordenado y los ojos suaves. Recuerdo cómo solía susurrar mi nombre una y otra vez, mientras me besaba los ojos, la nariz, las orejas, la boca.

Grace. Beso. *Gracie.* Beso.

Pura mierda.

—Yo seré imposible si tengo ganas —exclamo—. Y tú no sabes de qué diablos estás hablando.

Su mirada se torna dura.

—¿Y de quién es la culpa de eso, eh? Pero yo *sí* sé que tu madre es una perra y que tiene que crecer de una vez.

Lo empujo. Con fuerza, en el pecho, con las dos manos. Abre los ojos de la sorpresa y se tambalea unos pasos hacia atrás. Los rayos del sol se desparraman sobre su pelo, volviéndolo dorado y lo empujo otra vez.

—Cállate. La. Boca. Maldición. No sabes nada acerca de mi madre. El zopenco de tu padre podrá estar en su vida en este momento, pero eso no te da derecho a juzgarla ni a *consolarme* como si fuéramos una especie de familia trastornada. No tienes derecho a nada, Jay. Así que no te metas en lo que no te importa.

Se acomoda la camisa, un nubarrón de enojo se desliza por su semblante.

—¿Qué diablos te pasa, Grace? Escucha, lamento lo de la otra noche, ¿de acuerdo? ¿Crees que estoy contento con este espectáculo que están montando nuestros padres? Se suponía que yo debía estar en Chicago con…

Su expresión se ensombrece todavía más y se cierra. Respira profundamente, coloca la mano en la nuca y se queda mirando la grava.

—Oye —continúa—. Yo sabía que mudarte aquí te iba a fastidiar, así que estuve de acuerdo, ¿sí? Pero ahora solo estoy tratando de ayudar. Por Dios, estoy tratando de decirte que te mereces algo mejor.

La siguiente andanada de palabras se me atora en la garganta. Odio a Jay Lanier. Me traicionó por despecho. Tomó mi derecho de dejarlo y lo volvió contra mí. Se mofó de esta situación en la que nos encontramos, como si fuera una broma. Aun cuando estábamos juntos, en esos tranquilos momentos en que susurrábamos nuestros nombres, nunca me conoció. Nunca. Y es cierto, esa fue mi equivocación, mi decisión, pero todavía me duele que nunca se haya dado cuenta. Que nunca se enterara de que yo no me mostraba tal cual era.

—No finjas que te importa una mierda lo que me pasa, Jay. No lo hagas.

Y luego revoleo la pierna por encima del asiento de la bici, el nudo en mi garganta es tan grande que hace brotar lágrimas ardientes de mis ojos. Me alejo pedaleando y me convenzo de que es el viento marino lo que hace lagrimear mis ojos.

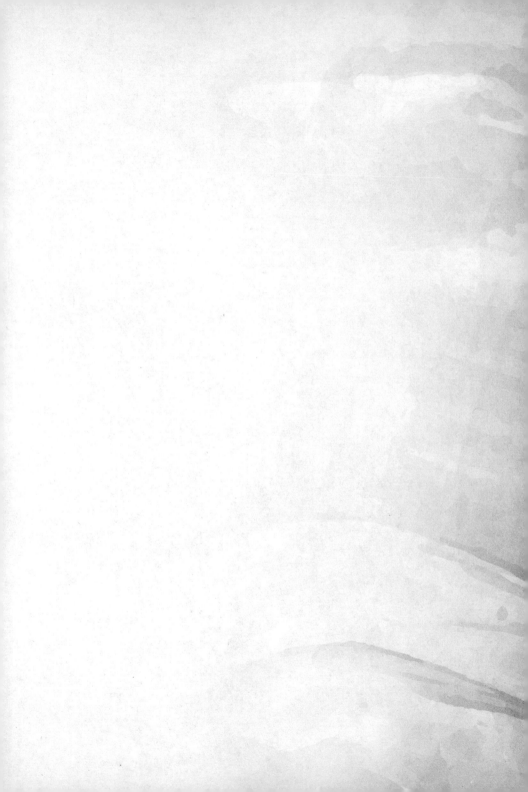

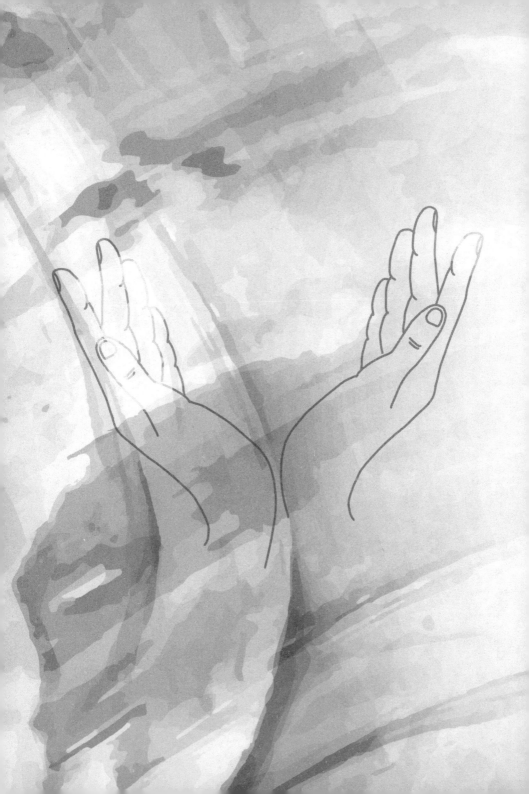

Capítulo
trece

No es *culpa* de ella.

No es culpa de *ella*.

No es culpa de ella.

Mientras Luca parlotea interminablemente acerca de la manera correcta de enrollar los cubiertos dentro de las servilletas, esa frase resuena en mi mente una y otra vez. Observo a Eva zigzagueando a través del comedor atiborrado de turistas de LuMac's, sirviendo café con una sonrisa y un delantal color verde azulado que le rodea la cadera.

Bueno, eso sí que haría juego maravillosamente bien con el collar.

Ay, basta. No es culpa de ella.

Y no lo es. Lo sé. Eva no se arrojó a los brazos de mi madre y le rogó que la quisiera y compartiera con ella todos los secretos de la vida. Ni siquiera *está al tanto* de lo jodida que es mi relación con Maggie. Además, yo sé que mamá se pone así: se engancha con una historia triste y la sigue hasta las últimas consecuencias.

Pero esta es la primera vez que esa historia involucra a una persona que yo conozco, alguien a quien tengo que ver y con quien tengo que interactuar y trabajar. Normalmente son gatos del refugio de animales, huérfanos de algún país desgarrado por la guerra o víctimas de las inundaciones a lo largo del Misisipi. Normalmente puedo ignorar la agitación y la emoción de mamá, y se le pasa en un par de semanas. Normalmente no es tan… *real*.

Es cierto, la vez que mamá trajo a casa un perro sarnoso de un refugio fue bastante real, porque tenía doce años y *yo* tuve que ocuparme de él, le tomé cariño y le puse de nombre Noodles, porque sus pelos rizados color arena parecían fideos, y luego descubrí que no podíamos darnos el lujo de conservarlo y le tuve que buscar un buen hogar y despedirme de él. Eso fue bastante real. Pero, aun así, Noodles era un perro.

Eva es un ser humano con una vida propia.

—Ey –dice Luca, golpeándome el codo–. Tierra llamando a Grace.

—¿Qué? Lo siento.

Sigue mi mirada por encima de la barra hasta donde se encuentra Eva entregando gran cantidad de platos a la mesa… ¿once? No, doce.

—Vaya, vaya –exclama después de observarnos varias veces.

—¿Qué?

—¿Anoche estuviste con Eva?

—Sí —contesto arrastrando la palabra. Voy a suponer que se refiere a la fogata y no al faro a las dos de la mañana.

—¿De qué hablaron?

—De cosas.

—De cosas.

—Sí, Luca, de *cosas*.

—¿Cosas serias o cosas divertidas?

—Por el amor de Dios, ¿nos hemos puesto curiosos de repente?

Se encoge de hombros y extiende las palmas de las manos.

—Solo pensaba. Tú no eres precisamente la Miss Simpatía de Cabo Katie, pero Eva y tú…

—¿Eva y yo *qué*?

—Parecen llevarse bien. Maldición. ¿Nos hemos puesto sensibles de repente?

Respiro profundamente y enrollo más cubiertos en las servilletas.

—Lo siento, y sí, nos llevamos bien. Ella es genial.

Asiente mientras esboza una irritante sonrisita.

—¿Qué? —pregunto.

—¿*Compartieron* cosas?

—Luca, te juro por Dios que estoy a punto de clavarte este cuchillo.

—Es para la manteca, apenas me rasgará la piel.

—¿Quieres probar?

—Solo te estoy preguntando si le contaste algo de ti. De tu madre o lo que sea. Jay ni siquiera sabía tu segundo nombre.

Ignoro el *lo que sea* y me concentro en la parte más inocua de su indagación.

—Primero, a Jay no le importaba mi segundo nombre. Segundo, ¿qué tiene que ver Eva con mi relación con Jay?

Comienza a decir algo, pero no me detengo.

—Y tercero, ¿por qué habría de contarle acerca de Maggie?

Frunce el ceño.

—¿No lo harás?

—Te repito, ¿por qué? Esa pobre chica ya ha pasado por cosas suficientemente terribles.

Frunce más el ceño, pero asiente. Por fortuna, Eva elige ese momento para acercarse a nosotros, las manos desbordantes de tarjetas de crédito y cuentas.

—Por Dios, ¿ya nadie da propina en efectivo? —pregunta, apartándose el cabello de la cara con el brazo.

—Nop —responde Luca—, no por encima del quince por ciento. Al menos, en Cabo Katie.

—Maravilloso.

—Pero tal vez recibes unas buenas mermeladas de ciruela cuando llegue Navidad.

Eva lo mira y parpadea, y Luca levanta los dos pulgares junto con una sonrisa boba. Bromean sin parar durante algunos segundos, pero yo no los escucho. Mis ojos parecen tener vida propia y vagan por los ojos cansados y la boca sonriente de Eva, descienden por su largo cuello hasta el hueco de la garganta, donde estará el collar, cerca de su corazón.

—¿Qué tal tu primer día? —pregunta volteando hacia mí.

—Bien, supongo. Ya domino el difícil arte de enrollar los cubiertos —levanto una creación ciertamente descuidada.

—Tienes suerte. Es mejor que lidiar con la *gente*.

—¿Cómo se atreven a querer una segunda ronda de café?

—¿No es cierto? Se creen que les corresponde.

Nos reímos y Luca me mira y agita las pestañas por encima del hombro de Eva. Le saco la lengua mientras ella pasa las tarjetas de crédito.

—Estoy agotada —susurra inclinándose hacia mí, para que solo yo pueda oírla.

—Me pregunto por qué.

Sonríe y me da un leve codazo en el hombro. Anoche, trepamos otra vez hasta la punta del faro y hablamos de nada en especial. Estupideces. Que Eva nunca montó a caballo. Mi inusual amor por Ana la de los Tejados Verdes. La adicción de Eva a comer manteca de maní directamente del envase. Mi miedo irracional a las bestias marinas.

—¿Bestias marinas? —había preguntado, intentando contener la risa sin éxito.

—Tiburones. Caimanes gigantes en minúsculos estanques. Pirañas viajando en cardúmenes. Delfines.

—¿Delfines? ¿Quién les teme a los delfines?

—Tienen dientes. Son pavorosamente inteligentes. Me vuelven loca, ¿de acuerdo?

Echó la cabeza hacia atrás y rio, y me avergonzó un poco lo mucho que me agradó el sonido.

Hablamos de todas estas estupideces durante más de dos horas, evitando cualquier tema que tuviera que ver con madres, planes futuros, chicas y el primer beso. Sí, nos mantuvimos lejos, muy lejos de todo eso. Pero fue tan fácil. Allá arriba, yo no tenía nada que ver con una madre desastrosa, y ella no era la hija desconsolada. Éramos simplemente Grace y Eva.

—Con secretos no se ganan amigos, señoritas —enuncia Luca mientras coloca un filtro nuevo en la cafetera.

—Menos mal que no me interesa demasiado hacer más amigos —replico.

—Eres tan encantadora, Gray.

Me sacudo el cabello dramáticamente.

—Es que tú me quieres.

Los ojos de Luca se suavizan. Se desvían hacia Eva, que nos observa con una sonrisa todavía más suave, antes de posarse de nuevo en mí.

—Así es.

Su repentina seriedad me pone tensa la garganta. En esta vida, no hay muchas cosas de las que esté segura, pero la eterna lealtad de Luca es una de ellas. Sinceramente, creo que no estaría viva ni funcionaría la mitad de bien si no fuera por él. Debería decírselo más seguido. Debería decirle que lo quiero más de una vez cada cinco años.

En lugar de hacerlo, le doy un golpe en el estómago.

Claro que lo hago con suavidad, pero igual lo golpeo.

Lanza un *uff* entre risas y me hace una llave de cabeza. Emmy aparece súbitamente a través de la puerta de la cocina justo cuando Luca está iniciando su legendario coscorrón.

—¡Luca!

Me suelta mientras trata frenéticamente de levantar algunos cubiertos que han caído al piso durante nuestro altercado. Emmy le lanza una mirada fulminante.

—Nunca sé si ustedes dos están enloquecidamente enamorados o si se detestan —exclama.

Siento los ojos de Eva clavados en mí mientras Luca simula reflexionar.

—Pienso que algo entremedio.

Emmy nos mira y menea la cabeza.

—Bueno, mantengan ese *entremedio* fuera del salón y muéstrale a Grace cómo funciona el PDV.

Frunzo el ceño.

—Pedazo de… vaquillona.

Eva lanza una risa ahogada.

—Punto de Venta —aclara Emmy, señalando la caja registradora, pero ella también está conteniendo la risa.

—Yo le enseño —se ofrece Eva mientras pasa otra tarjeta—. Total, estoy aquí.

—Gracias —dice Emmy antes de apoyar la mano en el hombro de Eva—. ¿Todo bien hoy?

De inmediato, Eva se pone rígida. Es sutil, pero yo noto con claridad que desliza el hombro ligeramente hacia atrás, para quitar la mano de Emmy.

—Sí, todo bien.

—Genial —Emmy deja caer la mano y su boca se cierra en una

línea recta y apretada. Observa a Eva mientras apila los recibos antes de girar la vista hacia mí–. Grace, antes de que aprendas a usar el PDV, ¿puedes venir a la cocina a buscar una bandeja de muffins?

–Sí, claro –le echo una mirada a Luca, que rodea la barra para ocuparse de una mesa para tres y me alborota el cabello al pasar junto a mí.

La sigo a Emmy a la cocina, donde hay dos fuentes metálicas y relucientes llenas de muffins de frambuesa recién hechos, esperando el momento de ser apilados en el exhibidor de masas y pasteles, cerca de la caja registradora. Malcolm y Kaye, los cocineros, están ocupados en las hornallas asando salchichas y preparando papas fritas para el almuerzo.

–Esto huele increíble –comento mientras tomo una fuente de manos de Emmy.

–Gracias. Puedes agarrar uno para tu recreo.

Asiento y me dirijo al comedor, la fuente pesada en mis antebrazos.

–¿Cómo la ves a Eva? –pregunta Emmy antes de que llegue a las puertas vaivén. Me detengo, giro lentamente y enfrento su mirada de preocupación. Respiro hondo, camino hacia ella y apoyo la bandeja. Antes de responder, trato de ordenar mis pensamientos y me pregunto si Emmy está buscando información sobre las escapadas nocturnas de Eva.

Finalmente, me decido por…

–Parece estar bien. Digo, sé que está triste, pero está… no sé. Supongo que está sobrellevando la situación. Acabo de conocerla, pero sí. Parece estar bien.

Los hombros de Emmy se relajan un poco.

–Bueno. Qué bien. Luca me dijo que ustedes dos pasaron un rato juntas en la fogata. Ella apenas me habla. Al menos, no mucho más de una o dos frases cortantes, así que estoy contenta de que hable contigo. Yo arreglé para que se uniera a una compañía de danza de Sugar Lake, que tomara algunas clases. No es Nueva York, pero es algo. Pero se niega a ir.

–Bueno, por lo que ella me contó…

Emmy ladea la cabeza al ver que vacilo.

–¿Qué dijo?

–Da la impresión de que no quiere tomar clases de danza en este momento.

Emmy aprieta la boca en una línea fina.

–Ya sé que no quiere, Gracie, pero el ballet era su vida. Como tú con el piano. ¿Puedes imaginarte abandonando el piano? ¿Y en un momento como este, cuando ella necesita llevar una vida lo más *normal* que pueda?

No sé bien qué decir, porque, no, no puedo imaginarme nunca abandonando el piano. Me mantiene los pies sobre la tierra, el corazón en el pecho. Pero *sí* puedo imaginarme abandonando un sueño, conformándome con una forma distinta de vida porque no hay otra opción. Como dijo Eva, a veces no es solo cuestión de querer.

–Yo solo quiero cuidarla –agrega Emmy mirando hacia abajo, las manos aferradas a las tiras del delantal con preocupación.

Me estiro y le doy un apretón en el brazo. Emmy es la mujer más dulce del planeta. Sin lugar a dudas. Me salvó la vida muchísimas veces, deslizando de vez en cuando un billete de veinte en el bolsillo de mi chaqueta cuando paso por su casa. Nunca lo encuentro antes de regresar a casa —sabe que nunca lo aceptaría si me lo diera en la mano—, pero parece saber exactamente cuándo lo necesito.

—¿Y cómo estás tú, querida? —pregunta antes de que yo pueda decir algo más acerca de Eva—. ¿Lo del faro funciona bien?

Esa pregunta tiene tantas respuestas posibles que me atengo a la usual.

—Está todo bien.

Emmy me observa con los ojos entrecerrados. Es casi imposible engañarla, pero me perdona la vida y me ofrece una diminuta sonrisa.

—Bueno, el pastel de frutillas y ruibarbo no se hará solo. Volvamos al trabajo, ¿te parece?

Asiento y la observo mientras saca del refrigerador bandejas con frutillas y largos tallos de ruibarbo. Tomo los muffins y me uno a Eva en la caja registradora. Mientras los coloco en el exhibidor de masas, ella comienza su discurso acerca del PDV y yo escucho a medias, reflexionando acerca de la ansiosa preocupación de Emmy y la obvia tensión entre ambas. Reflexiono sobre ese collar de vidrio de mar color aguamarina que se está armando en casa entre las manos de mamá.

Pero por debajo de todo eso, hay algo más. Esta atracción hacia Eva. De soledad a soledad. De igual a igual. De madre ausente a madre ausente. De deseo a deseo.

Durante el resto del turno, ella me mira todo el tiempo. Y yo la miro todo el tiempo. Y cada vez que esboza esa pequeña sonrisa —un pequeño indicio de la chica de arriba del faro—, no puedo dejar de sonreírle.

Capítulo catorce

Tras varias horas extenuantes con Frédéric Chopin en el piano del Rincón de Libros, entro en casa y escucho ruido de voces.

Suaves voces femeninas.

Y algo que huele a vómito. Al principio, me pregunto si soy yo, porque fui directamente de LuMac's a la librería. Pero no, parece olor a aros de cebolla, que es completamente distinto del olor a vómito.

Sigo las voces a través de la cocina, esperando encontrar un charco de vómito en algún lado, que tendré que limpiar. Pero después veo a mamá, los ojos brillantes y el pelo desgreñado, sentada a la mesa del comedor, un plato de algo bañado de queso y ligeramente verde que humea delante de ella. De ahí el olor a vómito.

Y Eva está sentada a su lado.

De ahí las voces femeninas.

—… No tienes que hacer nada que no quieras hacer —dice mamá, la voz un poco llorosa—. Ahora todo es distinto.

—No es que yo no quiera bailar —comenta Eva abriendo una lata de Dr. Pepper Diet—. Extraño mucho la danza. Es que… siento que físicamente no puedo hacerlo.

Mamá asiente.

—Emmy nunca perdió a nadie de la forma en que nos sucedió a nosotras, cariño. Si abandonar el ballet te hace más fácil la vida, entonces abandónalo.

Sus palabras suenan completamente equivocadas en mis oídos. Estoy por regresar a la cocina cuando mamá levanta la vista.

—Hola, cariño —me saluda alegremente, pero se seca debajo de los ojos como si, en algún momento, hubiera estado llorando. Eva sonríe, sus ojos también se ven un poco húmedos—. ¿De dónde vienes?

—De piano.

—¡Qué bueno! ¡Encontraste uno!

—Así es. ¿En qué andan?

—Estamos esperando que vengan Pete y Julian. Me encontré con Eva en la tienda, cuando estaba haciendo unas compras, y la invité a cenar. Hemos estado hablando de cosas de mujeres, ¿no es cierto, querida?

Eva asiente. Luego toma la lata de refresco y arruga el aluminio.

—Lo necesitaba mucho. Ven con nosotras, Grace.

No puedo hablar porque mis ojos están clavados en sus uñas, que están recién pintadas de color berenjena. Se ven relucientes y muy brillantes, de la tonalidad favorita de mi madre, el esmalte que ella solo usa para ocasiones especiales, como primeras citas o aquella única vez en que llegó a uno de mis recitales de piano antes de la mitad.

—Cosas de mujeres —repito con sarcasmo. Me aproximo a la mesa, hundo los dedos en las correas de mi bolso y dejo que mi mirada pase por encima de lo que ahora veo que es *mi* flamante esmalte transparente que se aplica sobre el de color, para observar a Eva. Se ve tranquila y relajada, aunque un poco cansada, nada que ver con el momento en que apartó el hombro ante el contacto de Emmy, unas horas antes.

Inclina la cabeza hacia mí con sonrisa vacilante. Trato de disimular la expresión que debo tener en el semblante, pero no logro esbozar ni el más mínimo atisbo de sonrisa. En cambio, desvío la vista y miro detenidamente la mezcla verdosa de la fuente.

—¿Tú cocinaste? —le pregunto a mamá—. ¿Qué es eso?

Lanza una brillante sonrisa.

—Es lasaña verde.

—No creo que eso exista.

Eva se ríe.

—Vamos, te encantará. Huele genial, Mags.

Mags.

—Huele a vómito —afirmo.

Mamá hace un gesto de crispación y su sonrisa se tuerce hacia abajo, pero no digo nada. No puedo. Porque si abro la boca en este momento, gritaré como un alma en pena y asustaré a nuestro vecino más cercano, que está a unos ochocientos metros por la playa. Sin decir una palabra, me doy vuelta y atravieso la puerta.

Cuando era una niña, mi mamá y yo solíamos salir a pasear a medianoche. Ella tenía muchas pesadillas, de modo que me despertaba —al diablo con ir a la escuela a la mañana siguiente—, me tomaba de la mano y caminábamos por la playa o por el sendero para bicicletas, rodeando el cabo hasta que yo apenas podía mantener los ojos abiertos y ella me tenía que cargar hasta casa. Fumaba cigarrillos y yo siempre esperaba que comenzara a hablar de papá. De su color favorito. Cómo se conocieron. Qué tipo de música le gustaba.

Cualquier cosa.

Pero ella nunca decía una sola palabra.

Solo caminábamos, de la mano.

Ahora también camino. No sé por cuánto tiempo. Por lo menos un par de horas, porque el sol comienza a ponerse cuando estoy en la playa y el día desaparece devorado por un color negro tinta, cuando estoy en la bicisenda. Me lleva todo ese tiempo desentrañar por qué estoy tan enojada, con quién estoy enojada y si realmente estoy enojada o solo cansada.

Mis pies golpean el pavimento al salir de la senda y subir a la acera de un barrio residencial más o menos a un kilómetro y medio de LuMac's. Camino pisando fuerte y siento un ardor en toda la piel, esa sensación familiar que hizo que me arrojara del balcón de Colin

McCormick. Me detengo, las manos en la cadera, mientras trato de decidir qué quiero hacer. Qué tengo que hacer. No dentro de un año, no en la audición en Manhattan, no la semana que viene. Ahora. Porque ahora mismo siento como si me saliera de mi propia piel y me sacara de encima a la joven Grace, para hacer más lugar a la Grace guardiana, aprensiva, la que todo lo arregla. La tonta incurable que piensa que la aparición de una chica nueva en su vida significa *posibilidad*, cuando realmente lo único que significa es más preocupación, maldita sea.

Un destello a mi izquierda atrae mi atención. Volteo la cabeza justo a tiempo de captar el parpadeo de la luz exterior del porche de la Sra. Latham. Su diminuta casa gris está impecablemente mantenida; sus preciados enanos de jardín, con atuendos de playa, desparramados por su inmaculado jardín en diferentes estados de ocio y, si quieren que les diga, de ridiculez. Tienen aproximadamente el tamaño de un gato y la Sra. Latham ama a esos malditos gnomos. También nos ha despreciado a Luca y a mí desde que teníamos doce años y solíamos hacer la misma ruta repartiendo periódicos. Luca arrojó a su porche un ejemplar enrollado de la *Crónica de Cabo Katie*, con un poco más de fuerza de la necesaria, y derribó una maceta con una begonia o una azalea o a quién rayos le importa qué era, que tumbó a uno de sus enanos y le partió su bulbosa nariz. La mujer se enojó tanto y gritó tan fuerte que Luca se puso a llorar. Desde entonces, cada vez que ella se aventura en algún lugar público, nos arroja miradas asesinas y nosotros volvemos a jurar que, algún día, reacomodaremos a esos enanos en posiciones comprometidas.

Pero nunca lo hemos hecho, porque es algo completamente estúpido e inmaduro.

Riéndome por lo bajo, saco el teléfono y doy un golpecito en el nombre de Luca. Responde casi inmediatamente y se me abren los pulmones, y esa contenida sensación de ansiedad comienza a ceder y se transforma en un latido normal.

En este momento, algo estúpido e inmaduro me vendría muy bien.

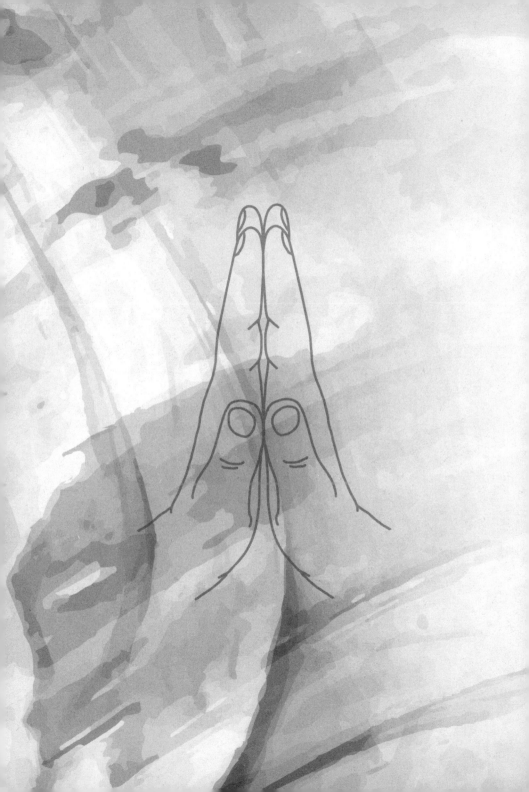

Capítulo
quince

El aire nocturno es fresco y seco, con la pizca usual de sal marina en cada remolino del viento. Espero a Luca debajo del toldo blanco y aguamarina de LuMac's y mi adrenalina aumenta con cada segundo que pasa. Pero este es un nerviosismo del bueno, lleno de emoción y no de temor.

—Gray.

Me vuelvo hacia la voz de Luca y mi amplia sonrisa se desvanece al ver que no está solo. Kimber me sonríe, su largo cabello atado en una cola de caballo.

Y Eva está detrás de ellos.

—Hola, Grace —saluda Kimber, los pantalones deportivos se adhieren perfectamente a sus muslos.

—Ah, hola.

Luca me da un golpe en el hombro.

—No puedo creer que realmente lo hagamos.

Emito un gruñido de asentimiento, pero mi atención está puesta en Eva, que me observa con atención, los ojos cargados de un millón de preguntas.

—¿Pueden repetirme qué es exactamente lo que haremos? —pregunta Kimber mientras Luca desliza su mano entre las de ella. Kimber se apoya contra él. Una forma de apoyarse que dice con claridad que se han besado, lo cual implica que a Luca realmente le debe gustar esta chica. Él alardea mucho, pero es un verdadero bobo en lo que se refiere a mujeres y nunca se enganchó con alguien solo por una noche. Más allá de haber jugado un par de veces a hacer girar la botella, Luca solo besa a las chicas con las que sale. Es posible que salga con Kimber durante una semana, pero se asegura de que ella conozca sus nobles intenciones antes de estamparle un beso.

—Vamos a hacer que parezca que los enanos están haciendo la porquería —explica Luca distraídamente, como si estuviéramos hablando de ver una película o algo parecido.

—¿Por qué? —Kimber ladea la cabeza hacia mí, la mirada curiosa.

—¿Por qué no? —pregunto.

—Esa no es una verdadera razón.

—¿Necesitas una razón para todo?

—Normalmente, sí. En especial, si implica mover propiedad ajena sin permiso.

Siento que entorno los ojos hasta que se vuelven dos líneas finitas.

—Tú no tienes que hacerlo, Kimber. Yo lo llamé a *Luca*, no…

—Muy bien —interviene Luca deslizando el brazo sobre los hombros de Kimber—. Es solo algo con lo cual Grace y yo hemos bromeado mucho durante los últimos años —y procede a contarle acerca de nuestra entrega de periódicos y las posteriores miradas asesinas de la Sra. Latham. Mientras Luca habla, la miro a Kimber. Ella también me mira. En el pasado, siempre nos llevamos bien, trabajamos juntas el último verano y compartimos algunas clases.

En noveno año, hasta me prestó calzado deportivo para gimnasia por un mes cuando el mío se gastó tanto que las suelas casi se deshicieron durante un juego emocionante de cuatro calles. Yo no diría que somos amigas. Tampoco diría que *no* somos amigas. Pero ahora me mira como si no supiera bien quién diablos soy ni por qué su flamante novio es mi amigo.

—Me da la impresión de que la Sra. Latham tiene demasiados gnomos muy educados —comenta Eva—. Propongo que lo hagamos —hace contacto visual conmigo durante una milésima de segundo, antes de que yo aparte la mirada.

—De acuerdo —dice Kimber—. Pero si nos arrestan, yo declararé que estaba bajo los efectos de la hipnosis.

—Claro, porque es muy creíble —mascullo. Luca me da un codazo en las costillas, y no muy amablemente por cierto.

Nos encaminamos por la acera al barrio de la Sra. Latham. Luca y Kimber van adelante, las manos entrelazadas y susurrando.

—¿Por qué te marchaste de esa forma? —pregunta Eva. Caminamos una al lado de la otra, pero yo mantengo los ojos en el trasero de

Kimber. Es decir, hasta que me doy cuenta de que estoy observando sin querer el trasero de Kimber, entonces desvío la vista hacia la cabeza rizada de Luca.

—¿Marcharme cómo?

—Prácticamente le ladraste a tu madre por hacer lasaña y te fuiste hecha una furia.

Sigo caminando, sigo observando el pelo de Luca, que ahora tiene la mano de Kimber enroscada en la de él. No tengo la menor idea de qué contestarle a Eva. Contestarle a ella es *explicar*. Y explicar es convertirme en una de esas historias tristes y románticas que dan por televisión.

—¿Qué estabas haciendo ahí? —opto por preguntar.

—Me topé con tu madre en la tienda, como dijo ella. Y luego… —su voz se apaga y me atrevo a mirarla. Parpadea en el aire nocturno y hunde las manos en los bolsillos—. Había tenido un día de mierda, ¿de acuerdo? Y comenzamos a charlar y tu madre… no sé. Pareció como si…

—¿Como si fuera a hacer cualquier cosa para que te sintieras mejor? Eva gira los ojos hacia mí.

—Exacto.

Asiento. Lo entiendo. Lo *experimento* todos los días. Paseos por Nueva York para suavizar el golpe de una nueva mudanza y un exnovio idiota, promesas de hermosos collares, abrazos al despertar que me hicieran olvidar que, alguna vez, había desaparecido y que me había dejado sola unos días cuando yo tenía trece años.

—Y además esperaba verte —agrega Eva, la voz tan callada y plena como la noche que nos rodea.

Todas las reflexiones sobre Eva y mamá se alejan como chispas de mis pensamientos. Ahora únicamente está Eva. Y tal vez, Eva y Grace.

–Muy bien. ¿Cuál es nuestro plan de ataque? –pregunta Luca desviando bruscamente mi atención hacia él. La casa de la Sra. Latham aparece a nuestra derecha, todas las ventanas oscuras y cerradas. Respiro con profundidad y miro a mi alrededor, examinando el resto del barrio, pero todo ya está adormecido y en calma.

–Sugiero que nos dividamos en parejas –propone Eva, la voz ahora firme y segura–. Luego los colocamos en las nuevas posiciones y nos marchamos. ¿Les parece? No se me ocurre otra manera de hacerlo.

–Suena bien –responde Luca, tomando a Kimber de la mano y cruzando la calle, los hombros encorvados como si estuviera en una película de espías.

–Supongo que eso nos deja a nosotras dos juntas –dice Eva.

–Supongo que sí –escucho el dejo seductor en mi voz y, sinceramente, me encanta.

–¿Nos encontramos después en LuMac's? –pregunta Luca cuando me uno a él y a Kimber detrás de un arbusto de enebro, en el borde de la acera.

Asiento mientras Eva se acerca por detrás de mí.

–Guau –susurra, asomándose por detrás del arbusto al jardín de la Sra. Latham–. Parece una fiesta hawaiana con los personajes de *El Señor de los Anillos*.

Luca se ríe con un resoplido. Luego endereza los hombros, sus ojos se encuentran con los míos por una décima de segundo y luego se desvían con rapidez.

—Esta fiesta hawaiana se está por poner pornográfica. ¿Preparados?

Kimber comienza a reírse nerviosamente y se lleva a la boca sus manos y las de Luca, lo cual acrecienta su risita nerviosa.

—¿Listos? —continúa Luca, conteniendo la risa.

Eva desliza su mano en la mía. Yo no suelo tomarme de la mano, ni siquiera con la persona con la que estoy saliendo. Odiaba esa sensación de las manos cerradas y entrelazadas, como si Jay o quien fuera estuviera tratando de someterme. Así que cuando los dedos de Eva se entrelazan con los míos, mi intención es retirarlos. En serio, es así, pero siento una *chispa* que trepa por mi brazo y baja al estómago. Sería grosero retirar con violencia la mano. No solo grosero, sino completamente opuesto a lo que en realidad quiero.

Los ojos de Kimber echan un vistazo fugaz a nuestras manos unidas, el ceño fruncido, y luego toma del brazo a Luca y vuelve la vista al césped. Siento que me sube el calor a la cara. Esta vez, el instinto sí funciona e intento soltarme, pero la mano de Eva se cierra con fuerza sobre la mía. Respiro profundamente, casi contenta de que no me deje sacar la mano.

—¡Ya! —Luca susurra con fuerza antes de que yo pueda continuar pensando en los dedos entrelazados con los míos, en lo que Kimber piensa acerca de eso o en lo que significa.

Los cuatro entramos a toda velocidad al jardín. Yo corro hacia tres enanos que se encuentran debajo de una palmera de cerámica, que parecen blancos fáciles. La mano de Eva continúa en la mía, sus largas piernas disminuyen la velocidad, para mantener el ritmo de mi estructura, de un metro sesenta y tres. Cuando llegamos a la cama de pinocha de los gnomos, nos separamos, y ella se dirige a unos enanos distraídos que se encuentran cerca. La casa continúa a oscuras; la única luz, un resplandor débil y anaranjado de los faroles de la calle. El corazón me palpita con fuerza mientras tomo uno de los enanos que está realmente inclinado con una pala rosada en las manos, como si estuviera cavando en la arena, y lo coloco delante de otro gnomo, que parece estar abrazado a un ananá. Por lo bajo, emito un resoplido mitad de terror y mitad de risa histérica.

De repente, un sonido fuerte y entrecortado reverbera a través del silencio, como si dos enanos hubieran chocado y el resultado fuera cruento. Luca lanza una maldición y la casa se enciende como si fuera de día. Los reflectores arrojan una luz dorada por todo el jardín. Estoy tan sorprendida —por no mencionar momentáneamente ciega— que me tambaleo hacia atrás y me tropiezo con mis propios pies, y me desplomo en la hierba cubierta de rocío.

—¡Luca Michaelson! —grita una voz desde la puerta—. ¡Sé que eres tú! ¡Más vale que mandes a mudar tu cuerpo escuálido de mi propiedad antes de que llame al novecientos once!

—No soy escuálido —mascula Luca a mi izquierda, desde detrás de un arbusto, el tono ridículamente calmo y parejo.

—¡Abortar la misión! —exclamo y ruedo hasta quedar con el estómago contra el suelo. Me pongo de pie y la miro a Eva, que está cerca de un roble, inmóvil, con un gnomo de bikini rosado entre las manos. Cuando nuestras miradas se encuentran, coloca el enano

185

detrás de otro compañero, que parece estar besándose con uno de barba rojiza, corre hacia mí y nuestras manos se unen otra vez como si fuera algo natural.

Después de un portazo, se escucha un gruñido en aumento detrás de nosotros.

—¡Dios mío! —chilla Kimber, trastabillando a mi lado, una ramita enganchada en su larga cola de caballo—. Yo sabía que no era una buena idea. ¡No puedo creer que haya soltado a Sugar!

—Yo no puedo creer que le haya puesto de nombre *Sugar* —comenta Luca mientras todos corremos—. Es como Cujo: va directo a los huevos.

—Tal vez deberías sacrificarte —comento—, ya que eres el único que tiene huevos.

—Improbable.

—¿Improbable que tengas huevos? —pregunto. Luca estira la mano delante de Kimber y trata de darme un maldito coscorrón, lo cual es realmente imposible, dado que estamos corriendo.

—*Muévanse*, idiotas —exclama Eva apartando el brazo de Luca.

Saltamos precipitadamente sobre la acera y salimos disparando por la calle oscura. Al echar un vistazo hacia atrás, distingo la silueta de un enorme perro galopando hacia nosotros, las patas raspan el asfalto mientras se acerca sin dejar de gruñir.

—Ay, chicos… —balbucea Kimber casi sollozando.

Imagino a mi madre identificando mi cuerpo hecho jirones en la morgue, mañana por la mañana. Tal vez entonces me haría un collar y lo colocaría alrededor de mi garganta fría y muerta para el entierro.

Un ladrido atronador me arranca de mis pensamientos macabros.

—¡Separémonos! —grito, jalando a Eva conmigo fuera de la calle principal hacia un sendero de arena que lleva hacia el bosque. Una rápida mirada hacia atrás me muestra a Luca y a Kimber de la mano corriendo hacia LuMac's. Esa rápida mirada también me muestra que Sugar nos ha elegido a Eva y a mí como sus conquistas. Baba espumosa chorrea de su hocico.

—Estoy completamente segura de que *esta* es una escena sacada de una película de terror —mascilla Eva.

—¡Corre!

Una risita ahogada bulle en la garganta de Eva y escapa por su boca mientras serpenteamos a través de los árboles.

—No puedo creer que te rías —digo en medio de los jadeos—. Estamos a punto de ser devoradas por un perro.

—Ey, esto fue tu idea. Además —agrega, la voz apenas cansada—, yo crecí en la ciudad de Nueva York: puedo enfrentar a un maldito dóberman.

Nos abrimos camino por la arena mientras los ladridos de Sugar resuenan a través de la azul oscuridad. No pasa mucho tiempo cuando siento que me muerde los tobillos. Literalmente.

El tirón en mis pantalones me hace perder el equilibrio y caigo sobre una raíz. Extendida en el suelo por segunda vez en la noche, mascullo un agradecimiento a los dioses de la estupidez adolescente que Sugar parezca desconcertado ante mi caída y frene en seco, en lugar de darme un mordisco en la pierna.

De inmediato, Eva me ayuda a levantarme y me arrastra hasta

un inmenso roble de corteza rugosa. Luego me lleva hacia arriba, empujándome la cintura, el trasero, los muslos. Dios bendito, sus manos están por todos lados, pero estamos subiendo hacia el infinito y más allá, de a una rama por vez hasta que solo nos siguen los ladridos. Sugar tiene las dos patas apoyadas en el tronco del árbol y parpadea como si estuviera triste de que el juego se haya terminado.

—A la mierda —exclamo mientras mis pulmones se llenan de aire. Estamos posadas en una gruesa rama, a más de tres metros del suelo. Sugar gime durante unos pocos segundos, pero luego comienza a olfatear alrededor del tronco.

—No puedo creer que quisieras hacer eso como diversión —dice Eva.

—Por favor, fue totalmente increíble —comento riendo. Mi tono es sarcástico, pero esto es exactamente lo que yo quería. No exactamente que me persiguiera un perro rabioso, sino *esto*. El corazón late de un modo acelerado, la adrenalina zumba en la punta de los dedos, una energía enciende mis venas, que no tiene absolutamente nada que ver con pagar la renta o con volverme loca cuando mi madre no contesta el teléfono.

O con lasaña verde hecha para una chica que no soy yo o con uñas que no son las mías pintadas de color berenjena.

Aparto el pensamiento y respiro otra vez con profundidad. A mi lado, Eva solo inhala pequeñas bocanadas de aire, apenas agitada y claramente en forma gracias a años de baile. Como si no pudiera darme cuenta por sus esbeltas pantorrillas y su estómago plano.

Y no es que lo haya notado.

De acuerdo, es obvio que lo noté.

Debajo de nosotras, Sugar se echa bajo el árbol. Bosteza y luego apoya su enorme cabeza sobre las patas. Se lo ve bastante cómodo para ser una maldita bestia sanguinaria.

—Genial. Ahora estamos atrapadas aquí hasta que él regrese a su casa —señalo. El maldito árbol, sin embargo, no es bastante cómodo. Las ramas son rugosas y no lo suficientemente gruesas como para sujetar mi trasero sin que se deslice por el borde.

—Perdóname por lo de antes —se disculpa Eva. Se desplaza por la rama hasta que su espalda queda apoyada contra el tronco. Al principio, pienso que se refiere a mi madre, a la cena, a las uñas y a mi partida intempestiva, pero luego continúa hablando—. Todo el —hace un círculo con la mano en dirección a mí— manoseo.

—Ah —me río una vez—. Creo que puedo perdonar un poco de manoseo del trasero. Por lo menos, todavía lo *tengo*.

—En eso tienes razón.

El silencio se instala entre nosotras. El aire se ha vuelto todavía más frío y las estrellas titilan entre las hojas del árbol. Reina la tranquilidad, los normales ruidos del verano se han aquietado, me dan una inoportuna posibilidad de pensar demasiado. Esta noche se ha formado un gigantesco revoltijo de pensamientos.

Eva exhala una bocanada de aire y suena tan contenta que siento que también yo me relajo.

—De hecho, eso fue *realmente* divertido —comenta sonriendo—. Justo lo que necesitaba.

—¿A qué te refieres?

—Ya sabes, solo… —agita la mano—. Distracción. Olvidar.

—¿Era eso lo que ocurrió antes? —pregunto antes de pensarlo mejor—. ¿Con mi mamá? ¿Olvidar?

Voltea para mirarme, su expresión se vuelve insoportablemente triste.

—No. Eso fue recordar.

—Ah.

—¿Te molesta? ¿Que me junte con tu madre?

No sé qué decir. Qué *puedo* decir. Esta chica que tengo a mi lado está triste y sola. ¿Cómo puedo reprocharle que encuentre consuelo, aun cuando sea con mi propia madre?

Y si digo: *Sí, no te metas con mi madre*, entonces, ¿qué? Porque, Dios me ayude, yo no quiero traerle más problemas a Eva. Solo quiero ser yo.

—No —contesto, obligándome a mirarla. Obligándome a apartar los temblores de mi voz, obligándome a estar convencida de lo que digo.

Sus hombros se relajan visiblemente, el alivio evidente en su exhalación.

—Qué bueno —musita con suavidad, frotándose la frente con la mano. No me mira, pero yo la observo mientras brotan unas pocas lágrimas que caen por sus mejillas. Me muero de ganas de tomar su mano, apoyar mis dedos en su espalda, cualquier cosa que la ayude. Seguramente mi madre no es la única que puede hacerlo. Seguramente, ese gran mundo que compartimos Eva y yo sigue existiendo, esperando que volvamos a deslizarnos dentro de él, el lugar al que pertenecemos.

—¿Te encuentras bien? —le pregunto entrelazando los dedos en mi regazo.

Asiente, baja la mirada y se pellizca el borde de la uña.

—Cuéntame algo acerca de ella —le pido—. Algo bueno. Lo que quieras.

Alza la cabeza y su mirada se pierde entre las ramas del árbol que nos resguardan. Después de unos instantes y de unas respiraciones profundas, comienza a hablar.

—Hay un café en la calle Sesenta. Es un sitio bastante conocido y sumamente turístico, pero está cerca del estudio de danza, y mamá y yo íbamos ahí después de la clase todos los martes y bebíamos un enorme vaso de chocolate con crema.

Los ojos se le llenan de lágrimas con el recuerdo.

—Extraño esas bebidas estúpidas y carísimas. En general había una larguísima cola fuera del café, pero a mamá nunca le importó, a pesar de que siempre estaba cansada después de dar clase. Esperábamos durante una hora hablando de todo un poco. Aun cuando hiciera muchísimo frío, igual esperábamos afuera. Lo extraño. Simplemente estar con ella ahí afuera, ¿entiendes?

Asiento, aunque no estoy muy segura de que realmente entienda.

—Extraño el ballet —prosigue—. Extraño el movimiento, la alineación de mis brazos con el resto del cuerpo. El olor a resina y a barniz del piso de madera del estudio. Extraño Nueva York.

—¿Realmente odias vivir aquí?

Niega con la cabeza.

—No sé. Es donde tengo que estar. Extraño mi casa, pero no

puedo *estar* ahí, ¿entiendes? No es Nueva York si ella no está ahí. No es nada.

—Eva...

—Quiero regresar, pero no sé si puedo. A Nueva York, al ballet, a todo eso. Yo solía querer dar clases de danza como mi madre. Ella amaba tanto el ballet.

—Y tú, ¿*también* lo amas?

Se le forma una arruga entre los ojos.

—Cuando era pequeña, mamá me hizo probar varias cosas, pero yo siempre volvía a la danza. La llevo en la sangre. Me fascinaba el hecho de que podía olvidarme de todo. O recordar todo. Lo que yo quisiera. Cuando bailaba, tenía todo bajo control y, al mismo tiempo, no lo tenía. Como si algo habitara mi cuerpo, algo superior a mí, superior a lo que me inquietaba, y moviera mis brazos y mis piernas. Yo quería ayudar a otras chicas para que sintieran lo mismo. Especialmente chicas como yo.

—Guau.

Se ríe.

—Quieres decir *Guau, qué ridiculez.*

—No. En absoluto. Te entiendo.

Su boca se tuerce hacia arriba en una sonrisa y ella tuerce la cabeza hacia mí.

—Los pianistas son muy importantes para los bailarines, ¿sabías? Para los recitales y para los estudios de danza.

—¿Aún eres bailarina?

De inmediato, me arrepiento de la pregunta. Esa minúscula

sonrisita se borra como un dibujo hecho con tiza bajo la lluvia, y la boca de Eva se abre como si mi pregunta fuera literalmente una conmoción.

—Lo siento —murmuro—. Me refiero a que, cuando hablas de la danza, siempre lo haces en tiempo pasado.

Asiente, pero no aparta los ojos de los míos.

—¿Eres pianista?

—Siempre —parpadeo y me sorprendo a mí misma por la ausencia de vacilación. Pero es cierto... es imposible que deje de ser pianista, aun cuando pase el resto de mi vida en el Rincón de Libros, con Patrick como único público.

Permanecemos en silencio durante unos segundos, la respiración de Eva siempre constante y pensativa a mi lado. Es fácil, esta tranquilidad que existe entre nosotras, y no puedo dejar de pensar que el piano no es lo único que hace que todas las estupideces pasen a segundo plano para mí. Al menos, no en este momento.

—Aclárame esto —dice finalmente—. Jay entró en tu casa después de que te fuiste. Tu mamá le dice *Julian*.

Lanzo un gruñido melodramático y escondo la cara en las manos.

—Bueno, es normal que lo haga. Vive ahí.

—Eso lo entendí, pero *¿por qué?*

Me froto la frente.

—Sí, esa es la pregunta, ¿verdad?

—Tu mamá, ¿está saliendo realmente con su padre?

—Y —aquí viene lo curioso— ella no tenía la menor idea de quién era hasta que prácticamente la tomé de los hombros y pronuncié el nombre de él con mucha lentitud.

Frunce el ceño.

—¿En serio?

—Es la pura verdad.

—A la miércoles.

—*Mierda*, Eva. La expresión que estás buscando es "A la mierda".

Se ríe y se apoya en la rama. Su dedo meñique toca el mío y ninguna de las dos aparta la mano.

—Es delirante. Maggie no parece…

Se detiene abruptamente y se muerde el labio inferior.

—Maggie no parece, ¿qué? —pregunto.

—No me da la impresión de que sea tan despistada.

Reprimo una risa amarga. Porque es cierto, al principio, Maggie parece encantadora y carismática para la mayoría de la gente. Hermosa y libre. Yo sé mejor que nadie cuán seductoras son esas cosas. Y mamá *es* todas esas cosas, cien veces.

—Ella es muchas cosas, Eva —comento suavemente, la mirada fija en mis manos. Siento los ojos de Eva posados en mí, esperando que continúe, y quiero hacerlo. Y hasta *debería* hacerlo tal vez, para que ella capte lo que está pasando ahora por mi cabeza, para que entienda lo que significan para mí esas uñas violetas, pero es tan difícil *decirlo*. Confesar que mi propia madre, la mujer que me dio la vida y que, se supone, debería quererme y apreciarme por encima de todo, se olvida de mi edad la mitad de las veces. Sacar afuera toda esa basura acerca de Jay y Pete ya es suficiente.

—Cuéntame alguna otra cosa de ti —dice Eva, y le agradezco el cambio de tema.

—¿Como qué?

—No sé. Sé que eres pianista. Sé que odias a los delfines.

En mi rostro, se insinúa una leve sonrisa.

—Sé que eres hermosa, que te encanta decir malas palabras y que Luca asesinaría por ti y tú harías lo mismo por él.

Me obligo a no pensar en eso de que soy *hermosa* y en el hecho de que, al decirlo, ha acercado su dedo meñique y lo ha colocado arriba del mío.

—Eso es prácticamente todo lo que necesitas saber.

—De ninguna manera. Háblame —entorna los ojos mientras piensa—. Háblame acerca de tu primer enamoramiento. La primera vez que te gustó alguien en serio.

—¿Por qué?

Se encoge de hombros.

—Los primeros enamoramientos son inolvidables y más aterradores que el demonio. Son reales y yo soy naturalmente curiosa, ¿de acuerdo? El mío fue una chica que se llamaba *Clara*, era pelirroja y de ojos café. Habíamos bailado juntas desde que teníamos seis años y un día, durante un cambio de vestuario, escuché que ella se refería a mí como una "tortillera desesperada" delante de sus amigos.

—Dios mío.

—Sí. Fue divertidísimo.

—Lo siento.

Alza los hombros y mantiene los ojos posados en mí, esperando claramente escuchar mi propia historia. Imaginándome probablemente extasiada por algún chico de pelo lacio y sonrisa ladeada y seductora. La conversación comienza a avergonzarme, pero no se trata de una sensación incómoda. Es desnudarse, rondar por el borde de un precipicio después de un prolongado ascenso, la vista y la altura te quitan el aliento y los pensamientos.

Desplazo mi mano hacia la de Eva y enlazo mi dedo meñique con su dedo anular.

Y le hablo de mi primer enamoramiento.

—Era una chica —comienzo. Los ojos de Eva se agrandan, pero no me detengo—. Se llamaba *Natalie* —le cuento que la conocí en la piscina y que esa Grace de catorce años se enamoró instantáneamente de esa chica unos años mayor. Que la observaba. Que me faltaba el aire cuando estaba cerca de ella. Que me sonreía y me traía esmaltes de diferentes tonos de violeta, y que nos pintábamos las uñas de las manos y de los pies durante sus recreos. Que me *escuchaba*, y me dejaba contarle todo acerca de mi madre, del piano y de que yo quería *más* de la vida. Y que me sentía tan culpable, aun entonces, por querer más. Que ella me decía que estaba bien querer más, incluso quererlo todo. Le cuento a Eva cómo olía Natalie: a pantalla solar de coco y a naranjas. Le cuento que la piel de Natalie me hipnotizaba; que un día, cuando estábamos comprando Cocas Light de las máquinas expendedoras en el diminuto pasillo de la sede del club, deslicé la mano con suavidad por su antebrazo y entrelacé mis dedos con los suyos. Lo bueno que fue finalmente tocarla.

—¿Qué pasó? —susurra Eva cuando hago una pausa, la garganta cerrada por el recuerdo, lo cual es realmente irritante. Ya pasaron tres malditos años.

—Nada. Posó la mirada en nuestras manos y sonrió. La retiró y me dijo que era tierna. Más tarde, ese mismo día, se aseguró de que yo viera que su novio la pasaba a buscar y, de inmediato, le hundió la lengua hasta la garganta.

—Ay.

Me encojo de hombros, la corteza del árbol áspera contra mi piel.

—Ella no tenía la culpa.

—Tú tampoco.

—Supongo que no. Pero me sentí una estúpida.

—Sí, puedo imaginármelo. Gracias por contármelo.

—Todo bien.

—¿Puedo preguntarte algo?

—Sí.

—Tú y Jay… él fue tu novio, ¿verdad?

—Sí.

—¿Y te gustaba?

—Me gustaba. No lo amaba. Pero me gustaba estar con él mientras duró. Nos divertíamos hasta que dejamos de hacerlo.

Eva frunce el ceño.

—Ah.

—Pregúntamelo, Eva. Puedes decirlo.

Sus dedos se retuercen sobre los míos.

—Y… Natalie… ¿ella te gustaba… en *serio*?

—Sí, ella fue la primera persona que me gustó de verdad. Me pediste que te hablara de mi primer enamoramiento verdadero, ¿recuerdas?

—Eso hice, ¿no? —pregunta, la boca torcida en una media sonrisa.

—Antes de Natalie, no fueron más que leves amoríos y el juego de la botella.

—Entiendo —pero la pregunta sigue ahí, revoloteando en el aire.

—Supongo que soy bisexual —agrego, inhalando profundamente mientras brotan las palabras.

Alza una ceja.

—¿Lo supones?

—Quiero decir…

—No. Maldición. Estoy haciendo lío. Lo importante es lo que sientes, y eso es lo que está bien. Yo *supuse* que era gay durante mucho tiempo antes de… permitirme *ser* gay. Solo quiero estar segura de entender lo que estás diciendo.

Asiento. La única vez que hablé de esto fue con Luca. Intenté contárselo a mamá, pero fracasé tan rotundamente que no lo intenté nunca más. Pero no he rehuido hablar del tema por estar confundida.

Observo el semblante de Eva: su expresión abierta y curiosa. Sus ojos con manchitas color ámbar. Su magnífica boca, ligeramente abierta y esperando con paciencia que continúe. El huequito de la garganta formado por su clavícula perfecta.

Nop. Definitivamente, no estoy confundida. Pero con mi confesión, Eva y yo estamos alejándonos con lentitud de lo imposible y acercándonos despacio a lo posible. Estamos pasando de ser una chica gay y una chica heterosexual a dos chicas gay.

—Es solo una palabra —afirmo sosteniendo su mirada—. A veces, las palabras ayudan; y a veces, no. Pero... bueno, a mí me gusta quien me gusta. Me gusta la persona.

Una sonrisita curva su boca.

—Eso me parece muy lógico. Genial.

Espero más —otra pregunta, una burla, hasta que se separen nuestros dedos—, pero no pasa nada. Permanece inmóvil, permanece callada, los dedos un poquito más apretados contra los míos.

Luego toda su mano se desliza sobre la mía y nuestros dedos están todos mezclados, pálidos y morenos, lavanda sobre violeta oscuro, todos entrelazados. El árbol cruje aterradoramente, pero no me importa. Me olvido de todo lo que sucedió antes de esto: todas las sensaciones de ira y de celos que tuve antes se desvanecen.

Sugar ronca ruidoso justo debajo de nosotras, pero él tampoco me importa.

Me inclino más cerca, la necesito más cerca, me necesito más cerca, y enseguida ella está aquí, su boca a centímetros de la mía. Me detengo al recordar que es su primer beso. Estudia mi rostro, y *asombro* es la única palabra para definir su expresión. Cierro la pequeña distancia que nos separa, solo un poquito, y dejo que mi labio inferior roce el de ella. Contiene el aliento, así que no me muevo más y dejo que ella haga el último movimiento.

Y lo hace. Sus ojos dan un último vistazo fugaz a mi boca y luego aprieta los labios sobre los míos. Suaves y cálidos. La tomo de la nuca para atraerla más a mí. Nuestras lenguas se tocan, de a poco, pero luego desliza el pulgar por mi mejilla y me siento salvaje, como si tuviera que devorarla en este mismo instante. Sabe a verano, a correr y a risa, y la combinación es tan embriagadora que tengo que obligarme a tranquilizarme y disfrutar el momento. También es mi primera vez.

Se aparta y casi lanzo un gruñido de protesta, pero lo reprimo cuando apoya la frente contra la mía.

—¿Acabamos de besarnos arriba de un árbol? —pregunta, una risita nerviosa rodea sus palabras.

—N-O-S-B-E-S-A-M-O-S.

Larga una carcajada y sus labios vuelven a encontrarse con los míos, ambas nos reímos debajo de la suave presión de nuestras bocas.

—¿Quieres que nos vayamos? —pregunta cuando nos separamos.

—Por supuesto que no.

—Yo tampoco, pero pienso que estoy a un paso de clavarme una astilla en el trasero.

—Bueno, no queremos que eso suceda.

Me ayuda a bajar del árbol, sus pies tan livianos como la brisa fresca sobre mi piel. Cuando llegamos al suelo, Sugar se mueve, pero no se despierta y gruñe de una manera que parece exactamente igual a un cerdo. Sofocamos las risas al pasar de puntillas junto a él. Luego corremos hacia el pueblo, tomadas de la mano durante todo el camino.

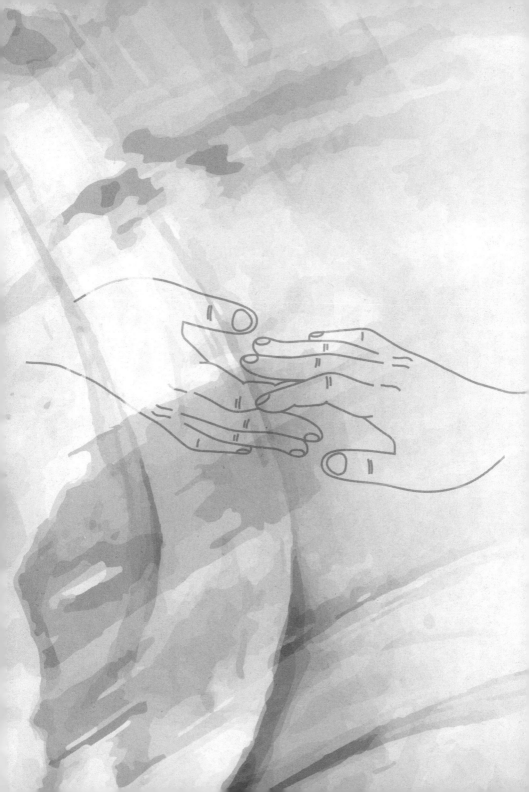

Capítulo dieciséis

A la mañana siguiente, los gritos me despiertan. Salgo tan rápido de la cama que ni siquiera pienso que no llevo más que una camiseta finita y unos deshilachados shorts de dormir. La puerta de mi dormitorio cruje contra el revoque cuando la abro súbitamente y corro por el pasillo hasta la sala.

—... no puedes tomar mi dinero sin pedírmelo, Maggi —advierte Pete mientras se quita algo del pelo y de los hombros, que parece ser cereal Fruity Pebbles—. Las cosas no funcionan así.

—¡Pensé que estábamos juntos en esto! —grita mamá.

Están en la cocina, una caja de cereal rota y vacía sobre la mesa, más copos coloridos por el piso. Mamá lleva una camisa de Pete, que le llega hasta la mitad del muslo. Al menos, pienso que es de él.

—Juntos no significa robar —afirma.

Ay, mierda.

—Yo no robé —replica mamá—. Tomé prestado. Para una buena causa.

—Tú siempre tienes alguna causa. Si necesitas elementos para tu negocio de joyas, está bien. Pídeme. Yo te dije que te ayudaría, pero no hurgues en mi billetera mientras duermo. No lo voy a tolerar.

Mamá coloca las manos en la cadera.

—¿No lo vas a *tolerar*? ¿Qué es esto? ¿Mil novecientos cincuenta y cinco?

—¿Qué pasó? —pregunto cuando ambos hacen una pausa para respirar.

Mamá toma aire bruscamente y gira hacia mí. Su expresión agraviada se suaviza un poco, pero aprieta los labios y continúa hablando deprisa.

—Nada, cariño. A Pete le resulta difícil adaptarse a tener una mujer en la casa, eso es todo.

—Supongo que estás bromeando, Maggie —señala el cereal desparramado—. ¿Esto significa tener una mujer en la casa? ¿Que me arrojes copos en la cabeza por preguntarte por mi propio dinero, maldita sea?

El temor me invade el estómago.

—Mamá, ¿tú…?

—Lo tomé prestado, Gracie. Necesitaba más cobre para el collar de Eva. Me salió mal el primero y ella necesita…

—¡Entones, pídemelo! —ruge Pete, su rostro y su cuello grueso están

204

rojos como la sangre. De inmediato me acerco a mamá, la tomo del brazo y la acerco hacia mí.

—¿Qué diablos pasa? —aparece Jay frotándose el pelo desgreñado y parpadeando con fuerza—. Son las siete de la mañana.

—Son las ocho y media, genio —lo corrijo. Siento como si me apretaran todo el cuerpo.

—Como sea. Demasiado temprano. ¿Qué pasa?

—Está todo bien —responde mamá, pero su voz tiembla—. Nada más que un simple malentendido.

Mantengo la mano sobre el brazo de mi madre, ambas tensas como gatas asustadas. Pete pasea la mirada entre nosotras dos durante unos segundos antes de cerrar los ojos y lanzar un profundo suspiro. Cuando habla, su voz es calma y firme.

—Grace, ¿tú y Julian pueden dejarnos solos unos minutos?

—No, no puedo —respondo.

—Está bien, cariño —dice mamá—. Pete y yo tenemos que hablar.

—Pues hablen. Yo me quedaré aquí mismo —Pete es enorme y, hace dos segundos, tenía la cara roja y estaba furioso. Y, sí, de acuerdo, parece que mamá le robó su dinero y que él tiene todo el derecho de estar enojado por eso, pero ni loca la dejaré sola con Pete.

—Vamos, Grace —dice Jay tomando mi mano y jalando de ella.

Retrocedo bruscamente.

—Quítame las manos de encima.

—Vete, Gracie —insiste mamá.

—No pienso irme, maldita sea.

—Margaret Grace —se vuelve hacia mí y despega mis dedos de su brazo—. Cuida tu vocabulario y vete a tu habitación. Esto es entre Pete y yo, y *no* te necesito aquí. Puedo manejarlo sola.

Parpadeo, muda. Nunca antes me dijo eso: que no me necesitaba. Estoy tan conmocionada que ni siquiera me resisto a Jay, que me saca de ahí y me conduce por el pasillo.

En mi dormitorio, me echo en la cama, pero mis sentidos permanecen en alerta máxima. Presto atención por si se escuchan más gritos o el estallido de objetos que se rompen, pero solo se oye un murmullo bajo. Jay ronda por el pasillo.

—No le va a pegar —comenta.

Alzo la vista.

—¿Qué?

—Cuando se enoja, levanta mucho la voz. Pero no le va a pegar. No le pegó a nadie en toda su vida. Ni siquiera a un tipo.

Mi cuerpo se relaja y me río con amargura. Porque esto es ridículo, ¿verdad? Que *esto* sea lo que me preocupa. Porque nunca sé en qué nos estamos metiendo, con cada tipo nuevo, cada pelea, cada grito, siempre existe la posibilidad de que la situación se torne desagradable.

En mi cama desordenada, los dedos de mi mano derecha se mueven sutilmente, tocando la clave de fa de la *Fantasía,* de Schumann. Jay se queda quieto y me observa. No puedo mirarlo. Sí, es un idiota, pero en este instante estoy plenamente consciente de que soy la chica cuya madre le robó a su padre, un hombre muy trabajador y en cuya casa estamos viviendo, cuya comida estamos comiendo, y que podría echarnos en cualquier momento. No puedo recordar la última vez que mamá vendió alguna joya o trabajó en algún turno de Reinhardt's Deli. Si está sacando furtivamente billetes de veinte dólares de la billetera de Pete o algo parecido, entonces las cosas están mal y se pueden poner peor en cualquier momento. Siento una imperiosa necesidad de disculparme y, lo juro por Dios, estoy a punto de hacerlo, cuando recuerdo mi propia reserva de propinas de LuMac's.

No es mucho. Solo trabajé un turno, pero cuando regresé ayer a casa, coloqué los treinta dólares en mi caja de música de *El Mago de Oz*, que tengo desde los cinco años: un regalo de cumpleaños de Emmy. Los ojos de Jay me siguen mientras me levanto de la cama, camino hasta la cómoda y levanto la tapa de la caja. *Over the Rainbow* tintinea a través del dormitorio, ligeramente desafinada después de varios años de uso. Dorothy gira con lentitud con sus zapatillas color carmín.

La caja está vacía.

Lo sabía. Así como sé que no le preguntaré qué pasó con el dinero. Así como sé que, si me lo hubiera pedido, se lo habría dado.

Me quedo mirando el desgastado interior de terciopelo color verde esmeralda y el caminito de ladrillos amarillos que serpentea por el falso suelo del bosque. Con cuidado, cierro la caja y levanto los ojos hacia el espejo. Tengo el pelo pegoteado y opaco de estar afuera la noche anterior, el viento y la corrida lo enredaron, y el delineador está todo corrido porque anoche estaba muy agotada para quitármelo al regresar a casa.

Luzco igual a ella.

—Jay, ¿dónde está tu mamá? —pregunto, los ojos todavía fijos en mi imagen reflejada en el espejo.

—¿Eh?

—Tu mamá. Supongo que tienes una.

Se aclara la garganta y me vuelvo para mirarlo. Me está observando, el labio inferior metido debajo de los dientes.

—Está en Chicago. Desde hace unos cuatro años.

—¿Por qué?

—Mis padres se divorciaron, obviamente, y ella se mudó allá por trabajo. Es abogada. Una bruja obsesionada por el maldito trabajo, a decir verdad, con toda una nueva familia. Suelo verla para el día de Acción de Gracias.

—Oh.

—Sí.

—Se suponía que pasarías el verano con ella, ¿no es cierto?

—Su nuevo marido la sorprendió con un viaje a Key West —comenta Jay encogiéndose de hombros y toqueteando la pintura saltada del marco de la puerta.

—¿Por qué yo no sabía todo esto acerca de ella? Digo, cuando estábamos juntos.

Inclina la cabeza hacia mí.

—Nunca preguntaste.

Después de unos incómodos segundos, se da vuelta y se marcha. Ahora la casa está en silencio, mis sentidos invadidos por la imagen de una chica en un espejo: la chica que soy, hija de una triste mujer, que toma lo que no le pertenece y jamás lo pide.

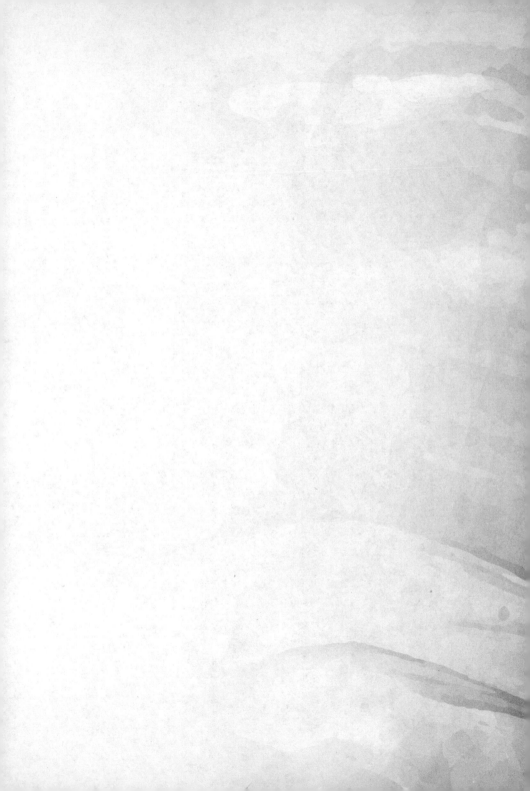

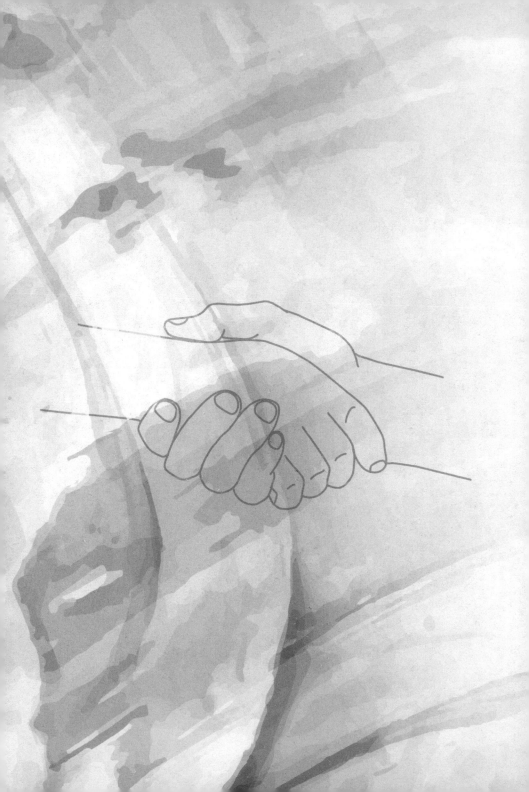

Capítulo
diecisiete

Siento las teclas ásperas bajo mis dedos. Son amarillas y varias están resquebrajadas. Diablos, la tecla del la más bajo ni siquiera *existe*, pero es un piano con pedales, está apenas desafinado y puedo crear música en él, practicar para la audición, distraerme y concentrarme en un futuro que todavía no estoy segura de que pueda tener.

El problema es que no puedo concentrarme. Aporreo el piano, el sonido metálico y disonante hace que Patrick, el dueño de la librería, haga un chasquido con la lengua en señal de desaprobación desde el frente de la tienda. Aprieto los puños y luego los extiendo antes de empezar otra vez. Me pongo en piloto automático, las manos me obedecen durante unos pocos segundos, pero mi mente viaja. Se desliza lentamente hacia mamá, recogiendo copos de cereal del piso de la cocina al marcharme esta mañana, pero ahora no puedo pensar en ella. No quiero. Ni siquiera sé *qué* pensar de sus robos, del collar para Eva, del hecho de que no me necesite y de tantas malditas cosas.

De modo que me permito pensar en Eva. La noche anterior, corrimos sin parar hasta la entrada del faro y recién cuando nuestros pies se detuvieron, nuestras manos se separaron. Eva me dio un beso y luego continuó alejándose hacia el pueblo, una sonrisita en los labios mientras agitaba el brazo diciéndome adiós.

Y en la mano. En la boca. Sentía un cosquilleo. No lograba que se calmara. De solo pensar en todo lo ocurrido, ahora mismo siento ese cosquilleo, y mis dedos se deslizan y tocan un acorde en mi menor, cuando se supone que debería ser en mi mayor.

Me paso las manos por el cabello y lanzo un resoplido. El temprano sol de la mañana se filtra por la ventana del depósito y me enceguece por una décima de segundo.

—¡Las becas no se ganan sin trabajo! —grita Patrick desde atrás de la caja. Tiene unos treinta y cinco años, es completamente pelado (por elección, asegura) y es el típico sujeto entrometido de Cabo Katie, uno de los que se deleitan con el programa de radio de Bethany Butler solo para sentir que sabe todo de todo el mundo.

Así y todo, tiene un piano y me permite sentarme aquí diariamente durante horas, sin cobrarme nada.

—Gracias por aclararme eso, Patrick —le contesto, pero tiene razón. Si no consigo la beca, no voy, así de sencillo, y muchos de los otros pianistas que compiten por un lugar en una escuela como la de Manhattan vienen de escuelas secundarias con especializaciones en arte y música. Ellos me llevan kilómetros de ventaja, simplemente por sus estudios y su dinero.

Patrick emite un gruñido de reconocimiento y yo vuelvo al piano. Esta vez, me obligo a apartar de mi mente cualquier pensamiento que no esté relacionado con la Escuela de Música, la beca, los dormitorios de la residencia universitaria o las reuniones sociales en el jardín.

La *Fantasía,* de Schumann, se desprende de mis dedos. Es suave, evocadora y me encanta. Me vuelco entera en ella –cada deseo, cada apartamento de mierda, una chica llamada *Eva,* una madre que le roba a la hija–, todo asciende y desciende con la dinámica de la pieza. El primer movimiento se desarrolla en una suerte de fluir de la conciencia, varios estados de la mente y del corazón recreados bajo mis manos.

Miedo. Furia. Esperanza. Amor.

Dejo que todo brote de mí y se deslice sobre las descuidadas teclas. Es una avalancha, un dejarse llevar, y puedo *pensar.* Todo es claro cuando estoy en el piano. Sé quién soy. Sé qué hacer.

Sé cómo marcharme.

Ataco con rapidez el resto del primer movimiento y siento dolor y un cosquilleo en los dedos, pero es una sensación muy distinta a la de anoche. Esta es pura energía, pura seguridad y confianza. Las últimas notas resuenan por la tienda, mis manos suspendidas en el aire. La danza loca en la que siempre caigo cuando toco el piano me arroja el cabello en la cara. Lo llevo hacia atrás justo cuando una leve bocanada de aire llega a mis oídos.

Con un crujido, giro sobre el banco y encuentro a Eva, que me mira con la boca abierta. Lleva una túnica holgada y una falda corta de jean, las piernas literalmente interminables.

–Guau –exclama–. Eres *realmente* buena.

Sonrío.

–No es para sorprenderse tanto.

–Y también humilde.

–Bueno, no tengo muchas más cualidades.

Se sienta en el banco y me empuja la cadera con la de ella.

–Humilde *y* autodestructiva: cuán seductor.

–Eso intento.

–¿Estamos coqueteando? –se inclina sobre mi hombro y baja la voz, su cabello me roza la mejilla–. Creo que sí.

No puedo quitarme la amplia sonrisa del rostro.

–No lo sé. Tú, ¿quieres que estemos coqueteando?

–Es probable. *Tú*, ¿quieres estar coqueteando?

–Creo que hablar de coquetear anula por completo cualquier coqueteo real.

Se ríe. Se tironea un rizo hasta dejarlo derecho, luego lo suelta y salta hasta el pómulo.

–Entonces tal vez deberíamos dejar de hablar de eso.

–Tal vez.

Nos apoyamos una contra la otra y siento que el alivio me inunda. Estamos a punto de besarnos nuevamente. No fue algo único. Fue real.

Luego, por el rabillo del ojo, veo a mamá en la puerta. Me aparto de Eva –mucho– y la miro a mi madre. Lleva abrazado contra el pecho un libro de cubierta color crema y flores elaboradas. Se la ve cómoda, bien maquillada, la pose relajada, como si lo de esta mañana nunca hubiera sucedido.

–Hola, cariño. No sabía que estabas aquí.

Por una vez, tiene razón. No le dije adónde iba cuando me marché por la mañana y ella no preguntó. Estaba demasiado ocupada limpiando cereal.

–¿Qué…? –paseo la mirada entre las dos–. ¿Qué estás haciendo aquí?

Mamá levanta el libro.

–El otro día estaba escuchando el programa de radio de Bethany, y Nina Álvarez estaba contando cómo manejaba la ansiedad. Mencionó estos elegantes libros para colorear, para adultos. Se supone que son muy buenos para la relajación e incluso para meditación. Y luego Eva me dijo que ella los usa todo el tiempo, así que vamos a ir a pintar a las mesas de picnic del parque.

–Tienes que venir con nosotras –propone Eva, deslizando su mano sobre la mía. La aparto bruscamente y en sus ojos se ve que se siente herida. Quiero disculparme, explicarle que no es por nosotras, ni siquiera por el hecho de que mamá esté aquí mientras yo estoy sentada demasiado cerca de otra chica. Mamá no me conoce en realidad, pero no porque yo no haya intentado hablar con ella. Ella no escucha. De todas formas, no estoy avergonzada.

Estoy furiosa.

Porque, Dios mío, anoche besé a esta chica y hoy ella sale con mi madre como si fueran amigas. Yo sé que Eva está pasando por un momento difícil, y si pintar con Maggie la ayuda, entonces ¿qué rayos me importa? No puedo fingir que mamá no entiende la pena, o lo que sea, muchísimo mejor que yo, sin importar cuán jodidos sean sus métodos para enfrentar la situación. Aun así, no puedo evitar sentirme traicionada por las dos.

Me pongo de pie, recojo los libros de música y los meto en el bolso.

—Tengo que trabajar.

Y eso es todo lo que digo antes de dirigirme a la puerta bajo la mirada atenta de Patrick, que me observa mientras paso deprisa delante de la sección de historia. No puedo dejar de pensar que Luca estaría recontraorgulloso en este instante: estoy mejorando mucho en esto de marcharme.

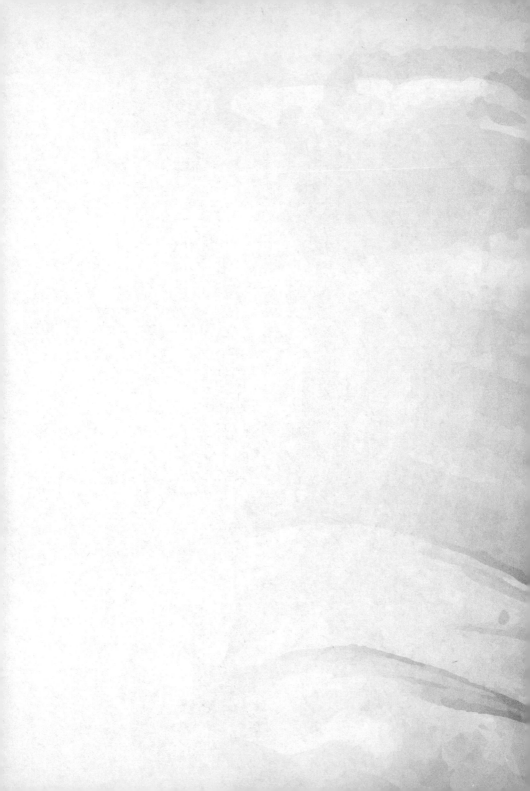

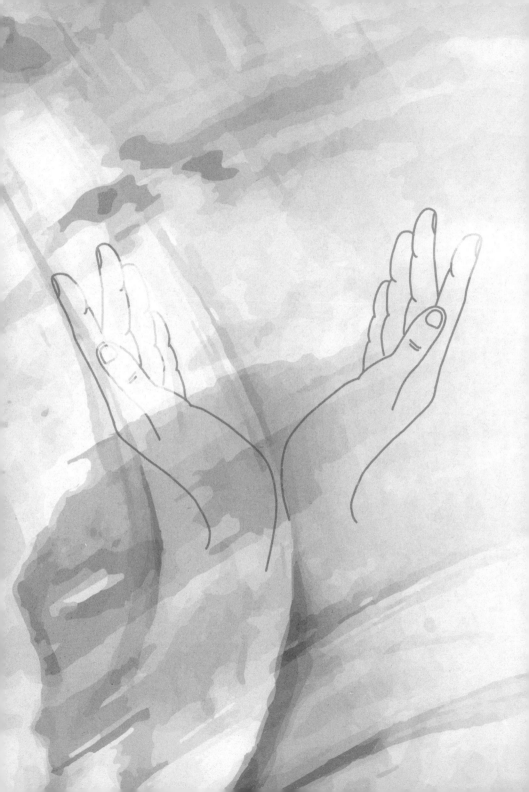

Capítulo
dieciocho

La magia de anoche, toda esa adrenalina, tomarnos de la mano y besarnos, desapareció. Puf, adiós. De modo que, cuando Eva comienza su turno en LuMac's más o menos en la mitad del mío, finjo que no la veo mirándome de reojo en la sala de descanso mientras ella marca su tarjeta de entrada y yo cambio mi delantal empapado de kétchup por uno limpio.

—¿Qué pasó ahí? —pregunta señalando el delantal que parece cubierto de sangre.

—A Harrison Jensen no le gustaron las papas fritas.

—Ah.

Harrison es un niño de tres años notoriamente temperamental, acerca del cual Luca nos advirtió a Eva y a mí durante el entrenamiento.

Tiene la costumbre de arrojar comida cuando está molesto, y cada vez que sus padres lo llevan a la fuerza a LuMac's, los camareros raramente salen ilesos. De modo que, como era de esperar, cuando él y su agobiada madre entraron a comer algo a media mañana, eligieron mi sector.

Termino de atarme el delantal y meto el anotador y el lápiz en los bolsillos delanteros antes de darme vuelta para marcharme.

—Grace, espera.

—¿Qué? —me detengo y giro.

—¿Qué pasó en la librería? ¿Acaso hice algo malo?

—No, por supuesto que no —ni siquiera trato de animar mi seco tono de voz.

—¿Estás segura? Porque pareces...

—¿Qué parezco?

Ladea la cabeza hacia mí.

—Enojada.

—No lo estoy —no puedo mirarla, no seré capaz de mentir y, si no puedo mentir, la verdad de cuánto odio verla cerca de Maggie brotará atropelladamente de mi boca, aquí mismo, en la sala de descanso, y no estoy preparada para eso. Aun así, no logro quitar el tono cortante de mi voz—. Solo estoy cansada, huelo a kétchup y me duelen los dedos de practicar, ¿de acuerdo?

Hace un gesto visible de crispación ante mi voz.

—No te creo.

—Bueno, estás en tu derecho, pero eso es todo lo que tengo.

Entrecierra los ojos y tensa el mentón.

—De acuerdo.

—De acuerdo.

Me echa otra mirada de desconcierto antes de menear la cabeza, descolgar un delantal bruscamente de un gancho y salir casi corriendo del lugar.

—Epa —escucho que Luca exclama en el pasillo que conduce a la cocina—. Más despacio, Eves, o estarás cubierta de jarabe de arce en dos coma cuatro segundos.

Luca asoma la cabeza en la sala de descanso, las cejas fruncidas de preocupación.

—¿Quién le dio una mala noticia? —pregunta estirando el pulgar en dirección a Eva.

—Yo, aparentemente —respondo, hundiendo los dedos en los ojos.

—¿Tú? —frunce el ceño y apoya la mochila en la mesita de metal.

—Pensé que tu turno comenzaba hace una hora —comento, ignorando su pregunta. Deslizo la mano por la cara como si pudiera borrar este día por completo.

—Ah, sí. Acerca de eso. Mamá retrasó mi turno.

—¿Por qué?

—Digamos que no se mostró contenta cuando descubrió lo que hicimos anoche.

—¿Qué? ¿Y cómo lo descubrió?

—La Sra. Latham vino a desayunar a primera hora de la mañana, aparentemente.

—Ay. Ups.

—Sí, ups. Así que tuve que volver a poner a los enanos en sus posiciones decentes y correctas.

—Aguafiestas.

—Totalmente. Aunque juro por Dios que mamá estaba haciendo un gran esfuerzo por no reír mientras me daba un maldito sermón.

Sonrío y respiro profundamente para armarme de valor ante la perspectiva de tres horas más evitando a Eva en un diminuto restaurante.

—Ey —exclama Luca cuando estoy respirando con profundidad por segunda vez—. No te olvides, el 4 de Julio hay fiesta en el barco.

Cada año, desde que tengo memoria, Luca y Macon sacan su barco —el barco de su *papá*, que dejó como una suerte de premio consuelo, y es enorme, hermoso y más divertido que el demonio— y lo fondean a unas millas de la costa. Invitan a las chicas con quienes estén saliendo —hasta que Macon se ató a Janelle de por vida, quiero decir—, a algunos de sus amigos varones menos insoportables y a mí. Bebemos cerveza, comemos salchichas y Cheetos, y miramos los dibujos que forman los fuegos artificiales en la vastedad del cielo y se reflejan en el agua como chispas de colores.

—Faltan dos semanas para el Cuatro —le recuerdo.

—Sí, pero el año pasado tú y Maggie acababan de mudarse y no pudiste encontrar tu traje de baño ni nada de tu ropa de verano. Viniste en pantalones de gimnasia. ¿Recuerdas cómo refunfuñaste todo el tiempo porque tenías mucho calor?

Lo observo con el ceño fruncido. Una dramática mirada asesina que espero sintetice la tirantez de mi mentón y el dolor en mis ojos por el hecho de que mi vida sea un condenado desastre y lo haya sido durante años. ¿Pantalones de gimnasia porque no pude *encontrar mi ropa*? Por el amor de Dios, suena tan absurdo viniendo de él.

Se encoge de hombros como si fuera algo sin importancia.

—Te lo estoy recordando para que empieces a buscar tu traje de baño desde ahora.

—Tampoco es que vaya a nadar en aguas profundas. Bestias marinas... ¿lo recuerdas?

Pone los ojos en blanco varias veces para hacerme saber lo ridícula que soy.

—Solo búscalo.

—De acuerdo. ¿Quiénes vienen?

—Tú, Kimber y yo, Macon y Janelle, y Eva. Este año haremos algo sencillo.

—Ah. ¿Viene Eva?

Luca hace una mueca.

—Mmm, sí. Considerando que vive con nosotros y eso, pensé que sería bastante grosero no invitarla.

—Claro, claro. Está bien.

—¿Qué rayos te pasa, Gray?

—Nada —extraigo el anotador del bolsillo y paso las hojas—. Es que…

—¡Grace! —escucho que Emmy me llama desde la puerta vaivén del comedor—. ¡Tienes una mesa de cuatro!

—¡Bueno, gracias! —guardo el anotador otra vez en el delantal—. Tengo que irme.

—Espera —Luca engancha el dedo en la cintura de mi delantal—. ¿Qué pasa?

—No es nada. Eva y mi madre salen juntas de vez en cuando y eso me resulta raro —lo digo bien rápido, como si la velocidad lo volviera menos raro.

—Oh —exclama Luca con una leve mueca de disgusto—. Sí, mamá y Eva han intercambiado algunas *palabras* acerca de eso.

—¿Qué quieres decir?

Se frota la nuca.

—Ya sabes… mamá está preocupada. Es que todavía no le contó a Eva demasiado acerca de Maggie… y de su historia. No quiere hacerlo, pero a Eva le está resultando difícil integrarse a nosotros, y mamá está tratando de encontrar la mejor manera de ayudarla. Maggie le dijo que abandonara la danza, ¿puedes creerlo?

—No le dijo que renunciara a ella, sino que no tenía que bailar si no quería.

—¿Hay alguna diferencia?

—Yo creo que sí.

Luca frunce el ceño.

—Bueno. Mamá sigue preocupada. Y tú sabes cómo es Maggie.

Me cruzo de brazos.

—Sí, lo sé.

Aprieta los labios y me echa una de sus miradas que dicen *Vamos, Grace*.

—Entonces sabes que, probablemente, no sea la influencia más saludable para Eva en este momento.

—¿Hablas en serio?

—Sí. ¿No lo crees?

—No, no lo creo.

Me mira fijo antes de sacudir la cabeza y dirigirse al reloj de la pared, para fichar las horas de trabajo.

—Kimber tenía razón, siempre sucede lo mismo —masculla.

—¿Kimber? ¿Qué es lo que siempre sucede?

—Tú y tu mamá. No puedes enojarte por sus disparates, Grace, y luego enojarte conmigo cuando critico esos mismos disparates. No puedes estar de los dos lados. Tienes que elegir.

—No estoy tratando de estar de los dos lados —afirmo, pero mientras lo digo, sé que eso es exactamente lo que estoy haciendo. En el fondo de mi mente, sé que Emmy tiene todo la razón en desconfiar. Existe una razón por la cual ella y mamá tienen una relación frágil. Las madres equilibradas no se marchan y dejan a sus hijos solos durante varios días y luego regresan como si nada hubiera ocurrido. Pero apenas alguien dice esto, me hierve la sangre.

—¿Le has contado a Eva algo acerca de Maggie? —pregunta.

—No. ¿Crees que es un tema fácil para mí?

—Por supuesto que no, Grace. Pero no quiero que Eva salga lastimada —señala, golpeando los números de la pantalla—. Y si realmente son amigas, si son… si te gusta, ¿cómo puede ser que no le cuentes?

Ignoro la última parte porque no lo sé. *No lo sé.*

—No saldrá lastimada.

Se vuelve hacia mí, los ojos entrecerrados por la incredulidad.

—Eso no puedes saberlo. *Tú* sales lastimada todos los días. Y generalmente no digo nada porque sé que eso es lo que tú quieres, pero eso no significa que no lo piense.

—Eva puede cuidarse sola.

—Como tú, ¿verdad?

Abro la boca sin querer, pero enseguida la cierro bruscamente. De todas maneras, Luca se da cuenta y se arrastra la mano por el pelo.

—¡Grace! —grita Emmy otra vez.

—Ve —dice Luca—. Hoy tengo que hacer el inventario, así que nos vemos mañana.

Dios, *odio* pelearme con Luca.

—¿Quieres hacer algo esta noche? —pregunto, pues necesito calmar las cosas entre nosotros.

Niega con la cabeza.

—Voy a ir a la casa de Kimber.

Aprieto los labios, para evitar que tiemblen. Como no sé qué decir o qué hacer, me marcho, sin saber cómo se fue al diablo mi relación con Luca con tanta rapidez.

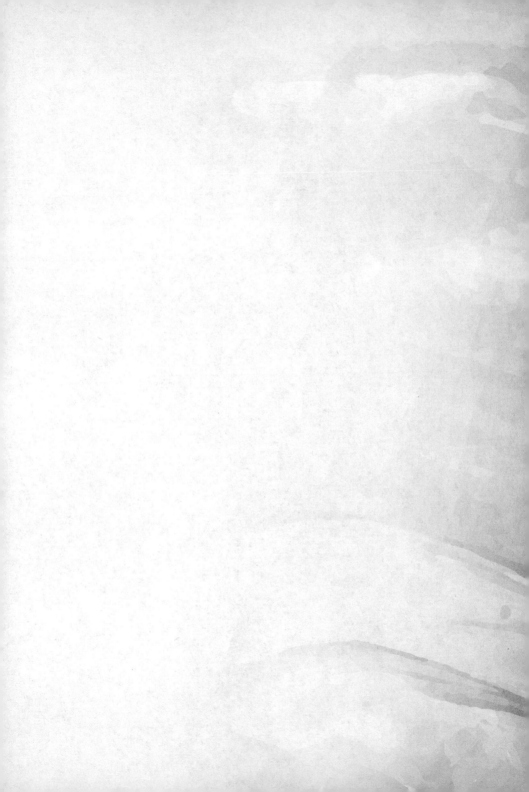

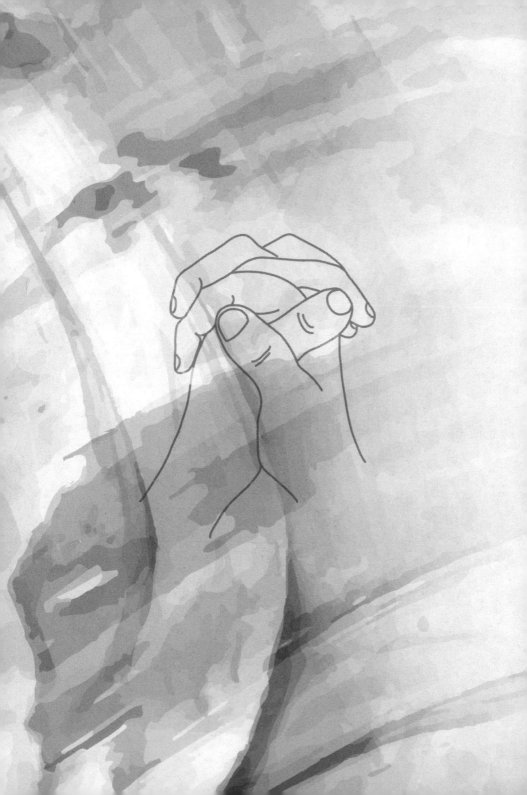

Capítulo
diecinueve

Esa noche no pude dormir. Cuando regresé a casa después de dedicar unas horas al piano en el Rincón de Libros, mamá y Pete estaban discutiendo que, últimamente, ella venía bebiendo mucha de la cerveza de Pete, y luego desaparecieron en su dormitorio, y al diablo con la cena. No salieron desde entonces y, con sinceridad, no quiero saber por qué. Me di un festín de avena instantánea con arce y azúcar moreno. Jay invitó a algunos de sus amigos facinerosos, que se fueron bastante después de medianoche. Y si bien tengo que reconocer que me hizo una invitación que sonó bastante humana para que me uniera a ellos, la decliné y me encerré en la habitación. Para cuando la casa queda en calma, son casi las dos de la mañana y todavía sigo despierta.

En noches como esta, cuando mamá está muy inaccesible –tanto física como emocionalmente, lo cual, para ser sincera, ocurre la mayor parte del tiempo–, extraño a mi padre. No sé qué extraño con exactitud, porque no tengo ningún recuerdo de él, literalmente. Lo extraño simplemente a él. La otra mitad, una presencia que me ayude con mamá, que me lleve a tomar un helado y me ayude a encontrar alguna suerte de criterio saludable para tratar a los muchachos y a mi repentinamente temperamental mejor amigo. Pero, en realidad, si papá estuviera aquí, mi madre sería una persona por entero distinta. *Yo* sería una persona completamente distinta. Tal vez ni siquiera viviríamos aquí; no conocería a Luca; nunca habría conocido a Eva; yo sería bonita, dulce, confiable y fácil de querer.

A veces me pregunto si mamá me presta tan poca atención por mi apariencia. Tengo su mismo colorido: cabello rubio, ojos claros y las mejillas llenas de pecas, pero eso es todo. La boca, la nariz y las orejas, la forma de la cara, hasta el arco de las cejas, son todos de James Glasser. Cuando mamá me mira –cuando me mira *de verdad*–, siempre tengo la sensación de que está mirando a un fantasma. Y tal vez, si papá todavía estuviera aquí, yo sería para ella de carne y hueso, y no un recuerdo. Sería simplemente su hija.

Exhalo una temblorosa bocanada de aire y me coloco de costado, de cara a la oscura vastedad que llena mi ventana. Los pensamientos comienzan a calmarse y mis ojos justo comienzan a resultarme pesados cuando escucho un repiqueteo en la ventana. Me enderezo apoyándome sobre un codo sin ver nada con claridad, cuando la ventana se eleva, una mano morena se mete por el alféizar y la empuja hacia arriba. Entra una brisa fresca y salada cuando Eva se desliza por la abertura y aterriza en mi cama con un suave *uf*.

—De todas las malas costumbres entre las cuales elegir —señalo—, deslizarse furtivamente por ventanas ajenas es una mala elección.

—No sé —repone, cerrando la ventana antes de colocar las piernas debajo del cuerpo. La luz de la luna tiñe mi dormitorio de plateado y alcanzo a ver la sonrisa de Eva—. Te mantiene en vilo.

—Puedes creerme, yo siempre estoy en vilo. Tengo suficiente de eso.

Su sonrisa se desvanece.

—¿Qué quieres decir?

—Nada. Ya sabes, la vida.

Asiente y luego voltea la cabeza para recorrer mi habitación. Como no dice nada, me acuesto de nuevo, repentinamente exhausta. Tiene el cabello desordenado alrededor de la cara y el mentón es una línea afilada mientras observa todo, menos a mí.

—¿Por qué estás aquí? —pregunto.

Se da vuelta para mirarme, pero no puedo distinguir su expresión en la oscuridad.

—Eva.

Siempre en silencio, se quita los zapatos, que resbalan por el borde de la cama. Se quita las gafas y las coloca en el alféizar de la ventana antes de correr las sábanas y deslizarse junto a mí. Yo tengo puesto un pantalón corto tipo bóxer y una camiseta finita. Ella está toda de negro, pero con shorts negros, y sus piernas se extienden suaves y largas contra las mías. Se arrastra un poquito hacia mí y yo me desplazo, para que pueda compartir mi almohada. Me quedo sin aire en los pulmones mientras apoya las manos sobre su pecho, su frente casi toca la mía.

Casi, pero no del todo.

—Te estaba esperando —murmura—. En la pared del faro.

—¿Por qué?

Se encoge de hombros.

—Es lo que solemos hacer, ¿no?

—Lo hicimos dos veces.

—Más que suficiente para convertirse en hábito. Tú misma lo dijiste acerca de mi entrada sin permiso.

—No quiero subir al faro, Eva —aunque en este momento mi corazón es como una bandada de gacelas, mantengo la voz calma y firme, y es suficiente para atenuar esa sonrisita que curva un lado de su boca.

—Está bien. No tenemos que hacerlo —afirma.

—Pensé que tú estabas enojada conmigo.

—Pensé que tú estabas enojada *conmigo*.

Lo estaba, pienso. ¿Verdad?

—Perdóname —susurra al ver que yo no digo nada.

—¿Por qué?

—No sé, pero me doy cuenta de que estás molesta, y yo… quiero que seamos amigas. Siento que hice algo mal. Tal vez fui muy rápido o…

—No fue así.

—Pero algo está mal —insiste—. ¿Estás segura de que no tiene que ver con lo de anoche en el árbol?

—No tiene que ver con nada.

Asiente, pero sus cejas están arqueadas con incredulidad.

—¿Tiene que ver con tu mamá?

Me quedo mirándola durante algunos segundos y me pregunto cuánto mostré hoy en la librería y en la sala de descanso de LuMac's. Se ve tan preocupada que le digo algo cierto. Algo seguro, que nos dé a las dos lo que necesitamos en este instante.

—Mamá y yo... a veces... tenemos una extraña relación.

—Ella no lo sabe, ¿verdad? ¿Que eres bisexual?

—¿Sinceramente? No lo sé.

—¿Qué quieres decir? ¿Le contaste o no?

Ven, estas parecen preguntas simples, pero no lo son. ¿Le conté? Sí. ¿Lo entendió? No.

—No me da vergüenza que ella lo sepa. Es... como te dije, una relación extraña.

Eva asiente y me doy cuenta de que quiere entender. Examina mis ojos, buscando verdades no dichas.

—Fue tensa la situación de hoy, en la librería.

—Ella, ¿dijo algo? ¿Después de que me marché?

—No.

Claro que no. Mamá es una experta en decirse a sí misma que, entre nosotras, todo es un jardín de rosas.

—Mamá y yo acabamos de pasar por momentos horribles, Eva, y nosotras... No sé qué más decir. No siempre es fácil.

—Lo sé.

Contengo la respiración.

—¿De veras?

—Ella todavía está lidiando con tantas cuestiones, después de haber perdido a tu padre.

Se me hace un gran vacío en el estómago.

—Ah, cierto. Mi padre.

—Lo que digo es que esa es un poco la razón por la cual me ayuda. Yo me siento tan desamparada todo el tiempo, y ella sabe cómo es eso. Todavía sigue sintiéndose de esa manera, ¿entiendes?

—¿Y eso no te parece un poco raro? —pregunto, sin poder contenerme—. Mi papá murió hace quince años.

Eva frunce el ceño, como si la idea nunca se le hubiera ocurrido. Diablos, es probable que así sea.

—La pena no sigue un modelo. No es lineal.

—¿*Maggie* te dijo eso?

—No, fue Emmy.

—Bueno, ¿y Emmy no te ayuda también? Era psicoterapeuta, especializada en duelo. Ella te conoce mejor; conoció a tu madre.

Eva asiente.

—Lo sé, pero, en realidad, es por eso. Es más fácil hablar con tu madre porque *no* me conoce a mí ni conoció a mamá, no sabe de ballet, pero sabe de esto —se toca el costado de la cabeza con el dedo índice—. No me empuja hacia la danza, para que vuelva a la *normalidad*, aunque no sepa qué diablos es eso. No quiero alguien que me dé esa estúpida perorata de que "el tiempo cura todas las heridas". Solo quiero a alguien que me diga que esto es realmente una mierda. Que me deje hacer lo que necesito hacer. Y Maggie es así. Y no está siempre tratando de solucionar mis problemas. Simplemente me deja estar con ella y hablar si quiero, callarme si quiero. ¿Crees que tiene sentido?

Es un poco raro, pero tiene sentido. Asiento y me inclino hacia ella mientras tomo aire. Dios, quiero besarla otra vez. Tengo tantas ganas que es casi una necesidad. Aun cuando ella también quisiera, no me parece bien cerrar estos pocos centímetros que nos separan cuando tan solo unas pocas horas atrás yo no podía pensar en ella sin maldecir. Quiero que ella sea quien dé el primer paso. *Necesito* que sea así, al menos, para comprobar que mi comportamiento en la librería al verla junto a mi madre no la ahuyentó.

Sin embargo, no me besa. No se acerca ni siquiera un centímetro. Se limita a examinar mi rostro como si fuera una pintura abstracta que no alcanza a comprender.

—Tocas maravillosamente bien —dice por fin.

—¿En serio?

Asiente y su cabello me hace cosquillas en el rostro.

—Es una belleza. Hoy cuando te escuché, cuando te vi tocar, me sentí… Dios mío, Grace, tu lugar está arriba del escenario.

Sus palabras son como el primer día de primavera después de semanas de nieve. Yo quiero eso: estar en el escenario, el público que se extiende frente a mí y que espera que le cuente una historia con la punta de mis dedos. Es un anhelo viejo y profundo. Por más que me repita a mí misma que no lo lograré, que nunca estaré a la altura de otros pianistas de mi edad que no han tenido dos trabajos de medio tiempo durante años solo para pagar las clases, igual, nunca dejo de desearlo. Y cada vez que la miro a Eva, veo todo ese deseo reflejado en ella.

—Creo que no deberías abandonar la danza —afirmo.

Parpadea y agrega unos centímetros al espacio que hay entre nosotras, su sonrisa se transforma en un ceño levemente arrugado.

—No digo que tengas que retomarla ya mismo. Tal vez no estás lista y lo entiendo, pero me doy cuenta de que amas bailar, Eva. Creo que sigues siendo una bailarina.

Su expresión se suaviza y roza su frente contra la mía otra vez.

—No sé. Tal vez yo… no lo sé. Siento como si…

—Como, ¿qué?

Traga con dificultad y su garganta se mueve de arriba abajo.

—Como si la estuviera traicionando. Porque yo puedo bailar y ella no.

—Eva… —no sé qué más agregar, de modo que no intento decir nada. Pero sí extiendo la mano, le toco el cabello y deslizo la mano por sus rizos. Ella mira hacia abajo y todo lo que veo son pestañas cargadas de lágrimas y mejillas, una suerte de belleza triste que me provoca dolor en el pecho.

Nos quedamos acostadas durante un rato, respirando en silencio en la oscuridad. Esto me gusta casi más que hablar… simplemente estar así.

—Hueles a manteca de maní —comento por fin.

Se ríe con suavidad y se seca los ojos.

—Probablemente porque me di un festín con un recipiente de manteca de maní Peter Pan camino hacia aquí.

—Eso suena casi pornográfico.

—Esa fue mi intención.

Sonrío y luego empujo la manta hacia atrás. Estar acostada en la cama con ella es pura felicidad, pero cuanto más permanezcamos así, más probable será que hablemos de cosas de las que ya hemos hablado suficiente por el momento.

—Vamos —digo alcanzándole las gafas y levantando la ventana.

—¿Adónde?

—Al faro.

Eva sonríe y se coloca las gafas.

—Nos encontraremos junto a la pared. Tengo que buscar la llave.

—¿Lo prometes? —pregunta Eva, una pierna fuera de la ventana—. ¿No estarás tratando de deshacerte de mí, verdad?

Está sonriendo, de modo que estoy a punto de hacer una broma, pero noto una pizca de duda en su tono.

—Lo prometo. Trae la manteca de maní.

Esboza una amplia sonrisa antes de desaparecer por la ventana.

No importa quiénes somos durante el día. Estas noches… son nuestras. No somos Grace Glasser ni Eva Brighton. Solo Grace y Eva. Dos chicas que necesitan sentirse jóvenes y libres, que necesitan sentir que son chicas. Necesitan gritar desde la punta de un faro, comer manteca de maní del envase, maldecir, rozarse sorpresivamente una contra la otra y reírse ante eso como dos niñas pequeñas.

De modo que eso hacemos.

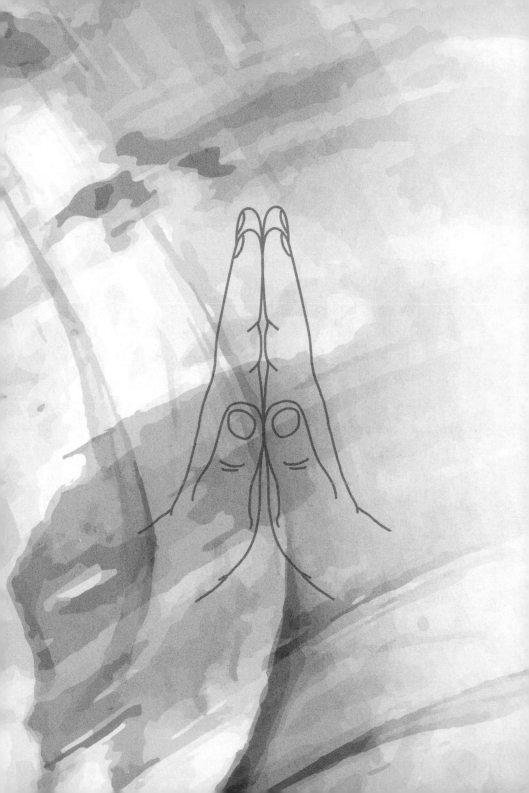

Capítulo veinte

Durante las dos semanas siguientes, Eva y yo caemos en una rutina. Los días transcurren en una nebulosa, sirviendo aros de cebolla y la famosa tarta de Emmy llamada *Mejor Que Sexo* –sí, así es como figura en el menú, pero todas las ancianitas de Cabo Katie la llaman *MQS*–, practicando horas y horas en el Rincón de Libros por la tarde, y tratando de no pensar en nada más allá del próximo atardecer. La audición todavía me parece completamente irreal, pero al ir acercándonos a los primeros días de julio, se me hace un nudo en el estómago cada vez que me siento al piano.

Eva y yo no hablamos demasiado durante el día. Trabajamos juntas, rodeándonos como dos simples conocidas, comunicándonos el estado en que se encuentran las botellas de kétchup y el café recién hecho. Dos veces, mamá vino a almorzar. Me aduló durante tres malditos segundos antes de depositar un beso en mi frente y desaparecer con Eva en un box en un rincón, durante su receso para almorzar. Una vez, hasta se marcharon durante esa media hora a vagar por la playa con los zapatos enganchados de los dedos.

Trato de no pensar de qué están hablando ni qué obtiene Eva de todo eso. Trato de no pensar en lo que dijo Luca acerca de que Eva podía salir lastimada y que *yo* salía lastimada todo el tiempo.

En el ínterin, Luca y Emmy observan con ojos entrecerrados y sonrisas tensas la relación entre mamá y Eva, mientras el pánico bulle debajo de la superficie. Verdadero *pánico*, como si Maggie fuera a robar a Eva delante de sus narices y desaparecer. Eso me produce una furia del demonio y una preocupación infernal. No puedo decidir cuál emoción es más intensa.

Aun así, no digo nada. No comparto nada. Actúo como si no fuera importante.

Pero luego por la noche, todo cambia. Comenzamos en el faro comiendo manteca de maní y riéndonos en el aire negro. Luego solemos andar en bicicleta o caminamos por la playa. Hay algo secreto en hacer todas estas cosas debajo de la luz de la luna y de las estrellas, que las vuelve excitantes, que las vuelve especiales. Hablamos de todo y de todos, excepto de nuestras madres.

A veces danzamos alrededor de ellas, hacemos alusiones acerca de estas dos mujeres –una muerta, una viva, ambas perdidas–, pero nunca explícitamente. Debajo del cielo oscuro, somos dos chicas sin madre.

Somos lo que queremos ser.

Y, en apariencia, lo que queremos ser es dos amigas que se acurrucan en la cama hasta el amanecer, cuando Eva regresa sigilosamente a la casa de los Michaelson antes de que Emmy despierte. Porque todas las noches, después de esta vida secreta bajo la luz de la luna, terminamos en mi dormitorio.

En mi cama.

Debajo de las sábanas.

Las piernas entrelazadas, pecho contra espalda, los brazos extendidos por arriba de la cintura, pero nunca más que eso, y Eva ya no está para cuando me despierto.

Por lo tanto, como es usual, la mañana del 4 de Julio, abro los ojos y me encuentro con una cama vacía y una ventana perfectamente cerrada. También, como es usual, repaso la noche anterior en mi mente –más específicamente, los minutos anteriores a quedarnos dormidas, cuando no podía distinguir dónde terminaba mi cuerpo y comenzaba el de ella– y me pregunto si todo fue un sueño, una alucinación provocada por estrés agudo o agotamiento agudo o no sé qué mierda aguda que ha sido la esencia de mi vida durante los últimos quince años.

Pero hay un huequito cóncavo en el lado derecho de mi almohada doble. Es una impresión con la forma de Eva. Y sé, sin ninguna duda, que me dormí con su mentón apoyado arriba de la cabeza, la espalda apretada contra su estómago.

En la pálida luz matinal, me quedo mirando el techo. La sonrisa boba que hay en mi rostro pronto se desvanece mientras florecen mis pensamientos. Porque, sinceramente, todo esto que Eva y yo estamos haciendo es más bien confuso. Todas las noches, nuestros cuerpos se entrelazan, susurramos secretos, compartimos la respiración: parecería ser la sesión de caricias más larga del mundo sin llegar a darnos un solo beso.

Yo ya estuve en esta situación: esa extraña zona después de engancharte con alguien, en que uno tantea al otro para ver si fue algo de una sola vez o puede llegar a convertirse en una relación. Solo que siempre había sido el chico el que tanteaba la situación y yo, en el otro extremo, prácticamente lo evitaba. Es verdad que Eva no me está evitando, pero no está haciendo nada para confirmar que lo que pasó en el árbol fue más que un beso casual para ella. Tal vez quería tachar el primer beso de su lista de asignaturas pendientes.

Tantas veces, quise agarrarla y apretar mi boca contra la suya, disipar todas las malditas dudas. Algunas noches me atreví a rozarle la nuca con los labios, pero ella no se dio por aludida, no se dio vuelta en mis brazos para besarme. Una vez, emitió un suspiro de satisfacción, pero eso es todo, y las dudas continúan volviéndome loca.

Por lo tanto, sí, Eva y yo debemos ser solo amigas. Pero esta mañana, esta zona amistosa en la que nos movemos no me impide recordar el olor de su piel, el contacto sedoso de sus muslos contra los míos o ese beso en el árbol. Y ciertamente no me impide cerrar los ojos y dejar que mi mano descienda por el estómago y por debajo de mi ropa interior. No me impide imaginar el aliento cálido de Eva en mi cuello, su voz susurrando mi nombre mientras mi mano se hunde cada vez más abajo. Mis dedos son sus dedos, rodeando y buscando, suaves y luego bruscos. Me entrego por completo a la ilusión, susurrando su nombre por lo bajo hasta que esa tensión que creció con lentitud se quiebra, y me muerdo el labio inferior para no hacer ruido.

Mi cuerpo se desploma relajado en el colchón mientras mi visión se aclara y mi respiración vuelve a la normalidad. Permanezco tumbada durante un largo rato escuchando el despertar de la casa, preguntándome con qué me encontraré cuando cruce la puerta de la habitación. En la cocina, mamá lanza unas cuantas maldiciones mientras algo que parece ser una taza de café o un bol se estrella contra el piso. Me doy vuelta y me tapo la cabeza con la manta. Todavía siento un hormigueo de excitación en los nervios y abrazo la almohada como si fuera un cuerpo esbelto de piel suave.

Sip. Solamente amigas.

Cabo Katie arroja la casa por la ventana para el 4 de Julio. Mientras me marcho de la librería y atravieso el pueblo hacia lo de Luca, es como si alguien hubiera vomitado rojo, blanco y azul por todos lados. Guirnaldas de papel crepé serpentean por encima de los faroles de la calle, cintas y banderines de colores brillantes cuelgan de las marquesinas de las tiendas; y el aire huele a una mezcla de salchichas y azúcar, que no es una combinación totalmente desagradable.

Luca vive en una casa amarilla estilo rancho, cerca del puerto. Antes de que Paul Michaelson se mudara a California, siempre estaba en el agua, pescando, y hasta había comenzado a meterse en la pesca de langostas. Tenía un hermoso barco, llamado irónicamente *Emmaline*, por su esposa, que Luca y Macon mantuvieron impecablemente desde que él se marchó. Si la casa de Luca es mi único verdadero hogar —y seamos sinceros, mamá y yo no permanecemos en ningún lugar el tiempo suficiente como para convertirlo en un hogar—, el barco de los Michaelson es el segundo. Prácticamente vivimos en esa embarcación durante julio y agosto. Amo sentir el aire frío del mar soplando por mi piel. Es libertad y bienestar, y hoy mis pies ansían sentir esa ingravidez debajo de mí.

Y, de acuerdo, tal vez yo estoy ansiando ver a cierta persona, pero solo porque ella es mi primera amiga de verdad, además de Luca.

¿Verdad?

Verdad.

No puedo evitar reírme un poquito de mí mientras giro el picaporte de la puerta. Maldición. Es realmente agradable sentirme tonta y eufórica por alguien que de verdad me gusta.

Mi sonrisa se desvanece cuando escucho voces tensas que brotan de la cocina y llegan hasta el vestíbulo.

—... tratando de darte tu propio espacio —exclama Emmy—. Eso lo entiendo. Lo que no entiendo es esta falta de respeto. No hicimos nada para merecerla. Si Luca se enterara, se le rompería...

—Te dije que pensaría eso de retomar la danza, pero necesito un poco de tiempo. No sé por qué te molesta tanto.

—No estoy hablando del ballet y tú lo sabes.

Permanecen en silencio durante unos segundos y después Eva agrega:

—No estoy tratando de ser desagradecida. En serio. Sé que esto ha sido difícil para todos. Solo quiero tomar mis propias decisiones.

—No siempre tienes esa opción. No cuando formas parte de una familia.

—Esta *no* es mi familia.

Se produce otro compás de silencio y yo permanezco en el pasillo, sin ser vista, conteniendo penosamente la respiración dentro del pecho. Alguien respira con profundidad y luego Emmy remata con calma:

—Bueno, somos lo más parecido que tienes a una familia. Y, legalmente, es el lugar al cual perteneces. De modo que la respuesta es no.

—Muy bien. Como sea —escucho pies que se arrastran y luego aparece Eva, los ojos encendidos, el cabello desgreñado, probablemente de retorcerse los rizos, como hace cuando está estresada. Al verme, se detiene en seco.

—Grace.

—Hola —doy un paso hacia adelante, pero ella retrocede un poco. No estoy segura de si es intencional, pero hace que yo atornille los pies en el suelo—. Vine un poco antes para ver si Luca necesitaba ayuda para llevar las cosas al barco.

—Claro. Creo que todavía está durmiendo o en la ducha o… —su voz se va apagando mientras se aleja hacia las habitaciones—. Tengo que prepararme. ¿Nos encontramos ahí?

Asiento y, antes de poder agregar otra palabra, ya no está, la puerta de su habitación se cierra y el ruido resuena por el pasillo. En la cocina, Emmy está revolviendo en un bol una mezcla con aroma a chocolate, que puede ser cualquier cosa: desde una torta, brownies o el relleno de un pastel. Tiene el pelo recogido en una suave cola de caballo; la boca, una línea finita.

Me aclaro la garganta y levanta la cabeza.

—Hola, dulce —me saluda con energía. Demasiada energía, y una expresión tensa alrededor de los ojos.

—¿Todo bien? —pregunto y luego agito la mano hacia las habitaciones—. ¿Con Eva?

Su expresión se apaga un poco.

—Oh. Eso creo —se limpia las manos en el delantal, que tiene la imagen de dos galletas con chispas de chocolate en el pecho y la frase *Se mira y no se toca*. Todas las navidades, Luca y Macon le compran un delantal nuevo a su madre, cada uno más ridículo que el anterior. El año pasado, el delantal mostraba la silueta curvilínea de la Mujer Maravilla, del cuello hacia abajo. Estoy segura de que lo eligieron antes que los adornos del árbol.

Emmy se acerca a mí y me pone la mano en la mejilla.

—Tú eres una buena chica, Grace. No te preocupes por nada —sus ojos están un poco llorosos; la voz un poco ronca. Estoy a punto de insistir, porque si bien Emmy suele ser muy afectuosa, me asusta un poco. Aun así, no puedo evitar aferrarme interiormente a su juicio sobre mí, sin importar cuán caprichoso pueda ser.

Abre el refrigerador y toma un pan de manteca. Le quita el envoltorio, lo arroja en un bol y lo introduce en el microondas.

—Bueno, cuéntame de ti. ¿Cómo está tu mamá?

—Ella está… bien.

Una respuesta convencional. Yo sé que Emmy haría cualquier cosa por mí —al menos, eso es lo que siempre pensé—, que es probablemente el motivo por el cual no suelo entrar mucho en detalle cuando hablo con ella de Maggie desde su gran discusión cuando yo tenía trece años. Estoy segura de que Luca le cuenta cosas, pero nunca le contaría *todo*. El pueblo entero ya sabe mucho más de lo que debería. Es más vergonzoso que el demonio, y no puedo soportar las miradas de compasión.

—Eva y ella parecen estar llevándose muy bien —señala Emmy, los ojos clavados en la cuchara de madera, con la que revuelve la mezcla en círculos caóticos.

—Sí.

Como no sé qué más decir, no digo nada y el silencio es cada vez más denso. Finalmente, Emmy lo quiebra.

—Cuéntame todo acerca de la inminente audición de piano.

—Ah —los nervios estallan en mi estómago de solo pensarlo—. Bueno. Es dentro de, más o menos, un mes. Sin embargo, todavía no he decidido si iré o no.

Se detiene en medio del batido, una ceja levantada.

—¿A la audición?

—No. A eso sí voy —no hay forma de que no vaya a la audición, no importa cuántas dudas tenga al respecto. El invierno pasado, después de que logré rescatar a mamá de la pelea de hombres en Ruby's y decidí abandonar la posibilidad de ir a la universidad, Luca prácticamente me secuestró y me llevó hasta Portland en el auto.

"Para la audición de Manhattan" –había dicho mientras me empujaba en un estudio de grabación de videos que pertenecía a un amigo de Macon. El sujeto parecía un Chris Evans con pelo negro, así que no me quejé. Además, Luca sonreía literalmente de oreja a oreja mientras yo grababa.

Además, pagó todo.

Luego la escuela me invitó a participar de la audición y todo comenzó a suceder con mucha rapidez. Todo eso es una imagen borrosa que llevo en la mente, en el corazón y en las tripas, un remolino de nervios, confianza e inseguridad.

También está el viaje que mamá planeó… trato de no pensar en que no lo ha mencionado desde que regresé de Boston.

–Lo que digo es que, si entro y consigo una beca… –le explico a Emmy–. Si me mudo a Nueva York, estaría a unas cinco horas de distancia, y no estoy segura de si mamá…

–No te apresures.

–Estoy tratando, pero tú sabes que no es tan simple, Emmy.

Asiento en el momento en que suena el microondas. El aroma delicioso a manteca derretida inunda la sala mientras ella vierte la manteca dentro de la mezcla.

–Nada lo es. La pregunta es, ¿qué quieres *tú*, Gracie?

Me quedo mirándola.

–¿Qué quiero *yo*?

Emmy sonríe, pero es una sonrisa triste, llena de años de dramas de Maggie y de compasión ante el hecho de que la pregunta me conmociona de forma evidente.

Porque, ¿qué *rayos* quiero?

La vida con mamá nunca fue una cuestión de querer. No puede serlo. Es un embrollo de necesidades y urgencias, vivir al día, el futuro como una ciudad lejana en un mapa, en medio de una tierra extraña. Todos esos deseos incrustados en las puntas de mis dedos eran solamente eso… *deseos*. Y nadie realmente espera que sus sueños se hagan realidad.

¿O sí?

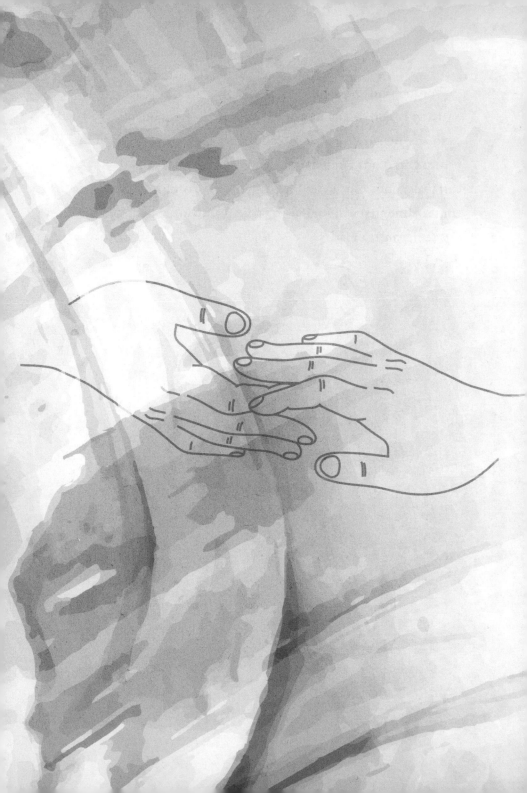

Capítulo
veintiuno

A Janelle Michaelson parece que le hubieran pegado una pelota al estómago mediante cirugía. Una pelota enorme y perfecta para jugar al vóleibol. Sube al barco con su andar estilo pato, algunos paquetes de pan para los hot dogs en los brazos.

—Hola, Grace —saluda, el semblante rojo, como si el simple saludo le hubiera quitado toda la energía.

—Hola. Deja que te ayude —tomo los panes y los arrojo dentro del canasto de ropa para lavar, que está lleno de bolsas de papas fritas, botellas de kétchup y de mostaza—. Hace tiempo que no nos vemos.

—Es cierto —se desploma en el banco con almohadones cerca de la popa y se frota el estómago—. He estado preparando el dormitorio para Emily y considerando que me muevo a unos treinta centímetros por hora, me toma todo el día.

—¿Emily? ¿Así se llamará?

Asiente.

—Por Emmy, pero lo suficientemente distinto como para que sea su propio nombre, ¿sabes? Macon fue *muy* insistente, y el nombre me encanta, así que no me opuse.

—Qué dulce —y lo es, pero, por alguna razón, se me hace un nudo en la garganta y tengo que apartar la vista. Me distraigo desenvolviendo paquetes de salchichas, así Macon puede cocinarlas en el pequeño hornillo de la cabina del barco.

—¿Luca te contó que diseñó la cuna? —pregunta Janelle, apartando del cuello su cabello color café dorado y abanicándose.

—No. Es genial.

—Tiene forma de barco. Bueno, más o menos. Tanto como puede una cuna parecerse a un barco. Macon la está construyendo y se está tomando su tiempo.

Me río.

—Es verdad que le gusta hacer las cosas bien —cuando éramos niños, Macon siempre hacía nuestros disfraces de Halloween y era tremendamente meticuloso. Le divertía hacerlos, pero creo que era Emmy quien lo incitaba. Sabía que mamá nunca podría permitirse comprarme un disfraz. El año en que me disfracé de nube de lluvia —con gotas y rayos plateados incluidos— y Luca era el Hombre de Malvavisco de los *Cazafantasmas* y se caía por los escalones de los porches de las casas porque no podía doblar las piernas sigue siendo una de las mejores noches de mi vida, que es algo irrisoriamente deprimente si uno lo piensa.

—No te preocupes, Nelly, ya tengo todo —grita Macon mientras sube a bordo con un bolso floreado de lona colgado de un brazo, rebosante de comida, y una pila de mantas en el otro.

—No, si no estoy preocupada —comenta Janelle guiñándome el ojo. Macon y ella tienen una de esas relaciones en las que están interrumpiéndose uno al otro en forma constante, y todas sus bromas terminan inevitablemente en grandes demostraciones públicas de cariño.

Kimber y Luca aparecen desde debajo de la cubierta, ella con las mejillas encendidas y él con una gran sonrisa en el rostro. Hablando de grandes demostraciones de cariño. Los tres llegamos caminando juntos hasta el barco, Eva continuaba en la ducha cuando nos marchamos, y creo que no hubo ni un solo segundo en que Luca no estuviera tocando a Kimber: los hombros, la cintura, el cuello, el pelo, la mano, lo que fuera. Ahora ambos no llevan más que el traje de baño, y parece que el seductor bikini rosado de Kimber está a punto de hacer que Luca se prenda fuego. Le mira todo el tiempo el trasero, luego las tetas y luego aparta bruscamente los ojos como si pensara que no debería estar mirándole el trasero y las tetas porque es un *caballero*. Kimber, por su parte, también le echa miradas traviesas al pecho esbelto y tonificado de Luca, a la piel tostada y dorada por el sol, así que pienso que está bien. Los dos serían de verdad adorables si yo no estuviera ligeramente enojada con ambos.

—¿Te acordaste de traer el traje de baño? —me pregunta Luca con un codazo.

Me levanto la camiseta por encima de la cabeza, para dejar a la vista el top del bikini color negro desvaído, con escote *halter*, que me queda bastante pequeño. Luca me hace el gesto de levantar los pulgares y eso es todo. Nada de amenazas de arrojarme a los delfines, una broma que hace cada vez que estamos a bordo de Emmaline.

No hablamos de nuestra discusión de dos semanas atrás ni volvimos a discutir. Simplemente… *existimos*. Nos hemos tratado cortésmente, nos reímos un poco de algunos clientes exquisitos y malhumorados, nos ayudamos atendiendo las mesas cuando cae una avalancha de gente en LuMac's. Una vez me preguntó si le había contado algo más a Eva acerca de Maggie. Me encogí de hombros ambiguamente, gesto que interpretó con claridad como un *no*, porque meneó la cabeza y continuó rellenando en silencio los azucareros mientras un músculo saltaba en su mandíbula. Sinceramente, esta nueva incomodidad me parece un asco. No estoy acostumbrada a este nivel de relación estúpida y superficial con Luca, que ambos estemos por completo absorbidos por otras personas y apenas conversemos sobre todo lo que ocurre.

Quince minutos después, estamos esperando a Eva para poder salir a navegar, y tengo una cerveza en la mano. Me acurruco en los asientos cerca de la proa y sorbo algo que Macon destila en forma artesanal, o como quieran llamarlo. El líquido ámbar está frío y sabe ligeramente menos a pis que todas las cervezas que he bebido antes. De hecho, se digiere fantástico.

—¡Grey Goose! —grita Macon, un apodo ridículo que me ha puesto desde que Luca y yo teníamos diez años y nos enfermamos violentamente por una botella de vodka Grey Goose que Emmy había dejado demasiado tiempo en el freezer. Todos tienen algún precioso apodo para Grace.

Macon sube desde la acogedora cabina de abajo del Emmaline, que incluye camas estilo náutico y una minicocina.

—Deja algo para los pececitos, ¿sí? —señala desplomándose a mi lado.

—Los pececitos recibirán mucho cuando ella lo vomite en un rato por la borda —destaca Luca, como si me hubiera visto borracha más de una o dos veces. Como si yo hubiera *estado* borracha más de una o dos veces. Tal vez me guste arrojarme de balcones aquí y allá, y reacomodar enanos de jardín, pero, maldita sea, lo hago todo con la cabeza despejada.

Luca no me mira y, en cambio, se concentra atentamente en una botella de protector solar con factor de protección 55. Camina por el barco hacia la popa, donde le entrega el protector a Kimber. Se sonríen mutuamente mientras ella pone cierta cantidad de crema blanca entre las manos y la extiende por los hombros desnudos de Luca.

—Está sensible últimamente —susurra Macon. Él es una versión de Luca de cuerpo más fornido y pelo más oscuro. La misma melena rizada, la misma sonrisa fácil, la misma lealtad extrema—. Uno pensaría que estaría un poco más relajado ya que finalmente está ligando.

Janelle se une a nosotros, una botella de agua del tamaño de mis muslos en la mano. Su traje de baño enterizo azul y blanco a lunares se ve adorable sobre su panza redonda. Le da un golpe a Macon en el hombro.

—Auch, ¿qué pasa?

—No hables así de Kimber.

—Ey, yo la amo a Kimber —replica, estirando la mano y atrayendo a Janelle a su lado—. La adoro a Kimber. De hecho, la idolatro.

—Alto elogio —comento y bebo un sorbo de cerveza.

—Ella lo hace feliz. Todos hemos estado un poco tensos desde que Eva se unió a nosotros. Todos nos estamos adaptando.

Frunzo el ceño, pero no digo nada. *Tensos* es un término suave para definir lo que estaba pasando entre Emmy y Eva hace un rato.

—Además, Kimber dice las cosas como son —agrega Macon encogiéndose de hombros—. Y eso es algo admirable.

Janelle se observa las uñas y Macon abre una bolsa de pretzels apretándola ruidosamente. Me invade la abrumadora sensación de que *decir las cosas como son* significa hablar de lo jodida que es mi relación con Maggie. Tal vez me estoy volviendo paranoica, pero no cabe duda de que queda *algo* resonando en el aire después del comentario de Macon, que me hace estremecer. Trago un enorme sorbo de cerveza.

Y luego otro.

Voy por el tercer trago gigantesco cuando diviso a Eva caminando graciosamente por el muelle con unos diminutos shorts de jean. Tiene las tiras de un bikini verde anudadas en la nuca, que asoman por debajo de su camiseta sin mangas color gris claro como si fueran algo secreto.

—Como dije, Grey Goose, bebe esa cerveza con calma —concluye Macon desenterrando una ginger ale de la refrigeradora, que está junto a mis pies, y alcanzándosela a Janelle–. Tiene más contenido de alcohol que esa ridícula Bud Light –me da una palmadita debajo del mentón y lo llama a Luca, para que lo ayude a soltar el barco de la amarra, pero yo sigo observando a Eva.

Y ella sigue observándome a mí, su sonrisa libre de toda esa incomodidad del pasillo de los Michaelson de un rato antes. Quiero saber qué está pasando, por qué están peleando Emmy y ella, y qué es lo que Emmy no le permite hacer. Pero, en este instante, con el sol caliente en la espalda y Eva cada vez más cerca, lo único que quiero es divertirme, reírme y, para ser sincera, ponerme un poco alegre con una cerveza que no huele a pis.

El sol finalmente caliente de julio penetra en mi piel y me infunde una sensación entre mareada e hilarante, que estoy disfrutando.

O, tal vez, sea la cerveza de Macon.

Sea como sea, una vez que Macon y Luca sueltan a Emmaline del muelle y nos deslizamos por el Atlántico bañado por el sol, la atmósfera del barco es un poco menos tensa y un poco más 4 de Julio. Después de que anclamos aproximadamente a una milla de la costa, Luca y yo hasta nos arreglamos para dosificar algunas bromas. Como siempre, yo lo cargo porque le pone mayonesa a la salchicha y él finalmente me jode porque le tengo miedo a Flipper.

–Los delfines son superamistosos –señala Kimber. Ella es más falsa que la mierda bebiendo cerveza con un sorbete flexible.

Macon se ríe.

—Espera a que vaya a nadar y un minúsculo pececito le roce el tobillo —hace la mímica de los gritos en silencio y se jala del cabello. Janelle le da un golpe en el hombro. Parecería ser el lenguaje amoroso que existe entre ellos.

—Bueno, nunca lo sabrán —afirmo mientras le doy un mordisco al hot dog—. Porque no pienso meterme en el agua. Todavía está fría como el demonio.

—Siempre está fría como el demonio —comenta Luca.

—No haces más que reafirmar lo que digo.

Me lanza una sonrisa de suficiencia. Luego se traga todas las papas fritas sabor barbacoa que está masticando y se acerca al borde del barco.

—Luca —dice Janelle, pero eso es todo lo que alcanza a proferir antes de que él se arroje al mar, lanzando un aullido agudo al tocar el agua.

En pocos minutos, ya está trepando la escalerilla y chorreando agua salada por todo el barco.

—¿Ves, Gray? No pasa nada —luego agarra una toalla y vuelve a sentarse junto a Kimber, que sonríe como una cachorrita enamorada y desliza la mano por el pelo mojado de Luca, mientras él se mete más papas fritas en la boca. No destaco que su piel está de color violeta.

Todos nos reímos de él. Todos comemos, bebemos y contamos historias estúpidas como en cualquier otro 4 de Julio. Siento como si hubiera cinta adhesiva manteniendo unidos los fragmentos de un jarrón roto, pero no puedo entender por qué. No puedo entender por qué las cosas entre Luca y yo son tan poco… *propias* de Luca y de mí. Pero en este momento, no me importa. *No puede* importarme. Es verano, la cerveza está rica, mis pensamientos son etéreos y ligeros, y el bikini verde de Eva le queda ridículamente increíble contra la piel oscura y los ojos con manchitas doradas.

Cerca del atardecer, Janelle baja a la cabina para descansar mientras Luca y Macon se instalan en la proa a jugar al rummy. Vienen jugando sin parar durante años, a esta altura el marcador ya va por los mil. Kimber juguetea con su cámara de fotos de aspecto sofisticado y toma muchas fotografías de ellos, del cielo, del horizonte, de la orilla. Estoy a punto de aguantármela e ir a hablar con ella de lo que diablos sea para suavizar toda la incomodidad que existe entre nosotras, cuando Eva me da una palmada en el hombro. Al darme vuelta, me está mirando con una gran sonrisa.

—¿Qué? —pregunto.

—Acompáñame hacia allá —ladea la cabeza hacia la popa.

—¿Adónde?

Sin dejar de sonreír, me toma de la mano y zigzagueamos por los asientos cercanos al timón, rodeamos la puerta que lleva a la cabina y nos dirigimos hacia la popa del barco.

—Hum, no —mascullo, negándome obstinadamente a continuar.

—Ni siquiera sabes qué vamos a hacer.

—Sí que lo sé. Quieres sentarte en la parte de atrás del barco y probablemente dejar los pies colgando por arriba del borde, que es casi como pedirle a un tiburón o a una ballena jorobada que te los arranque de un mordisco.

—¿Una ballena jorobada?

—Sí, Eva, una maldita ballena jorobada.

Aprieta los labios, reprimiendo claramente una carcajada.

—Eres una extraña pajarita.

—Una pajarita que todavía conserva todos sus dedos.

—Los pájaros no tienen dedos.

—Garras, entonces —curvo los dedos de las dos manos como si fueran garras y ella se ríe. Luego toma una de mis manos y la coloca alrededor de su espalda, acercándonos más.

—No les temo a tus garras —murmura suavemente.

Sus ojos echan un rápido vistazo a mis labios y se me seca la boca. El viento fresco le vuela el cabello sobre mi cara, y el mío sobre la de ella. Estamos las dos mezcladas y, justo cuando pienso que nos besaremos otra vez, retrocede.

—Vamos —me suelta la mano y se trepa a los asientos acolchados que rodean la popa. Luego, como yo sabía que haría, arroja las piernas sobre ellos ubicándose en los sesenta centímetros de espacio plano, cubierto con un revestimiento imitación madera, justo arriba de la hélice. Una escalerita metálica desciende hacia el abismo encrespado y azul.

Al ver que estoy rondando a sus espaldas, me mira y da unas palmadas en el lugar que está junto a ella.

—Aquí vamos, pajarita.

No opongo resistencia. Diablos, por más que odie el agua, ni siquiera quiero hacerlo. Se ha mantenido muy callada desde que zarpamos, y no pienso dejar pasar estar un rato a solas con ella, especialmente a la luz del día. Una vez que estoy sentada a su lado, meto los pies debajo de la cola y me alejo todo lo posible del borde. El mar está agitado y un rocío de agua fría nos salpica las piernas.

—¿Ves? —comenta—. No era tan difícil.

—Dime eso cuando esté acurrucada en posición fetal y chupándome el pulgar porque divisé una aleta a cien metros de distancia.

Se ríe.

—Vamos, no puedes decir que esto no es lindo —levanta los brazos hacia el cielo y echa la cabeza hacia atrás, el sol se refleja en su piel y en su pelo.

Bueno, eso *sí* que es lindo.

—Es que es tan… infinito, ¿no? —balbuceo asomándome por el costado del barco y observando el agua color tinta—. ¿Quién sabe qué está pasando allí abajo? —me estremezco—. Me da pavor.

Ella también se inclina por encima del borde. Luego entrelaza su brazo con el mío y se reclina, empujándome con ella. Nos acomodamos una al lado de la otra, piel contra piel.

—Imagina que estamos en el faro, el cielo infinito encima de nosotras —señala—. Es más o menos lo mismo, ¿verdad?

—En el cielo no hay criaturas extrañas con dientes dando vueltas.

—Podría haber en las novelas de literatura fantástica.

Me río.

—¿Entonces debería hacer como que estamos en una novela fantástica?

Se encoge de hombros.

—Una especie de literatura fantástica.

Después de eso, nos quedamos calladas, algo denso y ligero flota entre nosotras. El océano nos arroja hacia un lado y hacia otro, y no sé si el revuelo de mi estómago se debe al movimiento o a tener el cuerpo de Eva apretado contra el mío en este espacio tan diminuto.

Me toma la mano y desliza los dedos por mis uñas color amatista. Las de ella todavía siguen de color berenjena oscuro, el esmalte saltado en las puntas.

—¿Por qué violeta? —pregunta.

Se me forma un nudo en la garganta, un acto reflejo.

—¿Maggie no te contó?

Eva niega con la cabeza y siento un extraño alivio al descubrir que mamá no compartió esto con ella.

—Siempre fue nuestro color —relato en voz baja mientras Eva continúa deslizando la yema del pulgar sobre mis dedos—. Mío y de mamá. Ella comenzó a pintarme las uñas de violeta cuando era muy pequeña.

—¿Por qué?

Entonces le cuento lo de los deseos. Que mamá siempre decía que pedíamos los deseos con las puntas de los dedos, como una forma de estirarnos hacia aquello que queríamos. Algo así. Mamá me dijo, más de una vez, que ama el violeta porque es una hermosa mezcla de la calma estabilidad del azul con la violenta energía del rojo. Es curioso cuán profética resultó mamá tantos años atrás. Cuán sabia acerca de sí misma, de mí, de las dos juntas.

Eva arruga ligeramente el ceño, pero sigue sosteniendo mi mano, formando círculos arriba de mis uñas, en forma muy similar a lo que hizo aquel primer día en que nos conocimos en la playa. A nuestro alrededor, el cielo se va oscureciendo, el sol desciende más y la corriente azota el barco casi con furia. Oigo el gruñido de frustración de Macon seguido del resoplido y la risa triunfadora de Luca, y la voz clara de Kimber alentándolo. Los fuegos artificiales comenzarán en cualquier momento y llenarán de colores inconcebibles el vasto espacio de cielo que se halla detrás de nosotros.

Pero, por el momento, solo somos Eva y yo, mi mano en la suya.

—Tus pecas son más evidentes después de estar al sol —señala, tocándome la nariz con el dedo índice y luego recorriendo los puntitos marrones de ambas mejillas.

—Sí, es normal —comento tontamente. Siento que mi corazón es enorme: una masa literalmente gigantesca de músculo palpitante dentro del pecho. Estoy segura de que Eva puede escucharlo mientras se desliza más cerca de mí, tan cerca como cuando estábamos acostadas en mi cama después de haber subido al faro. Pero esta sensación es diferente. Esas noches tenían más que ver con una cómoda intimidad, mientras que esto estalla de energía. De posibilidad.

—¿Qué estás haciendo? —pregunto cuando su dedo baja de la mejilla, recorre la garganta, la palma de su mano caliente en mi nuca. *Amigas*, me digo a mí misma. *Solamente amigas.*

—Pidiendo un deseo —susurra, su respiración sopla sobre mi boca—. ¿Puedo?

Apenas alcanzo a asentir que sus labios se aprietan contra los míos. Un grito ahogado escapa de mi garganta, pero de los buenos. De los que quieren decir *finalmente*. Ya *no somos solamente amigas*.

Mi mano libre se extiende hacia ella, rodea su rostro y la atraigo lo más cerca que puedo tenerla en el extremo de este barco. Nuestras bocas se abren, dejándonos entrar. Ella sabe a cerveza y a Eva, a salvajes noches de verano. Sus dedos revolotean por mis brazos y no puedo dejar de tocar su rostro, de deslizar las manos por su cabello, de resbalar mis uñas por su cuello. Dios, qué piel. Es inconcebiblemente suave y lisa, salvo las zonas que están erizadas ante mi contacto. Podría hacer esto toda la noche, envolverme alrededor de ella y no salir nunca a tomar aire. De todas maneras, ¿quién diablos necesita aire?

Nos separamos un minuto y se ríe, ocultando la cara en la pendiente de mi cuello.

—No puedo creer lo que acabo de hacer —murmura, sus palabras me hacen cosquillas en la clavícula.

—¿Qué, besarme?

—Sí, Dios mío —continúa apoyada contra mi garganta y me gusta que esté allí, acurrucada contra mí como si yo fuera un lugar seguro. Mantengo los brazos a su alrededor y hundo la cabeza para apoyarme contra ella. Y es seguro. Aterrador y seguro.

—Estoy contenta de que lo hayas hecho —susurro.

—No estaba segura… digo, después de aquella noche en el árbol, tuvimos una especie de pelea. No estaba segura de que quisieras.

—Sí quiero. Lo estuve esperando durante dos malditas semanas.

Levanta la cabeza:

—¿En serio?

—Sí. De hecho, creo que deberíamos hacerlo otra vez.

264

Un lado de su hermosa boca se tuerce en una gran sonrisa.

–Yo pienso lo mismo.

Entonces lo hacemos. Esta vez, el beso es más profundo, más largo, más fuerte, y luego más suave. Su lengua recorre mi labio inferior, sus manos se deslizan hacia arriba de mis muslos mientras mis pulgares acarician su delicada clavícula. Todo es brillante y cálido, el mundo entero se vuelve electrizante bajo sus caricias. Mi pecho está extrañamente tenso, pero es algo bueno, como un dolor profundo que está intentando desgarrarse.

Detrás de nosotras, una serie de brillantes destellos violetas y dorados iluminan el cielo ya negro, como deseos que titilan de manera intermitente. Ambas nos sobresaltamos y, al reírnos, nuestras bocas se rozan. Arqueando el cuello, Eva mira hacia arriba los colores que explotan en el cielo, y ella es tan endiabladamente preciosa que tengo que apretar los labios contra su garganta. Sí, *tengo que*. Ella respira con fuerza y coloca el brazo alrededor de mi hombro, las yemas de sus dedos calientes sobre mi piel.

–Ven. Quiero hacer algo contigo –propone soltándose y estirándose hacia los asientos que están detrás.

–Estoy muy feliz aquí, maldita sea.

Gira la cabeza súbitamente hacia el mar.

–Creo que acabo de divisar una ballena jorobada.

–Dios mío, vámonos.

Nos reímos y nos ayudamos mutuamente a levantarnos, manteniendo las manos en las espaldas y en los brazos mientras trepamos por los asientos y nos dirigimos hacia la cabina. Luca nos echa una mirada desde la popa, donde está acurrucado con Kimber, un brillo de curiosidad en los ojos. Le sonrío. Él me devuelve la sonrisa, pero es pequeña, y un atisbo de incomodidad interfiere en esta ridícula felicidad.

Eva ni siquiera lo nota y desaparece debajo de la cubierta mientras yo me acerco a los demás, preguntándome por qué me hizo apartar de nuestro pedacito de paraíso. Más fuegos artificiales explotan en el cielo, de modo que me concentro en las formas florales, que se reflejan resplandecientes en el agua.

Pronto, Eva se encuentra de nuevo a mi lado y me entrega una botellita verde con un cartel que dice *Burbujas milagrosas*. En su mano, sostiene un tubo largo y cilíndrico con el mismo contenido, una gran varita atraviesa el líquido azul del interior.

—¿Para qué es esto? —pregunto.

Abre la tapa de sus burbujas y saca la varita, una expresión suave y nostálgica en el rostro.

—Mamá y yo solíamos hacer esto. Todos los 4 de Julio, subíamos al techo del apartamento. Desde allí, podíamos ver los fuegos artificiales sobre el East River y lanzábamos burbujas al cielo.

—¿Por qué?

Sonríe, sus labios se curvan levemente con tristeza.

—Ya verás.

Luego agita la varita por el aire y aparecen burbujas iridiscentes delante de nosotras. Pero son más que iridiscentes porque, en ese momento, los fuegos artificiales explotan en el cielo de Cabo Katie y llenan las burbujas de millones de chispas.

Desenrosco mi botella y soplo un enjambre de burbujitas justo cuando estalla un fuego dorado y plateado en forma de sauce. Mis burbujas llenan la imagen y la multiplican, explotando indolentemente, haciendo destellar las luces de a una por vez. Es como ver todo el espectáculo a través del agua.

Es hermoso.

Eva y yo continuamos haciendo burbujas. Puedo sentir los ojos de Luca clavados en mí, pero no sé en qué está pensando. Eva extiende el brazo por el aire mientras agita en el cielo una burbuja gigante tras otra, mezclándolas con las mías más pequeñas, todas ellas atravesadas por destellos rojos, azules, verdes y violetas.

Comienza el gran final, una explosión constante que resuena a través de la noche, cuando noto que Eva se ha detenido. Está mirando el cielo, observando cómo sus burbujas parpadean y se apagan mientras las lágrimas caen a mares por su rostro.

Tapo la botella, la apoyo en el piso y me acerco despacio hacia ella. Tomo su envase y también le pongo la tapa antes de deslizar mi mano entre las suyas. No digo nada. No sé bien *qué* decir, y dudo que ella necesite palabras en este momento. Pienso que nos limitaremos a permanecer allí, en silencio, observando cómo los fuegos artificiales inundan el cielo negro de arcoíris mientras Eva llora, cuando ella se aparta y retrocede hasta hundirse en los asientos del lado izquierdo del barco. Luca, Kimber, Macon y Janelle, todos se mueven incómodos en sus asientos. La miran a Eva, después a mí y luego se miran entre ellos antes de volver a clavar la vista en el cielo. Porque esto es incómodo. La tristeza es incómoda. La pena es incómoda. Una madre ausente es algo incómodo, sin importar qué forma tome esa ausencia. Y a nadie le agrada lo incómodo. Nadie sabe qué hacer con eso, a menos que seas la persona acostumbrada a recibir esas miradas esquivas.

Me acerco a Eva y me siento a su lado.

—Dios, qué manera de arruinar una buena noche, ¿no? —comenta secándose los ojos y esbozando una sonrisa forzada—. Perdóname.

—No hay nada que perdonar.

Asiente, pero se aleja un poco de mí.

—Ey —insisto, girando sus rodillas para que su cuerpo quede frente a mí—. Tienes derecho a sentirte así. ¿Quieres que te deje sola? Me voy, si eso quieres.

Frunce el ceño, pero no se aleja. Luego, menea la cabeza en forma casi imperceptible. Derrama más lágrimas, de modo que tomo su cara entre mis manos y le seco las lágrimas. Le beso las mejillas, los ojos, las comisuras de la boca. Detrás de mí, escucho un débil *¿Qué diablos?* brotar de la boca de Macon, pero no suena disgustado. Me parece que no, parece más sorprendido que otra cosa. Y luego se escucha el sonido de un manotazo, que es el golpe de Janelle en el hombro de Macon. De todas maneras, los ignoro a todos. Mantengo los ojos posados en Eva, cuyas lágrimas siguen cayendo, pero está inclinada hacia mí. Finalmente, exhala una bocanada de aire temblorosa. Luego extiende los brazos alrededor de mi cintura y apoya el mentón en mi hombro.

—Pensé que sería lindo, ¿sabes? Lo de las burbujas. Como si... yo todavía pudiera hacer algo que fuera *nuestro* y que sería agradable.

Un primer paso, tal vez. Pero…

Su voz se apaga, el rostro apretado contra mi cuello. No le digo que todo estará bien. Tal vez no será así, no lo sé, maldita sea. Nuestros mundos se vuelven borrosos, los días y las noches se superponen. Odio verla triste. Haría cualquier cosa en este momento para hacerla sonreír y ese pensamiento es un alivio, por muchas razones. No la lastimaré. No la maltrataré como pude haber maltratado a Jay, por más idiota que sea. Y no puedo dejar de sentir que estas lágrimas —su presencia frente a mí— son algo bueno. Tal vez esto la separe un poquito de Maggie. Tal vez no *necesite* tanto a Maggie, porque yo estoy aquí. Yo entiendo lo de la madre ausente. Y también entiendo ese dolor que llega hasta los huesos.

Extrañamente, desearía que Emmy estuviera aquí. Bueno, está bien, tal vez no aquí, porque no tengo idea de qué pensaría al ver a Eva acurrucada entre mis brazos en este momento. Pero tengo una respuesta a su pregunta. Abrazo a Eva con más fuerza, dejo resbalar las manos por su espalda mientras sus sollozos se calman y el viento sopla su pelo sobre mi rostro.

Esto. Esto es lo que quiero.

Alzo una mano al cielo, la otra sigue aferrada a Eva. Los últimos fuegos chisporrotean entre mis dedos extendidos, las uñas violeta brillan contra las últimas chispas de dorado, como deseos hechos realidad.

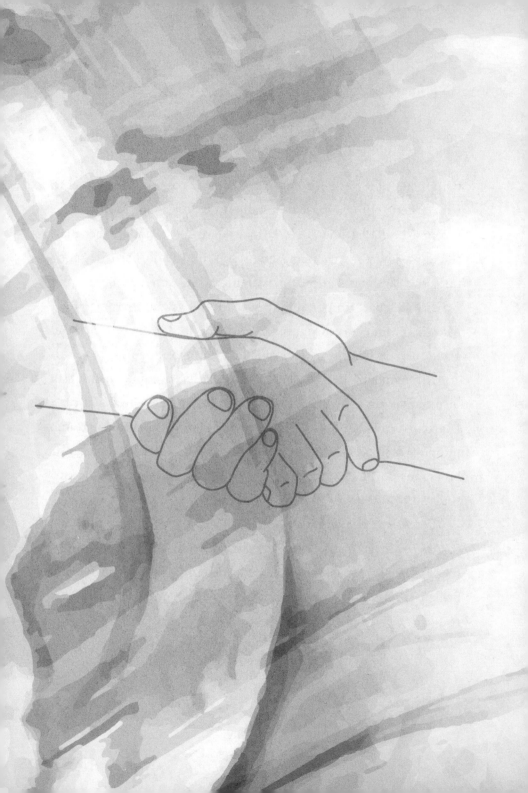

Capítulo veintidós

La tarde siguiente, llego a LuMac's justo cuando Luca se marcha. Anoche, después de regresar al puerto, nos despedimos con sonrisas y agitando la mano. Hasta intentó un coscorrón sin mucho entusiasmo, pero no recuerdo mucho más, porque toda mi caminata de regreso a casa, la expectativa de que Eva entrara por la ventana y se metiera en mi cama, me había cubierto como otra piel. Y por *expectativa*, quiero decir que estaba muerta de miedo. No habíamos hecho planes para encontrarnos en el faro ni nada. Ella se había limitado a tomar mi mentón y a darme un beso en la frente —*en la frente*—, para irse luego caminando con Macon y Janelle a la casa de los Michaelson. ¿Y si esos besos en el océano finalmente cambiaban todo? ¿Y si estaba arrepentida de ellos, como yo había pensado que ella estaba arrepentida del beso del árbol? ¿Y si estaba demasiado triste? ¿Y si necesitaba a Maggie? ¿Y si yo era demasiado para ella, o muy poco?

Y si y si y si, bla, bla, bla.

Sin embargo, después de la una de la mañana, se abrió la ventana de mi dormitorio. No hablamos mucho, y nos pasamos la mayor parte de la primera hora solo tocándonos: los dedos subían y bajaban indolentemente por los brazos, las manos se desplazaban en círculos suaves sobre la espalda. Durante un rato largo, ni siquiera nos besamos, pero no importaba. Es lo que ella necesitaba, y me hizo bien concedérselo.

Pero después necesitó algo más. Las dos necesitamos algo más. Fue algo casi como instintivo. Nuestros mentones se levantaron al mismo tiempo y nuestras bocas se encontraron. Nos besamos hasta que se me entumecieron los labios y las camisas cayeron al piso, hasta que las nubes pasaron delante de la luna y los brazos de Eva rodearon mi cintura desnuda, su rostro escondido en la curva de mi cuello mientras se quedaba dormida.

—Ey —dice ahora Luca, sosteniendo la puerta abierta para dejarme entrar.

—Hola.

—¿Hola? ¿Desde cuándo me dices *hola*?

—¿Eh?

—Normalmente me saludas sacudiéndome los hombros o con un gruñido ininteligible.

Me relajo un poco.

—Lo siento. Tengo muchas cosas en la mente.

Inclina la cabeza hacia mí.

—¿Por la audición?

Parpadeo.

—Oh.

—La vas a hacer, ¿verdad?

—Hum…

—Grace.

—*Luca.*

—No puedes dejar de hacerla. Lo sabes, ¿no? Por favor, dime que lo sabes.

—Por supuesto que voy a hacer la audición. Maldición. Acabo de pasar tres horas y media practicando en una condenada librería. ¿Por qué de repente te preocupa tanto si estoy tocando el piano?

—No es de repente. Es desde hace años.

Bajo la mirada, me muerdo el labio y pienso en los mil dólares que gastó en mi video para presentar en la escuela.

—Tienes razón. Lo siento. Es que todo eso me pone nerviosa.

—¿Por qué? Eres genial.

Me encojo de hombros.

—No sé… ¿todos los demás estudiantes del taller de Boston? No son como yo. No tienen mi bagaje emocional.

—Nadie es como tú, Grace. Tampoco tocando el piano. Y lo digo como algo positivo.

Asiento y entrelazo mis doloridos dedos.

—¿Sigue en pie el viaje a Nueva York con Maggie? —pregunta al ver que yo no digo nada más–. No has hablado mucho del tema últimamente.

–*Nosotros* –destaco, agitando la mano entre los dos– no hemos hablado mucho de nada en los últimos tiempos.

Raspa sus raídas All Star grises contra la acera.

–Escucha, esta noche mamá hará sopa de langosta para la cena. ¿Por qué no vienes? Estará Kimber. Tal vez ustedes dos pueden charlar un poco.

Lo miro con los ojos entornados, pero sé que está haciendo un esfuerzo. Quiere que me lleve bien con ella, o que ella se lleve bien conmigo, o que él se lleve bien con las dos. Algo.

–Eva también estará –agrega al ver que no contesto de inmediato–. Tal vez puedes hablar con ella también.

Entrecierro los ojos.

–Por supuesto que hablaría con Eva.

–Me refiero a hablar con ella *de verdad*.

Ante ese comentario, le echo mi mejor mirada de las que dicen *de qué rayos hablas*.

–Todavía no le has contado todo de ti y de tu mamá, ¿verdad?

Me estremezco.

–¿Hablas en serio?

–*Tú*, ¿hablas en serio? Sí, Gray. Maggie no… –su voz se apaga y llena sus mejillas de aire antes de exhalarlo con lentitud–. Me refiero a Eva y a ti… se besan o lo que sea –concluye finalmente–. Creo que ella tiene que saberlo.

–¿Acaso le cuentas todas tus historias tristes a cada chica que besas?

—Tú no solo la besas.

—Exacto, Luca. Esto no es una aventura pasajera para mí.

Miro hacia abajo y engancho las manos en los codos, admitir esto hace que mi corazón choque contra las costillas. Me siento frágil y expuesta, una mariposa atrapada en una tormenta.

—Sé que no lo es —dice Luca con suavidad.

Asiento y, finalmente, me atrevo a mirarlo a la cara.

—¿Pastel Whoopie? —pregunto.

—Obvio.

—De acuerdo. Nos vemos allí.

Haría casi cualquier cosa por los pasteles Whoopie de Emmy, y Luca lo sabe.

El ambiente de la cena tiene un alto nivel de rareza. La sopa está espesa y cremosa, y yo podría vivir solo a pan casero integral de Emmy durante el resto de mi vida y ser feliz, pero ¿la onda general? Bueno, digamos que podría ahorrarme un segundo plato.

Emmy observa a Eva mientras toma la sopa, desvía la mirada hacia mí y luego vuelve a posarla en Eva. Sonríe y pregunta por mi mamá, el piano y todo eso, pero no puedo quitarme de encima la sensación de que nos está observando a las dos en busca de señales de… ¿qué? ¿De que nos besamos? Ni siquiera estoy segura de que sepa que Eva es gay.

—Mamá, ¿podemos llevar los pasteles abajo? —pregunta Luca

cuando Emmy trae de la cocina una fuente llena de esas delicias de crema y chocolate–. Le dije a Kimber que jugaríamos al tejo de mesa.

–Cómo no, me parece bien. Que se diviertan –coloca los pasteles en platitos blancos y los reparte.

Mientras Luca se dirige a la cocina en busca de un vaso de leche, algo que no puede faltarle cuando come Whoopies, Eva, Kimber y yo tomamos nuestros postres y nos encaminamos al sótano. En la mitad de la escalera, me detengo.

–Ya vuelvo –le digo a Eva alcanzándole el plato–. Quiero preguntarle algo a Emmy.

Inclina la cabeza hacia mí, pero asiente.

–De acuerdo.

Subo los escalones con paso fuerte, sin estar muy segura de qué quiero decirle a Emmy. Todo resulta raro entre nosotras. No estoy acostumbrada a sentirme tan desconectada de ella o de Luca, y odio que sea así. Luca sabe que estoy con Eva, y si bien no sé si Emmy lo sabe, *sí* sé que le parecería bien. Cuando la Corte Suprema legalizó el matrimonio entre personas del mismo sexo, ella hizo un gigantesco pastel Arcoíris y lo vendió en porciones en LuMac's, por el amor de Dios. Algunos se molestaron, pero a muchas personas les encantó. De modo que, sí, sé que a Emmy le parecerá bien y necesito darle un abrazo, agradecerle la cena. Cualquier cosa que nos haga sentir en este momento que nuestra relación es la misma de siempre.

Estoy doblando por el pasillo que lleva a la cocina cuando oigo la voz de Emmy. Es tenue, está teñida de preocupación y hace que me detenga súbitamente.

—¿Hablarás con Grace? —le pregunta a Luca—. Pero hablar en serio.

—Sí. Te dije que lo haría.

—Puedo encargarme yo, si quieres.

—No, yo lo haré. Pero no le va a gustar.

Se abre el refrigerador y algo repiquetea antes de cerrarse.

—Lo sé, cariño. A mí tampoco me gusta. Desearía poder confiar en Maggie. Todos merecen poder empezar de nuevo, tener una segunda oportunidad, pero este tema de Maggie va mucho más allá de beber unas cuantas copas de más. En circunstancias normales, nunca le pediría a Grace que hablara de su vida familiar si ella no quisiera, pero… Eva ha sufrido mucho. No puedo correr ese riesgo. No en este preciso momento.

—No sé por qué Grace ya no le ha contado todo.

—Ay, mi amor —comenta Emmy con un suspiro—. Claro que lo sabes.

—Odio todo esto.

—Eres su mejor amigo. Ella sabe que la quieres.

—Igual lo odio.

Se quedan en silencio, pero oigo otro profundo suspiro. Puedo imaginarme a Emmy atrayendo a su hijo hacia ella, y él mirándola desde arriba y poniendo los brazos alrededor de sus hombros, apoyando la mejilla sobre su cabeza. Parpadeo ante las fotos familiares que están alineadas en la pared del pasillo: las sonrisas, los abrazos, la confianza, lo previsible. Aun con ese marido mentiroso, que la engañó y se marchó a buscar una nueva familia, Emmy siempre fue fuerte. Crio a sus hijos para que fueran personas decentes y les dio espacio para respirar, pero no tanto como para que anduvieran a la deriva, ignorados y desprotegidos. Siempre fui consciente de las diferencias entre Emmy y Maggie, entre nuestras familias. ¿Cómo no serlo? Pero ahora esas diferencias son de color rojo intenso sobre fondo blanco, descarnadas y violentas. Un motivo de alarma. Un motivo de preocupación. Un motivo para proteger a Eva como Emmy no me protegería a mí. No, no *podría* protegerme a mí. Emmy lo intentó. Siempre lo hace.

Me doy vuelta, camino por el pasillo y me encierro en el baño lo más silenciosamente posible. Un sollozo nace en mi pecho y crece en la garganta hasta que escapa. Me cubro la boca con la mano, para contenerlo. Inclinada sobre los cerámicos de la mesada, me encuentro con los ojos de mi madre en el espejo. El cabello despeinado. Un poco demacrada por quedarme hasta tarde en la noche con Eva. Siento que mi corazón está desgarrado. Ella es mi madre. Los Michaelson son mi familia, pero ella es mi *madre*. Y ellos le tienen terror. De lo que pueda hacer o decir, de alguna equivocación de la que no pueda retractarse y pueda llegar a afectar a Eva.

Pero ella es mi *madre*.

No quiero tener que contar todas sus historias tristes. Solo quiero contarle a Eva las buenas, las que me convierten en una persona que lleva una vida sana con una madre que lleva una vida sana.

Pero mamá y yo no somos así.

Me arrojo un poco de agua en la cara y respiro hondo varias veces. Lo único que quiero es irme a casa, pero sé que Eva vendrá conmigo y no quiero verla esta noche cerca de Maggie. Esta noche no.

Abajo, Kimber y Luca ya están enfrascados en un juego de tejo mientras Eva los observa desde un sofá rayado naranja y color café de los años setenta. Su plato está vacío y se chupa los dedos.

—¡Diablos, qué buena galleta! —exclama.

—*Pastel*, Eva —preciso esbozando una dura sonrisa y sentándome junto a ella—. Llamarle *galleta* al querido pastel Whoopie de Maine hará que te excomulguen en esta zona.

—Pero parece una Oreo blanda.

—Y debemos agradecerles a los dioses que así sea, pero *no* es una Oreo blanda. Es un pastel Whoopie —me obligo a comer un bocado y luego hablo con la boca llena—. Repite después de mí: P-A-S-T-E-L.

Se ríe y se inclina sobre mi hombro. Quiero besarla aquí mismo, al diablo con la boca llena de *pastel*. Necesito algo que borre la conversación entre Emmy y Luca, el saber que estoy escondiéndole algo a Eva y por qué lo estoy haciendo. Algo que me recuerde que esto —Eva y yo— sigue siendo una realidad, y que sigue estando bien, sin importar quién sea mi madre.

Entonces tomo el mentón de Eva con dos dedos y atraigo su rostro hacia mí, y apoyo los labios sobre los de ella. Sonríe contra mi boca y me devuelve el beso. Es dulce, suave y perfecto.

Y breve. Luca se aclara la garganta ruidosamente y nos separamos sobresaltadas.

—¡Gray! —me vuelvo lentamente hacia él. Me observa desde la mesa de tejo, haciendo girar el mazo en una mano—. Ven a jugar contra Kimber.

Me quedo mirándolo durante unos segundos y me pregunto

cuándo *hablará* conmigo acerca de ventilar los secretos sucios de mi propia madre.

—¿Estás seguro de que se animará a jugar conmigo? —pregunto mientras algo similar a la ira bulle bajo mi piel.

—Ah, ven de una vez.

Me levanto del sofá limpiando los dedos llenos de chocolate en el jean.

—Después, no digas que no te avisé.

—Aquí estoy, chicos —dice Kimber, las manos en la cadera—. Y acabo de darle a Luca una paliza, Grace. Soy capaz de defenderme sola.

Ella sonríe, así que yo me río.

—Me parece bien.

Tomo el mazo de Luca y Kimber lanza el disco. Al principio, lo pasamos de un lado a otro muy fácilmente. Logro el primer punto y Kimber los dos siguientes, y luego el juego se vuelve un poquito más rápido. Y por *más rápido*, quiero decir *más rudo*. Pronto, las dos estamos metiendo todo el cuerpo en el juego y el hombro derecho me duele horriblemente. El clic-clac del disco resuena en el sótano.

—Hum —oigo que mascuila Luca, pero lo ignoro.

Arrojo con fuerza el disco hacia el lado de Kimber, que choca contra sus dedos justo al lado de la meta. Ella grita, deja caer el mazo, se agarra la mano y me echa una mirada asesina.

La uña del dedo mayor está rota y sangra.

—Maldición, Gray, ¿qué diablos te pasa? —pregunta Luca corriendo hacia Kimber y tomando su mano.

—Lo siento —respondo—. Pero su dedo no debería haber estado colgando de esa manera sobre el costado de la mesa. Regla número uno del tejo de mesa: Mantener los dedos fuera de la mesa.

—Aun así, prácticamente arrojaste el disco contra ella.

—Kimber estaba jugando igual de duro. No le golpeé el dedo *a propósito*, Luca.

—Buscaré una curita —dice Eva, que ya está por la mitad de la escalera.

—¿Y por qué estamos jugando al tejo? —le pregunto a Luca, arrojando mi mazo en la mesa. Rueda varias veces sobre sí mismo haciendo mucho ruido—. ¿Acaso no quieres *hablar*?

—¿Qué? —exclama mientras Kimber se chupa el dedo.

—No actúes como si no supieras de qué estoy hablando.

—*No lo sé.*

—Ya empezamos —dice Kimber.

—Y a ti, ¿qué te pasa? —pregunto. Una vocecita dentro de mi cabeza me dice que me calle la maldita boca, que Kimber no tiene nada que ver, pero no le presto atención. Estoy cansada. Cansada de sentir que soy una mancha. Mi madre es una persona como las demás. Y sí, odio esta amistad que tiene con Eva, pero odio aún más esta sensación de que mi madre es el equivalente humano a una bola de demolición. Quiero que eso se acabe.

—A mí no me pasa nada —contesta Kimber con calma.

—Se ve claramente que te pasa algo. Me odiaste desde la primera vez que tú y Luca se miraron con ganas por primera vez.

Hace una mueca.

—Muy lindo, Grace. Pero yo no te odio.

—Bueno, estoy muy segura de que no te agrado.

—Creo que eres irresponsable, impulsiva y deshonesta. Es distinto.

—¿Deshonesta? ¿Qué diablos dices? ¿Porque reacomodé unos gnomos? Tu novio hizo lo mismo. Y también *tú*.

—Lo hicimos por ti. Y no creas que Luca no sabe que tú y Eva andan a escondidas por ahí todas las noches y hacen lo que diablos quieren sin siquiera pensar cuánto le molestaría eso a Emmy si se enterara.

—Kimber… —dice Luca, pero lo interrumpo.

—Conversamos arriba de un faro, no pintamos todas las paredes del cabo.

—Y andan en bicicleta por todos lados —agrega Kimber—. ¿Y qué es eso de la manteca de maní?

—Dios mío, con manteca de maní no —comento con sarcasmo y rostro inexpresivo.

Luca me echa una mirada fulminante.

—Ya está bien. Suficiente.

—Sí, suficiente, Luca —exclamo, mientras Eva baja la escalera a los saltos—. Dilo de una vez.

—¿Qué cosa?

—¿Qué pasa? —pregunta Eva alcanzándole a Kimber una curita y una pomada para infecciones cutáneas.

—Que desearías que yo fuera distinta —le digo a Luca—. Que desearías que Maggie no fuera mi madre y que yo manejara mejor sus disparates, así tú no tendrías que lidiar conmigo.

El silencio se instala sobre todos nosotros. Me arden los ojos y me quema el pecho. No tengo idea de dónde salieron esas palabras. Brotaron así nomás, se elevaron y se filtraron inconscientemente a través de toda mi furia y mi dolor ante la preocupación de Luca y de Emmy. Ahora que las palabras están afuera, siento que son correctas. Es casi un alivio haberlas pronunciado.

—Gray —Luca da un paso hacia mí, los ojos muy grandes y con aspecto lloroso—. Eso no es...

—Tengo que irme —digo, la voz me raspa la garganta. No sé qué más hacer o decir. Escapar es mi primer instinto, de modo que le hago caso y me dirijo a la escalera—. Lamento mucho lo de tu dedo, Kimber.

Ella no dice nada y Luca no me llama mientras subo los escalones de dos en dos.

Pero Eva viene detrás de mí.

Nuestros pies cuelgan del borde del faro, las piernas pegadas, los cuerpos contenidos por el pasamanos de hierro.

Son apenas las diez de la noche, pero Eva y yo ya estamos arriba. Nos marchamos de lo de Luca y trepamos la sinuosa escalera, sin vacilar y sin acuerdo verbal. Simplemente sabíamos que aquí era donde teníamos que estar. No sé bien en qué está pensando Eva, pero mi cabeza está llena de unas diez emociones diferentes. El recipiente de Peter Pan que estamos compartiendo ayuda. La manteca de maní se ha convertido rápidamente en mi comida preferida en momentos en que necesito consuelo.

Aun así, cierto pensamiento continúa saliendo a la superficie, como esos malditos roedores de ese juego Whack A Mole. Me doy un golpe en la cabeza y desaparece, pero vuelve a aparecer unos segundos después.

—¿Qué pasa, Grace? —pregunta Eva, interrumpiendo mi juego mental. Estoy admirada de que ha podido contenerse durante tanto tiempo de atiborrarme a preguntas. Hunde la cuchara en el envase, extrae una gran cantidad y la lame como si fuera un chupetín. Le tomará diez minutos comerse la cucharada entera.

—Soy un desastre, Eva —digo, los ojos fijos donde sé que debería estar el océano, una gigantesca franja de oscuridad, encendida cada pocos segundos por el haz de luz del faro—. Maggie es un desastre. Nosotras… somos un desastre.

Se estira y me acomoda un obstinado mechón de pelo detrás de la oreja. Sus dedos me hacen cosquillas en la mejilla y aprieto los dientes para resistir el impulso de inclinar la cara sobre su mano.

—¿Qué quieres decir? —pregunta.

Tomo aire y lo dejo salir lentamente antes de darme vuelta y mirarla.

—Mi madre no es una persona estable. Sé que piensas que lo es, que simplemente ve el mundo de una manera distinta y maneja las cosas a su modo, y tal vez sea así, pero no es *estable*. Y no me crio en un ambiente estable. Nada de esto —hago un ademán alrededor de mi cara— es estable. Y que explote todo lo que ocurre entre tú y ella —sea lo que sea, saques lo que saques de eso— es solo cuestión de tiempo.

—¿Y por qué tiene que explotar?

—Porque siempre es así.

Frunce el ceño, claramente confundida. Y debería estarlo. Yo no le conté un carajo y Luca es demasiado leal a mí para contarle algo, y está claro que Emmy quiere que sea *yo* quien le cuente. La peor parte es que ni siquiera me di cuenta de lo jodido que era ocultarle toda esta información a Eva, no solo porque me gusta y quiero que me conozca, sino porque ella está *verdaderamente* enganchada con Maggie. Y Maggie es un maldito huracán.

Así que le cuento a Eva algunas historias. Historias de mamá y de mi vida itinerante, rescates de una multitud de hombres borrachos de cerveza en Ruby's, vodka para el desayuno y dinero robado de mi alhajero. También trato de mechar con algunas cosas buenas. El viaje a Nueva York. Lo talentosa que es mamá para el diseño de joyas. La manera en que regateó con aquel pastor hasta conseguir un precio por el piano que podíamos pagar, porque sabía que yo lo necesitaba. Porque creía en mí. Aun así, las cosas malas son como el papel atrapamoscas: todo lo demás se adhiere a ellas.

Eva escucha, los ojos posados en mí y la cuchara medio lamida, olvidada entre los dedos.

—Dios mío, Grace —exclama cuando me tomo un respiro.

Meneo la cabeza y bajo la mirada.

—No es tan malo.

—Y Luca, ¿sabe todo esto?

—La mayor parte.

—¿Y Emmy?

Asiento.

—Mamá y ella no se llevan bien. Cuando yo tenía trece años, mamá desapareció durante unos días y Emmy me llevó a su casa. Tuvieron una pelea terrible cuando mamá finalmente regresó. Fue feo. Desde entonces, la relación entre ellas siempre fue rara. Emmy me ofreció vivir con ellos más de una vez y me da dinero de vez en cuando, pero no puedo abandonar a mi propia madre, ¿verdad? ¿Y quién sabe qué cosas jodidas hay en mi cabeza que no me doy cuenta de lo jodida que está? Qué voy a hacer: soy así.

Las palabras de Jay se filtran a través de la maraña que hay en mi cabeza. *Nunca preguntaste.* Y no lo hice. Ni una vez. No se me movió ni un pelo cuando lo dejé. ¿Y los chicos anteriores a él? ¿Algunos con los que me juntaba o con los que salí una vez antes de rechazarlos? No significaron nada para mí.

—No —dice Eva, los rizos le caen en el rostro al sacudir la cabeza—. Justamente eso es lo que te hace ser quien eres.

—Eva, nuestra vida es un caos. Por favor, créeme.

—No lo estoy negando. Y no es que no me daba cuenta de que Maggie no era la típica madre, pero… —arroja la cuchara en el envase y se frota los ojos con las dos manos—. Me gustaría que me lo hubieras contado.

—No quería que me consideraras una chica problemática. No quería… no quería admitirlo todo. Ya es suficientemente duro contarle todo a Luca, y solo quería ser yo cuando estaba contigo. Solo Grace.

—Lo entiendo, pero…

—Y tú lo necesitabas. Sé que debería habértelo dicho, pero Maggie parecía ayudarte realmente. No quería quitarte eso.

No dice nada, pero toma mi mano entre las suyas y juega con mis uñas. Noto que las de ella están recién pintadas de violeta. Tal vez se las hizo ella misma, pero lo dudo. Es el color favorito de mamá: el mismo berenjena brillante de la primera vez que vi a Maggie y a Eva juntas, en la mesa de mi propia cocina.

—¿Conoces la historia de *El Lago de los Cisnes*? —pregunta en voz baja, los ojos en el océano.

—¿El ballet?

—Sí.

—Solo lo que sé de tocar a Tchaikovsky y ver *El Cisne Negro*.

Sonríe, pero se ve que está tensa.

—Bueno, entonces esto te resultará totalmente normal.

No digo nada y ella respira profundamente.

—Bailamos *El Lago de los Cisnes* en el festival de primavera, el año pasado. Yo era Odette. Todas las chicas blancas estaban molestas, pero yo era la que mejor bailaba ese maldito papel. Lo deseaba tanto, lo pedía cada noche, solo para probarles que podía hacerlo. Mamá ni siquiera formaba parte del casting. Dijo que no sería justo, pero los demás instructores igual me eligieron a mí. En el ballet, Odette es una princesa y un brujo le lanza una maldición por la cual, durante el día, tiene que volar como un cisne, y solo de noche puede ser ella misma. Es así como me siento ahora. Como si fuera dos personas distintas: la chica normal, la de antes de que muriera mamá, y luego esta cosita triste y maldecida. Yo quería ser Odette más que nada en el mundo, y mi deseo se cumplió.

Se forman lágrimas en sus ojos y resbalan impávidas por su rostro. Amo esto de Eva, que deje caer las lágrimas, que deje que la tristeza la embargue durante algunos minutos. Yo siempre lucho contra ella, siempre siento que me estoy haciendo pedazos cuando las primeras lágrimas brotan en mis ojos.

—Eva.

Menea la cabeza.

—Estoy bien.

—No lo estás.

—De acuerdo. No, no lo estoy, pero quiero que comprendas lo que ha pasado por mi cabeza acerca de Maggie. Ella tampoco está bien. Las dos hemos recibido la misma maldición… esta *muerte* que cuelga sobre todo lo que hacemos. ¿Sabes que a veces paso horas sin pensar en eso? ¿En mi mamá? *Horas.* Parecería que algo así no debería estar permitido. Y luego la recuerdo y me siento tan culpable. Porque cuando la olvidé, me sentí feliz.

—Tu madre querría que fueras feliz.

—Sí, lo sé. Yo… es que sucedió tan rápido. Me desperté una mañana pensando que mamá estaría en el hospital uno o dos días y luego todo volvería a la normalidad. Pero esa noche estaba en la unidad de cuidados intensivos, las máquinas emitían silbidos y respiraban por ella. Nunca olvidaré ese sonido. Y el olor. Y luego ella se fue y yo me convertí en ese cisne triste. ¿La otra parte de mí? También se fue, así nomás —chasquea los dedos una vez—. Y, cuando estoy con Maggie, siento que puedo ser ese cisne triste, y esto me parece… casi normal.

Tomo aire profundamente por la nariz y le sostengo la mano. Sus palabras tienen sentido: al menos, *cierto* sentido, pero también me asustan. Porque la manera en que mi madre ha enfrentado la pena por su pérdida es cualquier cosa, menos saludable. Por un lado, me pregunto si los problemas de mamá van más allá de ese dolor, más allá del exceso de vodka y de hombres repugnantes, como Emmy le había dicho antes a Luca. Tal vez es algo químico que está en su cerebro, tal vez no. No lo sé.

–Eso lo entiendo –señalo–. Pero… ¿puedes entender por qué me molesta? ¿Por qué Luca está preocupado? ¿Por qué *yo* estoy preocupada?

Asiente y me aprieta la mano con más fuerza.

–Perdóname.

–No hay nada que perdonar.

–Sí, hay. No quiero lastimarte.

–Lo sé.

Nos quedamos sentadas durante un rato, el cielo abierto y este espacio nuevo y limpio que surge entre nosotras nos unen con más fuerza todavía.

–Entonces, ¿quién eres cuando estás conmigo? –pregunto después de un rato–. Cuando estamos juntas por la noche, ¿eres la verdadera Eva? ¿La princesa?

Sonríe y lleva mi mano a sus labios, su respiración juega sobre mis nudillos mientras habla.

—Al principio, sí. Pero ahora, no lo sé. Siento que, cuando estoy contigo, puedo ser las dos. Todo. Tú eres estable para *mí*, Grace. Calmas mis pensamientos más que cualquier libro para colorear.

Sonrío con alivio y mi corazón late de manera evidente al saber que piensa que soy *buena* para ella.

—Nunca sentí que encajaba en algún lado —prosigue—. Con mamá sí, pero con nadie más. Nunca me sentí cómoda en las clases de ballet, incluso cuando mamá daba las clases. Amaba bailar, pero cuando alguien piensa en una *bailarina de ballet*, no imagina a alguien como yo. Y, maldita sea, por supuesto que no imaginan a alguien *gay*. Piensan en una *chica blanca*, lisa y llanamente. Ojos azules, cabello rubio, piernas delgadas y derechas, con el brazo apoyado en los bíceps de un tipo de músculos esbeltos. Mi madre siempre me dijo que sería duro triunfar como bailarina. Digo, es duro para cualquiera, pero ¿para una chica negra? —menea la cabeza—. Pero nunca dijo *imposible*. Porque ella lo logró. No era famosa, pero era feliz. Logró lo que quería. Me convenció de que yo también podía lograrlo. Yo encajé dentro de ese convencimiento, ¿entiendes? Y después de que murió, me sentí como un fantasma, vagando por el aire, tratando de aterrizar para poder bailar. Para poder hacer cualquier cosa. Pero ahora… no sé. Las últimas dos semanas, sentí que las cosas eran distintas. Ahora si encajo en algún lugar. Tal vez aquí.

—Tal vez deberías mudarte al faro —me reclino y toco la pared de cal—. Hay lugar, al menos, para una bolsa de dormir.

—No *aquí*, en el faro, tonta —sonríe y me da un beso en la palma de la mano—. Aquí, *contigo*.

—Ah —comento con voz susurrante, como si las palabras de Eva me quitaran hasta la última gota de aire de los pulmones—. Guau, tú sí que sabes cómo enloquecer a una chica.

Se ríe, pero luego se pone seria otra vez.

—Y tal vez también encajo con Emmy y con Luca. Yo sé que ella se interesa por mí.

—Se interesa mucho, Eva.

—Sí. Es que yo… Sé que no fue esa su intención, pero ahora ella es mi tutora y se supone que es automáticamente el reemplazo de mi madre. Y yo no quería eso. Nunca lo querré. Emmy no puede salvarme y no quiero que lo haga.

—Por supuesto que no.

—Pero… le dije que pensaría lo del ballet.

Le aprieto la mano.

—¿En serio?

Asiente, los ojos llenos de algo que solo se puede llamar *miedo*.

—Tengo una audición. Para un programa de enseñanza de danza.

Siento que se me abren los ojos.

—¿Qué? ¿Por qué no me lo contaste? ¿Dónde? ¿Cuándo?

—NYU, la Universidad de Nueva York. Es recién en octubre. Ya estaba programado antes de que le pasara algo a mi madre y… ahora no sé.

—¿Estás pensando en no ir?

Se encoge de hombros.

—Quiero ir y no quiero ir.

—Eva. Tienes que hacerlo.

—¿Igual que tú con el piano?

Parpadeo. Nunca le conté el conflicto que siento ante mi propia audición, mi propio futuro. Supongo que no tenía que hacerlo.

Me desplazo más cerca de ella y entrelazo mis dedos con los suyos.

—No deberíamos tener que sentirnos culpables de ser felices. ¿No crees?

—Yo no quiero.

—¿Te sientes culpable cuando estás conmigo?

Apoya su cabeza en mi hombro y su voz se vuelve suave.

—A veces, sí. Pero no por ti. Ya es raro sentirme feliz por cualquier cosa. Pero mamá te hubiera amado. Y tal vez *sí* te ama.

—¿Crees que existe el cielo? O… no sé. ¿Crees en la vida después de la muerte?

Levanta la cabeza, la mirada fija en el mar.

—Es una linda idea. Pero, sinceramente, no. De todas maneras, pienso que creo en *algo*, porque tengo la sensación de que mamá no puede ser… nada, ¿entiendes? Es como si siguiera aquí. O tal vez está aquí —se da varios golpecitos en el pecho. Aun cuando su mano se queda inmóvil, la mantiene sobre el corazón, los ojos en el mar negro, apretado contra el cielo negro.

El viento del mar se adhiere a nosotras y sopla como un remolino, mezclando nuestro cabello, nuestro aroma, nuestra respiración. Tomo la mano que tiene contra su pecho, la entrelazo con la mía y la traslado justo arriba de mi propio corazón. Le aprieto la mano y ella aprieta la mía. Como se ve, estoy comenzando a sospechar que puedo comprometerme con alguien, puedo enamorarme. Al menos, creo que puedo, porque alguien incapaz de amar no podría sentirse tan aterrada, aliviada y excitada como yo me siento ahora, en este lugar, sosteniendo la mano de Eva.

—Quiero que sepas algo —le digo mientras tomo la cuchara y como un poco de manteca de maní.

—¿Qué?

Un millón de mariposas zumban en mi estómago, pero necesito que ella lo sepa, porque Jay nunca supo nada.

—Tú eres… tú eres realmente importante para mí —destaco, clavando mis ojos en los suyos—. Más importante que cualquier chico con el que haya estado.

Inclina la cabeza hacia mí, se dibuja una sonrisa fugaz en su boca y luego desaparece.

—¿Porque soy una chica?

Sacudo la cabeza. Sé que no es por eso. Sí amo que sea una chica. Amo la suavidad de su piel y las curvas sutiles debajo de mis dedos cuando nos besamos, la forma en que mi boca puede deslizarse de sus labios a su cuello sin que nada la detenga, pero eso es solo su cuerpo. También me gustaba el cuerpo de Jay, que sus brazos parecían tragarme, su olor, la planicie de su pecho donde apoyaba mi cabeza, esa pequeña V donde la cadera se encontraba con la pelvis. Me gusta todo de diferentes maneras y por diferentes razones. Pero esos no son más que detalles para mis manos y mis ojos. Esto —esta atracción hacia Eva— no tiene nada que ver con lo que puedo ver, oler o tocar. Es algo más, casi animal e instintivo, enterrado tan profundamente dentro de mi pecho que siento que es como la sangre que corre por mis venas.

No sé bien cómo explicarlo. Es todo tan abrumador. De repente, me siento tímida, insegura, como cuando tenía catorce años y me preguntaba si podía tomar a otra chica de la mano.

—Ey —Eva me aprieta los dedos y una sonrisita curva mis labios: ya estoy tomada de su mano.

De modo que le digo la verdad.

—Eres importante para mí porque eres Eva.

Su sonrisa se agranda. Toma el cuello de mi camisa y me atrae hacia ella hasta que nuestras bocas se chocan.

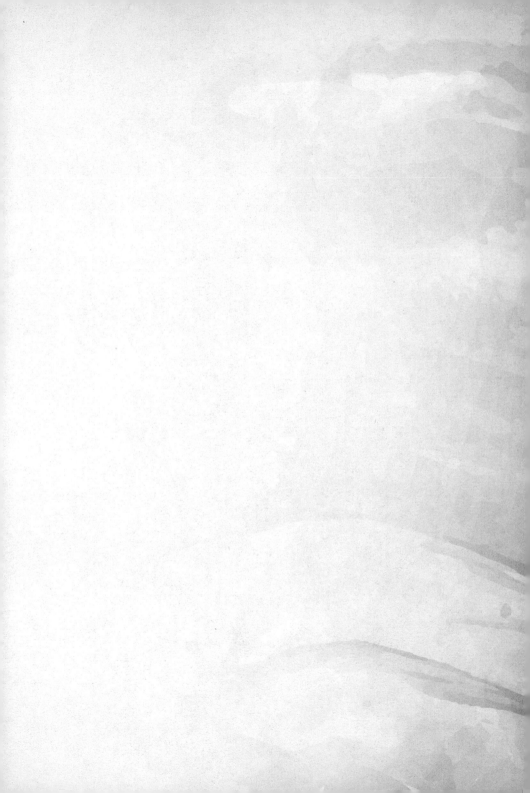

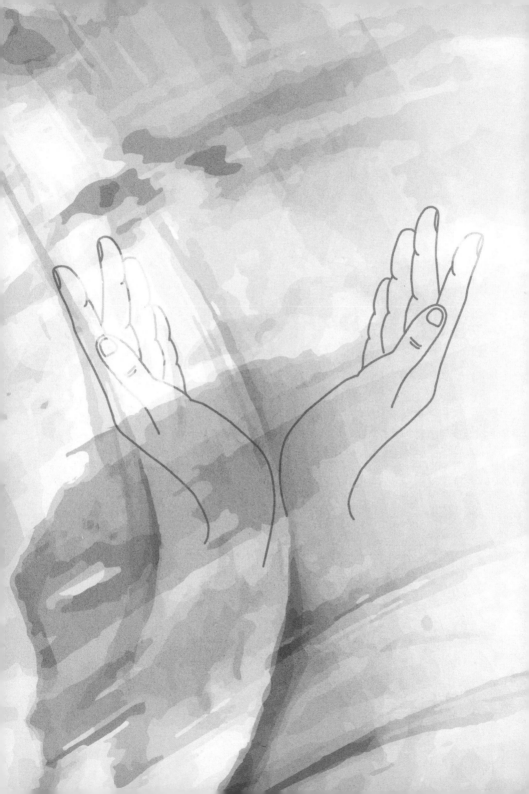

Capítulo veintitrés

A la mañana siguiente, me despierto sobresaltada sin saber qué hora es. No tengo que trabajar, lo cual significa que puedo evitar a Luca, y estoy completamente segura de no querer batallar con Chopin después de haberme quedado despierta con Eva hasta casi las tres de la mañana. Había planeado dedicarme a dormir y dormir y, después, dormir un poco más.

El huracán Maggie tiene otros planes.

Irrumpe en mi habitación, restos de rímel chorrean por sus mejillas, pero sus ojos todavía están delineados en negro, lo cual me lleva a pensar que no se ha lavado la cara en un par de días. Me froto los ojos y me pregunto si el sueño está nublando mi vista. No es así. Su rostro es un desastre, el cabello pegoteado y opaco, y la camiseta blanca sin mangas tiene una mancha de algo que parece mermelada de frambuesa. Su aspecto es absolutamente asqueroso.

—Levántate —exclama destapándome.

—¿Qué pasa?

—Tenemos que irnos —abre mi armario, hurga en él y emerge con las cajas vacías que desempacó hace solo un par de semanas.

—¿Qué? ¿Por qué? —me deslizo fuera de la cama, pero me quedo paralizada observándola abrir los cajones y comenzar a arrojar ropa en las cajas. Todo me resulta muy familiar. La última vez que vivimos con uno de sus novios duró tres semanas y salimos disparando de ahí en el medio de la noche. Pensé que, esta vez, duraría al menos un mes, especialmente porque está muy claro que Pete no es un mal tipo. Poco criterioso tal vez, pero no un mal tipo.

—Porque sí —responde quitando las sábanas de mi cama—. No me quedaré un minuto más aquí con alguien que no confía en mí.

—Espera un momento —le sujeto la mano para que se detenga—. ¿Qué pasó?

—Pete es un misógino idiota, eso es lo que pasó, y yo…

—Maggie —la silueta de Pete ocupa toda la puerta, pero retrocede un poco al verme vestida solo con un top y unos shorts de dormir—. Lo siento, Grace.

Le hago una señal con la mano de que se marche, más preocupada por lo que diablos esté pasando que por lo que llevo puesto.

—No dije que tuvieras que irte —afirma Pete desde el pasillo.

—Sí, lo hiciste —replica mamá mientras continúa arrojando mis cosas en las cajas.

–No. Dije que las cosas entre nosotros no funcionarán si sigues tomando mi dinero.

El corazón me da un vuelco.

–¿Qué? Mamá, ¿por qué…?

–No voy a mantener esta conversación delante de mi hija –exclama mamá mirando a Pete de manera asesina.

–Creo que ella tiene que saber por qué la estás sacando a la rastra de otro hogar.

–Esto no es un hogar –contesta mamá–. Es una prisión.

El rostro de Pete se vuelve increíblemente rojo, una señal segura de que, cada vez, está más enojado.

–Tomaste mil dólares de la caja fuerte de mi armario. *Mil dólares*. Te di esa combinación para que guardaras tus propias cosas de valor, no para que robaras las mías. ¿Acaso esperabas que no fuera a darme cuenta? ¿O que iba a pensar que no importaba? Cada vez que necesitas algo para tu pequeño proyecto o fiesta de cumpleaños o lo que sea, por lo cual te pasaste despierta y decorando toda la noche –extiende la mano hacia la sala.

–¿Qué? –estallo–. ¿Mil dólares? Dios mío, mamá. ¿Para una fiesta?

Finalmente, deja de zumbar por la habitación.

–Es importante.

–*Siempre* lo es –comento con un dejo de sarcasmo en la voz, que le dibuja un gesto de crispación en el rostro. Paso delante de ella, Pete se aparta de mi camino e irrumpo en el pasillo dando grandes zancadas.

Y luego me detengo abruptamente.

La sala está decorada en diferentes tonos de violeta. Ramos de lavandas, vincas y globos color púrpura rodean el artefacto de iluminación que está encima de la mesa. Pequeñas borlas hechas de papel de seda cubren el piso y la mesada. Servilletas violetas están dispuestas en forma de abanico sobre la mesa, y un precioso ramo de rosas brota majestuosamente en el centro.

Rosas color *violeta*.

Una bandeja de macarrones color amatista está colocada cerca de la cocina. Los muffins de manzana de mamá, teñidos de color púrpura. Violeta, violeta por todas partes. En la mesada de la cocina, hay un rollo de papel de aluminio del color de la gelatina de uva, una cajita blanca junto a él. Me acerco, aun cuando hay una fuerte voz dentro de mi cabeza que grita que me detenga. Pero es como un accidente automovilístico al costado del camino, no puedo evitar curiosear. Levanto la tapa de la caja. Adentro, hay exactamente lo que yo esperaba. El collar. Mi collar. No, el collar de *Eva*. Tres trozos triangulares de ese hermoso vidrio de mar color aguamarina, engarzados en cobre.

Le doy la espalda al collar y parpadeo varias veces, esperando que la escena cambie cada vez que abro los ojos, pero eso nunca ocurre. En el último intento, distingo una franja lila que se extiende de un lado al otro de los ventanales de la sala.

Feliz cumpleaños, Eva. Te queremos.

—Feliz cumpleaños, Eva. Te queremos —susurro mientras observo el cartel.

—Gracie —mamá se acerca por detrás de mí y apoya la mano en mi espalda. Casi no la siento.

—Feliz cumpleaños, *Eva*. Te *queremos*.

—Iba a ser una sorpresa —murmura mamá.

—Bueno, *yo* estoy indudablemente sorprendida. Ni siquiera sabía que era… —giro para quedar frente a ella. Porque tal vez haya pasado eso. Quizá también metió la pata con el cumpleaños de Eva, y ese sea el motivo por el cual yo ni siquiera estaba enterada. Armó todo este gran festejo para Eva, y en el día equivocado. Tiene que serlo. La idea se instala en mi interior y me llena de una sensación fría y dulce de alivio, pero luego se torna amarga. Porque, ¿cuán retorcido es eso? Esperar, una vez más, que mi madre no pueda recordar las fechas correctamente en su cabeza. Esperar que se comporte de manera desquiciada, equivocada, caprichosa, excéntrica, porque de no ser así, ¿qué significa todo esto? ¿Que se acuerde del cumpleaños de Eva, pero no del mío? ¿Que mi novia no me mencionó que era su cumpleaños?

Y todo esto —todo este *violeta*— se compró con el dinero de Pete. Con dinero robado.

—Su cumpleaños, ¿es hoy? —pregunto.

Mamá asiente.

—Y sé que ustedes dos son amigas. Quería pedirte que me ayudaras a traerla aquí. Quizá también a Luca y a Emmy. Iba a ser algo tranquilo. Tú sabes, después de que tu papá murió, yo no celebré mi cumpleaños durante años. Fingí que se trataba de un día cualquiera…

Su voz se apaga mientras pasea la mirada por el hermoso mundo que creó. Y luce realmente bonito. Todas esas distintas tonalidades. Mamá es creativa, organizada y dedicada cuando decide serlo.

—Pero —agrega con un suspiro—, ahora no sucederá porque Pete está muy alterado.

—Vamos, Maggie —interviene Pete desde el pasillo—, eso no es justo. No puedes decirme que se supone que así funcionan las relaciones normales. No hay que robar.

—Te lo digo por enésima vez, no te robé…

—Llámalo como quieras, querida. Tomaste mi dinero sin pedírmelo —desvía la mirada hacia mí y su expresión se suaviza—. Lo siento, Grace. Las dos pueden quedarse aquí hasta que encuentren un lugar. Por el tiempo que sea. Pero tu madre y yo… esto no va a funcionar.

Asiento, agradecida ante la suspensión provisional de la ejecución, pero mamá se niega a aceptarla.

—Ah, no —explota sacudiendo las manos antes de manotear la caja con el collar y metérsela en el bolsillo—. Nos marchamos hoy. De hecho, en este mismo instante. Grace, ve a terminar de empacar.

—¿Qué? ¿Adónde diablos iremos?

—Hazlo, cariño.

Pete se pasa la mano por la nuca.

—Esto es ridículo. Grace, puedes quedarte aquí si lo necesitas, ¿de acuerdo?

Comienzo a decir algo, pero mamá estalla.

—¡No te atrevas a apartar a mi hija de mí!

—Maggie, por el amor de Dios. No estoy haciendo eso. Pero no puedes seguir arrastrando a esa pobre chica por todo el cabo. No es bueno para ella.

—Yo sé lo que es bueno para mi hija. Ha estado *bien* durante diecisiete años, y también estará *bien* ahora.

Sus palabras me atraviesan como un trozo de hielo filoso.

Yo sé lo que es bueno para mi hija.

Ha estado bien durante diecisiete años.

Estará bien.

¿Es realmente así como ve nuestra existencia? ¿Sabe lo que es bueno para mí? *¿Todo está bien?* Echo una mirada a los hermosos adornos, a las rosas, a todo esto que es para Eva y que, posiblemente, sea en el día correcto. Eva no me lo dijo. Es probable que no se lo haya dicho a nadie. Pero mamá piensa que puede cambiarlo. Convertirlo en algo bueno y memorable, y hasta terapéutico tal vez.

Está tratando de asegurarse de que Eva esté bien.

Y ahí es cuando lo comprendo realmente. Ya lo había pensado antes, la sombra de una verdad que nunca permití que se arraigara en mí. La aparté, la justifiqué, dije que *sí* al siguiente apartamento, toleré al siguiente novio, pero ahora es una luz deslumbrante. Está en la expresión preocupada de Pete. En la reacción exagerada y en el exceso de confianza de mamá. En cada una de esas rosas violetas.

Yo no estoy bien.

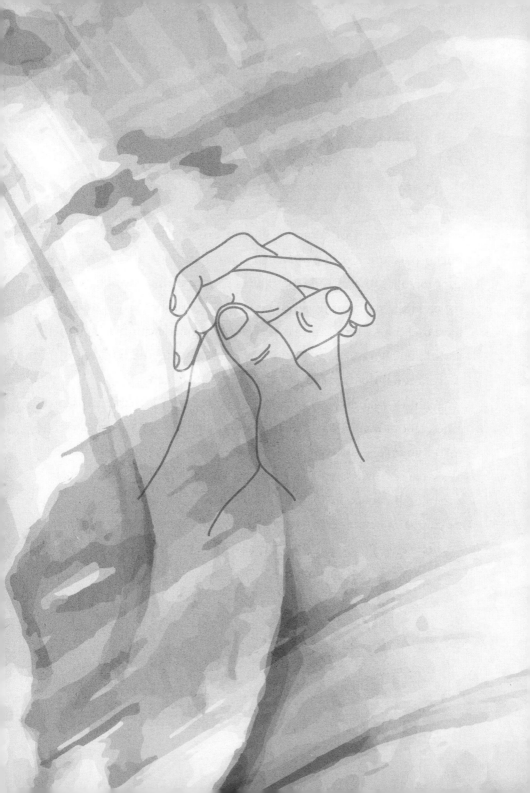

Capítulo veinticuatro

Terminamos en el motel de La Langosta Afortunada, el alojamiento más barato de Cabo Katie para turistas que planean pasar la menor cantidad de tiempo posible en el interior del hotel. Hemos estado un par de veces aquí antes, entre un apartamento de mierda y el siguiente.

Mamá pide una habitación con dos camas de dos plazas. La alfombra es de un color coral desvaído, el empapelado tiene un descolorido motivo de plantas submarinas y las mantas son gris pálido. Estoy segura de que alguna vez debieron haber sido de color azul intenso. Toda la habitación huele a una mezcla de humo de cigarrillo y polvo limpiador para baños.

Arrojo la valija en una de las camas. El resto de mis cosas todavía está en el faro. Mamá le dijo a Pete que pasaríamos a buscar todo la semana que viene, pero en este momento ella quería estar *lo más lejos posible de tu desagradable cara.* Cita textual. Ni siquiera pregunto qué piensa hacer con todas las cosas de la fiesta. No quiero saberlo.

Jay entró a mi dormitorio mientras yo embalaba algunas cosas básicas. No dijo nada, solo me entregó mis libros de música y se quedó observándome. ¿Qué diablos se podía decir? Otra vez había sentido la necesidad de disculparme. ¿Quién sabe? Tal vez esos mil dólares eran para el equipo de fútbol americano de Jay cuando comenzara el año. Tal vez eran para comida o para cursos de preparación para los exámenes de admisión universitaria o algo para el faro. Y mamá los tomó sin preguntar.

Cuando terminé de hacer la valija, no podía ni mirarlo. Pero cuando pasé junto a él, me detuvo poniendo la mano en mi brazo por un instante y luego la quitó.

–Lo siento –murmuró.

Alcé la mirada hacia él. No estaba segura de por qué se estaba disculpando, pero parecía ser por algo más de lo que había pasado entre nuestros padres.

–Yo también –repliqué, y era cierto. No porque el desastre de Tumblr ya no me importara. No era así. Pero lamentaba el hecho de haberlo herido. El no *haberme interesado* nunca. El hecho de que, en general, no me hubiera importado una mierda.

Ahora echo una mirada alrededor de mi nuevo hogar y pienso en el imprevisible futuro. Otra vez. Siento que un sollozo sube por mi garganta, un recuerdo anhelante de mi habitación en el faro, esa habitación que odié tanto la primera vez que mamá me arrojó allí. Pero es la habitación en donde Eva y yo nos convertimos en *nosotras*. Casi deseo haber aceptado el ofrecimiento de Pete y haberme quedado. Pero mamá me necesitaba. Ella podría descontrolarse por lo que sucedió con Pete. ¿Cómo podía decirle que no? ¿Cómo iba a dejarla?

¿Cómo *voy a* dejarla?

Me echo en la cama mientras mamá revolotea por la habitación desempacando sus artículos de tocador en la mesada rota del baño, tarareando como si nada hubiera pasado. Abre una cerveza, una de varias que seguramente tomó del refrigerador de Pete de camino a la puerta.

No estoy bien.

¿Cómo puedo dejarla?

No estoy bien.

¿Cómo puedo dejarla?

Sobre el áspero cubrecama, toco la *Fantasía,* de Schumann.

Parece apropiado, esta pieza de piano, que podría haberme conseguido una beca, pero no lo hará. Porque mamá nunca cambiará. Y a mí nunca me parecerá bien dejarla en estas condiciones, tan inestable, tan sola y desesperada por… ¿por qué? Ya no lo sé. El viaje a Nueva York es solo eso: un viaje. Y después regresaremos a casa y seguiremos adelante con nuestras vidas.

—Necesito un poco de aire —aviso poniéndome de pie.

—¿Ahora? —pregunta mamá mirando por la ventana—. Parece que va a llover.

—No me voy a disolver.

—Preferiría que hoy no salieras, cariño —entrelaza los dedos y los retuerce hasta formar un nudo—. Estoy tan alterada. No sé qué hacer conmigo misma.

Doy un paso hacia ella porque yo tampoco sé qué hacer conmigo misma.

—Ay, mierda, el cumpleaños de Eva —se lleva las manos a las mejillas—. Tengo que llamarla —toma su raído bolso de vinilo y saca su antiguo teléfono celular con tapa.

Doy un paso hacia atrás.

Ya estoy del otro lado de la puerta cuando la escucho pronunciar el nombre de *Eva* en el teléfono.

Para cuando llego al muelle, la lluvia ya empapó mi camiseta de *La Guerra de las Galaxias*. Es de Luca, y creo que solía ser de Macon. Está tan gastada y finita que parece que podría desintegrarse sobre mi piel.

Quiero llamarlo. Quiero tener a mi mejor amigo conmigo, aquí y ahora. Pero dejo el teléfono en el bolsillo, apagado. Porque él dirá *te lo dije* y, sí, si bien es cierto que *me lo dijo*, no quiero oírlo.

Emmaline se balancea en el agua, en medio de muchos otros barcos, un refugio seguro. Subo y abro el compartimento que está junto al timón, donde están las llaves que abren la puerta que conduce a la cabina. Bajo los cortos escalones y entro en el recinto oscuro. Una hilera de luces blancas colgadas de tachuelas rodea el espacio y la enchufo debajo de la minúscula mesita de dos asientos. Un tenue resplandor llena la cabina. Hay un par de cuchetas en la parte de atrás, camas en las que dormí tantas veces que ya perdí la cuenta. Aún empapada, me arrastro hasta la litera superior y me tumbo en el colchón. Debajo de mí, el edredón azul marino es suave y está muy usado, y mis dedos vuelan fácilmente sobre él.

Tocando, tocando, tocando.

Tocando mi *Fantasía*.

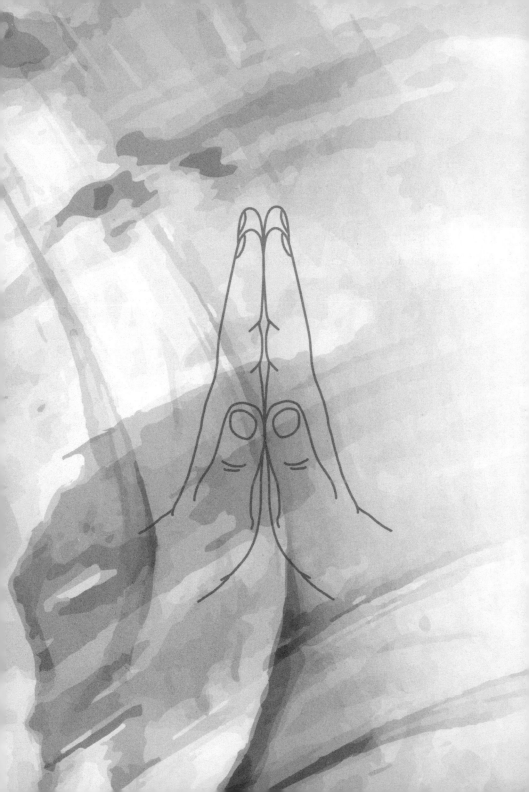

Capítulo veinticinco

El colchón se sacude y me despierto sobresaltada. Me siento y me golpeo la cabeza contra el techo.

—¡Auch! —grito y mis manos vuelan hacia mi cabeza.

—Dios, lo siento. No quise asustarte.

Me froto los ojos una vez, dos veces, y luego los abro y encuentro el rostro de Eva asomado sobre el borde de la cama. Tiene los pies apoyados en la litera de abajo, las manos aferradas al colchón de arriba.

—Hola —saluda suavemente.

Exhalo una bocanada de aire y me dejo caer otra vez en la cama, mientras me late la cabeza. Del otro lado de la ventanita, el cielo está negro como la tinta y no hay estrellas, la lluvia tamborilea débilmente sobre el techo de Emmaline.

—Grace —dice Eva—. Yo no sabía nada de la fiesta.

—¿Hoy es realmente tu cumpleaños?

Una pausa. Una respiración profunda.

—Sí.

—¿Dieciocho?

—Diecisiete. Al final de la primaria, mamá me hizo tomar clases en casa y, cuando fui a la escuela secundaria, me salté un año.

—¿Por qué no me lo dijiste?

Otra pausa.

—¿Puedes bajar, por favor?

—¿Por qué?

—Porque quiero verte la cara y mido casi un metro ochenta, y la idea de subirme doblada a la litera superior me hace sentir como si tuviera que respirar en una bolsa de papel.

Lanzo una carcajada, pero le hago caso y me bajo.

—Tienes toda la ropa empapada —observa pasándome las manos por los hombros cuando llego al piso.

—Y probablemente, una conmoción cerebral —agrego frotándome la cabeza.

Abre los cajones de la litera de abajo y encuentra una camiseta seca.

Es mía, dejada acá hace años, y tiene los personajes de *Mi Pequeño Pony*.

Es violeta.

—No es mi color preferido —masculló mientras levanta mis brazos y, a continuación, la camiseta empapada. Luego desliza la seca por encima de mi cabeza y la acomoda alrededor de la cadera.

Después de arrojar la camiseta mojada en el diminuto fregadero de la cocina, me conduce al asiento para dos, a rayas verdes y amarillas, al otro lado de la cabina. Se acomoda en un rincón y jala de mi mano hasta que la imito, pero me siento en el otro rincón. Aun así, nuestras piernas se rozan y las manos se encuentran a pocos centímetros.

—No te lo dije porque no se lo dije a nadie —señala—. Emmy lo sabía porque era amiga de mi mamá y también porque tuvo que firmar un montón de formularios sobre la tutoría, pero le dije que no le prestara atención. No quería festejar. Tu mamá lo sabía porque me preguntó sin rodeos cuándo era mi cumpleaños y no me pareció bien mentir. No tenía idea de que iba a armar esa fiesta.

La lluvia continúa cayendo, agitando el océano y arrastrando a Emmaline de acá para allá. Eva no me cuenta nada que yo no sospechara de antemano. Aun así, hoy es su cumpleaños. Mamá recordó bien la fecha y encargó para ella un montón de rosas violetas.

—¿Sabías que le robó mil dólares a Pete para comprar todo?

Eva abre la boca sorprendida.

—¿Qué? No.

—¿Sabías que abandonó a Pete porque él se atrevió a mostrarse un poquito irritado acerca de toda la cuestión del robo, y ahora estoy viviendo en una habitación de motel con cinco segundos de agua caliente y sábanas acartonadas sabe Dios por cuánto tiempo?

Su mandíbula se cae cada vez más, si es que eso es posible.

—Dios mío, Grace. Maggie solo me habló de la fiesta de cumpleaños y que tendría que posponerla. Cuando llamó, sonaba bien y dijo que igual quería salir conmigo por mi cumpleaños. A cenar o lo que fuera.

—¿Fuiste?

Frunce el ceño.

—Sí, fui. Pero no por mi cumpleaños. Quería hablar con ella, decirle que pensaba que no debíamos pasar tanto tiempo juntas. Yo no sabía lo que había pasado. De lo contrario, no habría…

—¿Adónde te llevó?

—A… a Trampa de Cangrejos.

—Espero que haya sido una buena comida. Aunque probablemente deberías pasar por el faro y agradecerle a Pete los camarones fritos y el pan de ajo.

Se frota la cara con las dos manos.

—Grace, me fui apenas llegamos. Luca me llamó para preguntarme si sabía dónde estabas. Estuvo llamándote.

—Apagué el teléfono.

—Lo sé. Cuando le dije que no lo sabía, le pregunté a Maggie.

—¿Sí? —emito una risa áspera y amarga que me lastima la garganta—. ¿Y qué dijo?

—Que no sabía, pero no parecía preocupada…

—Claro que no.

—… pero *yo* estaba preocupada, así que le dije que quería ir a buscarte.

—Bueno, aquí estoy —me pongo de pie y camino de un lado a otro en este espacio minúsculo; la energía, el enojo y no sé qué más me producen un hormigueo en las yemas de los dedos—. Dios mío, ¿quieres la verdad, Eva? ¿Toda la verdad? Porque así son las cosas.

¿Entiendes ahora? ¿Por qué yo no quiero jamás tener que hablar de esto? ¿Ves lo que ella hace? Toma estos hermosos gestos maternales y los hace mierda. Roba dinero para una fiesta. Se olvida del cumpleaños de su propia hija. Piensa que yo estoy *bien* y que ella es la madre del año simplemente porque todavía sigue aquí. Me muda de un lugar a otro pensando que es bueno para mí, que es una aventura, que es normal. Bueno, no lo es. *No* lo es, y esto —agito los brazos en el aire—, esto que acaba de ocurrir con Pete será cada vez peor. Sucede cada vez que rompe con alguien. Se vuelve loca, se marcha y actúa como si estuviera bien durante unos diez malditos minutos, y luego pasa de la cerveza al vodka o al gin o a algo transparente, o no sé qué diablos es, y…

—Grace —Eva se levanta y trata de detenerme, pero yo sigo moviéndome, dando vueltas por la cabina como un animal salvaje.

—… y antes de que me dé cuenta, estoy sentada en la barra de Ruby's rechazando a idiotas cuarentones que deslizan su mano por mi brazo mientras Maggie baila hasta que salga el sol. Hasta que ya no es divertido y todo no es más que ¡Gracie! ¡Gracie! ¡Sálvame!

—Bueno, ven aquí, siéntate.

Me detengo y la miro. Doy un paso hacia ella, y luego otro más, hasta que estamos pecho contra pecho. Y casi como si fuera instintivo, sus manos se apoyan en mi cadera y me acerca todavía más.

—No te lo pedí anoche, Eva —le digo y frunce el ceño—. No quería pedírtelo. No quería que Luca y Emmy tuvieran razón, pero es así. Así que por favor, por favor prométeme que dejarás de verte con ella. No es una cuestión de celos. No es porque me moleste la atención que te brinda. Es porque saldrás herida. Tal vez tampoco deberías estar conmigo, pero no tienes que estar con ella. Regresa a lo de Emmy y habla con ella, o no, pero Maggie no es buena para ti. *Yo* no soy buena para ti. *Por favor…*

—Ey, ey, ey —susurra Eva y sus manos suben para secar lágrimas que yo ni siquiera sabía que habían empezado a brotar. Lágrimas grandes y gordas. Lágrimas llenas de días, horas y años de los mismos disparates. Ese disparate de siempre de que *Grace está bien.*

—Por favor —susurro otra vez—. Prométemelo.

—Está bien —señala Eva—. Está bien, te lo prometo.

Exhalo la vida sobre su hombro y me hundo contra ella.

—Gracias.

—Pero ahora no me iré a lo de Emmy ni te dejaré.

—Eva…

—No, Grace. Sé que piensas que eres un desastre, pero ¿quién no lo es? Me mantendré alejada de Maggie y haré lo que necesites que haga para ayudarte con todo esto, pero tú no eres ella. Tú eres *tú* y tienes que saber que no me alejaré de ti de ninguna manera, maldita sea.

El alivio es evidente. Me atrae aún más a ella, sus brazos envuelven mi cintura y una mano sube hasta descansar en mi nuca. Apoya los labios contra mi sien y susurra a mi oído palabras que ni siquiera alcanzo a descifrar, pero su voz es baja y suave, y parece un baño caliente después de un día en la nieve.

Y por primera vez en mucho tiempo —por este momento, al menos—, realmente estoy bien.

Eva llama a Luca para ponerlo al tanto de lo que sucede. Él pide hablar conmigo, pero me niego. Solo quiero vivir en este mundo —enorme y diminuto al mismo tiempo— por un rato más. Solo Eva y yo. Luca dice que podemos pasar la noche en Emmaline, que él le explicará todo a Emmy y que debería haber algo de comer en el armario de la cocinita.

Encontramos una caja de macarrones con queso y una cacerola. Eva hierve la pasta mientras yo revuelvo todo en busca de algo dulce. Y lo único que encuentro es un recipiente lleno por la mitad de manteca de maní, que es casi perfecto cuando lo pienso. Después de que Eva vierte ese mejunje de queso de color anaranjado sobre los fideos, comemos en el sofá con tazones plásticos de *La Guerra de las Galaxias*.

—Tengo que decirte algo —comenta Eva mientras yo tomo de la mesa el envase de manteca de maní Jif y le alcanzo una cuchara.

—¿Qué?

Respira profundamente mientras hace girar la cuchara entre sus largos dedos.

—Maggie me preguntó si quería vivir con ustedes.

—¿Qué? —casi me atraganto: ni siquiera tenemos una casa—. ¿Te lo preguntó hoy?

—No, no. Hace varios días. Ella sabía que Emmy me estaba volviendo loca y me preguntó si me sentiría mejor con ella —se encoge de hombros—. Emmy dijo que no.

Siento un dolor en la garganta, pero logro tragar. Este sí que es un giro desagradable e inesperado: mamá le pregunta a Eva si quiere vivir con nosotras después de que casi le diera un infarto cuando Emmy preguntó lo mismo con respecto a mí unos años atrás.

—Por eso peleaban el 4 de Julio, ¿verdad?

Asiente.

—Sé que fue una estupidez, pero en ese momento me pareció razonable, dentro de mi cabeza. Supongo que quería sentir que tenía nuevamente un lugar de pertenencia, que controlaba la situación. Maggie me hizo pensar… no sé bien qué.

—Sí —comento con voz calma—. Es muy buena haciendo pensar a la gente *no sé bien qué*.

—Lo siento.

—No es tu culpa.

—Y pensé que estaría más tiempo contigo.

Solo atino a asentir y a apoyar la manteca de maní en el piso, el apetito aplacado. La inquietud bulle debajo de mi piel. Flexiono las manos y luego las convierto en puños, meto las piernas debajo de la cola, las saco de inmediato y las dejo colgando del borde del asiento. A mi lado, Eva me observa; la tensión y la impotencia tan densas como la manteca de maní que no pude llegar a comer.

Después toma aire profundamente antes de dejarlo salir en una bocanada lenta y constante. Se levanta del sillón y me mira.

—¿Qué estás…?

Pero mi pregunta se interrumpe cuando ella alza los brazos en el aire, que se elevan desde los costados del cuerpo, y las puntas de los dedos se encuentran arriba de la cabeza. Se para con los talones juntos, los pies extendidos, apuntando en direcciones opuestas.

Y luego baila. No tiene nada que ver con el tipo de baile que vi arriba de la mesa en la fogata. Esto es ballet, puro y grácil, estilo y libertad.

No sé cómo se llama la forma en que sus brazos se curvan graciosamente en el aire. No hay mucho lugar en la diminuta cabina, pero hasta sus muñecas y sus manos se mueven por sí mismas en una suerte de hermosa danza. Todo lo que hace es encantador. Los músculos de sus piernas se flexionan mientras se eleva sobre los pies desnudos, mientras se mueve en el reducido espacio. Lo aprovecha al máximo, transformando su cuerpo en una obra de arte.

Y su rostro.

Está cubierto de lágrimas y sonriente.

Cuando finalmente se apoya en el piso y los brazos vuelven a los costados flotando como plumas, no puedo permanecer sentada. Me pongo de pie antes de darme cuenta de lo que estoy haciendo, mis manos en su rostro, mi frente contra la suya.

—Eso… —murmuro—. Tú —es todo lo que logro proferir. Solloza un poco y tiembla entre mis brazos, pero no deja de sonreír. Es una sonrisa diminuta, pero está ahí—. Gracias.

Asiente.

—Estoy tratando de ser valiente como tú.

—¿Como yo?

Se aleja para mirarme.

—Como tú.

Nos miramos durante unos segundos y luego retrocedo con la mano extendida.

—Ven.

—¿Adónde?

No respondo, solo extiendo la mano hasta que ella la toma. La llevo hasta las camas y la empujo ligeramente en la litera de abajo. Luego me acuesto a su lado, entrelazo mis piernas con las de ella, apoyo la palma de la mano en la parte baja de su espalda y la atraigo más a mí. Ella hace lo mismo, y me envuelve con sus manos, sus brazos y sus piernas.

Libero los pulmones exhalando todos los cumpleaños y los violetas, los collares y las propinas robadas de mi alhajero.

Y cuando tomo aire, es todo Eva. Su suave aroma a jazmín, la sedosidad de su piel, la forma en que su boca se parte ligeramente como si me esperara. Nos quedamos así durante un largo rato. Lo suficientemente largo para que me afloje y me relaje por completo y piense con claridad. Sienta con claridad. Eva es paciente. No habla ni me hace preguntas. No intenta besarme. Solo desliza la mano por mi rostro, mi pelo, mis hombros y mi espalda mientras nos miramos, y mis párpados se vuelven pesados.

Finalmente, el sueño me envuelve. No sé bien cuánto tiempo llevo dormida cuando un relámpago me despierta. Me estremezco en la cama, pero los brazos de Eva están ahí, envolviéndome con fuerza.

—Hola —susurro.

—Hola.

—¿Dormiste?

—Un poco, creo.

Me acurruco más contra ella. Todo este momento es tan cálido y perfecto que dispersa todos los pensamientos oscuros, los miedos y las preocupaciones.

—Tu primer beso, ¿fue realmente conmigo? —pregunto, mis labios acarician su boca.

Sonríe y desliza un dedo por mi mejilla.

—Sip. Tuve *tantos* ofrecimientos, pero estaba esperando a una rubia con pecas en la nariz. Tenía que ser una rubia con pecas en la nariz.

—No se puede confiar en las pelirrojas.

—Ni un poquito.

Sonrío, pero la sonrisa se desvanece rápido junto con nuestras bromas tontas. Se acomoda todavía más cerca de mí, nuestros cuerpos perfectamente alineados.

—La espera valió realmente la pena —susurra contra mi boca.

Son esas palabras las que me despiertan por completo y desatan algo dentro de mí. *Valió la pena.* De repente, todo lo relacionado con este momento parece urgente. Desesperado. Ni siquiera puedo responder con palabras. No hay tiempo, porque tengo que cubrir su boca con la mía. Como si, al no besarla aquí y ahora, pudiera morir. Dejar de respirar y esfumarme. Abre los labios para mí, toca mi lengua con la suya, y ya puedo respirar otra vez.

El barco se balancea debajo de nosotras, una suave oscilación que nos acerca. Mis dedos se curvan alrededor del dobladillo de su camisa, levantándola para poder tocar su piel, deslizar los pulgares sobre la firme planicie de su estómago. Se le eriza la piel bajo mi contacto y sonrío contra su boca. Enseguida, ella también extiende las manos hacia mi cintura desnuda. Mi estómago no está ni de lejos tan tonificado como el de ella, y cuando sus dedos rozan la piel de esa parte, meto la panza.

—¿Te gusta? —pregunta, apartándose un segundo.

Me relajo.

—Sí. ¿Y a ti?

Sonríe y nos besamos hasta que estoy mareada, hasta que me duele todo el cuerpo y solo quiero más. Más de ella. Más de nosotras.

Le levanto la camisa por encima de la cabeza y asoma un sostén color turquesa con una franja de encaje en la parte de arriba de cada taza. Es tan hermosa que me mareo. Busco sus ojos entrecerrados y ella asiente mientras sube el dedo por mis costillas. Hundo la cabeza en la pendiente de su clavícula, saboreando el hueco de su garganta, resbalando hacia abajo para depositar un beso en su esternón. Mi mano asciende por encima de su sostén y de sus pechos suaves y pequeños. Contiene el aliento y se arquea sobre mi mano.

—Levántate —le digo, y lo hace. Le desengancho el sostén y lo deslizo por sus brazos.

—Tú también —murmura con una gran sonrisa y aferra mi camiseta violeta—. Es justo —me la arranco con rapidez y el sostén se desprende a continuación. Nuestra piel se aprieta con fuerza. Curvas y planicies, clara y oscura, una sorprendente clase de semejanza mezclada con todas las diferencias.

Eva exhala una larga bocanada de aire, o tal vez soy yo, porque estar juntas de este modo es un gran alivio. Subo los dedos por su muslo. Ella jadea y se ríe al mismo tiempo, así que lo hago otra vez, y pronto las dos estamos respirando con fuerza mientras nos reímos. Siento que todo esto es tan *bueno*, que casi parece malo.

El pensamiento intensifica mi tacto, y eso la alienta, y enseguida se acaban las palabras. Ella rueda y queda arriba de mí, los dedos ligeros, la boca caliente, un destello de asombro en los ojos. Yo estoy totalmente encendida. Es la única forma de definirlo. Roja, caliente y ardiente. Mientras toca mi boca con la suya otra vez, su mano se desliza hacia abajo y desengancha el botón de mi short de jean.

—¿Está bien? —pregunta haciendo una pausa.

Solo atino a asentir con la cabeza y el cierre se desliza rápido hacia abajo.

—Quiero cuidarte, Grace —susurra, con voz ligeramente trémula.

—Me estás cuidando. No tenemos que hacer nada más para que eso sea verdad.

Toma aire y su cuerpo tiembla.

—Lo sé.

—Estás nerviosa. Podemos parar…

—No quiero parar. Yo… sé que no tengo experiencia en estas cuestiones, pero quiero estar contigo. Quiero cuidarte de esta forma también —me sostiene la mirada, los dientes apretados contra el labio inferior—. ¿Puedo intentarlo?

Lo único que puedo hacer es asentir, la garganta tensa por las lágrimas, las mejores lágrimas que alguna vez amenazaron con caer. Me siento totalmente abierta, relajada. Otra vez. Algo duro, trabado y perpetuamente enojado se desenreda dentro de mí.

Me quita los shorts. Cuando comienza a tumbarse en la cama, engancho el dedo en el dobladillo de sus shorts y jalo un poquito. Alza las cejas y jalo un poco más fuerte hasta que se ríe y, contoneándose, deja que se deslicen por sus piernas. Cuando se traban en un tobillo, sacude el pie y salen volando por la pequeña cabina.

—Dios mío —exclama, estirando su cuerpo contra el mío y apretando la boca contra mi hombro—. ¿Realmente vamos a hacerlo?

—Creo que sí —contesto con una mezcla de risa y resoplido. Eva emite unas risitas nerviosas, que me hacen reír todavía más.

Pero pronto la risa se apaga y nuestra trémula respiración es el único sonido que se escucha. Sus dedos se deslizan por mi piel, por mi estómago y entre mis piernas, por encima de mi ropa interior. Inhalo con fuerza, mi cuerpo entero se enciende como nunca lo había hecho antes. Yo experimenté esto mismo muchas veces con Jay y con otro par de chicos, muchas veces sola, pero nada puede compararse con esto, con ella.

Hundo las manos en sus rizos mientras sus dedos se deslizan dentro de mi ropa interior y me tocan. Su boca está en mi cuello, luego en mis labios, pero no por mucho tiempo porque no puedo respirar, no puedo compartir la respiración. Apoya la cara contra mi pelo, los labios contra mi oído. Mi estómago se tensa de la mejor manera y pronto yo también la estoy tocando a ella. Nuestras caderas parecen buscarse mutuamente, desesperadas por tocarse, por moverse y sentirse. En poco tiempo, ya no puedo distinguir el maldito cielo de la tierra, ni siquiera puedo recordar cómo me llamo.

Existe solamente esto. Solamente ella.

Pronto, mi mundo se vuelve blanco, todos los nervios de mi cuerpo salen disparando hacia las puntas de mis dedos. Las manos de Eva se detienen y se quedan inmóviles; pero las mías permanecen con ella hasta que se pone tensa y se estremece junto a mí; mi nombre, un suspiro entrecortado entre sus labios. Nos quedamos juntas, tratando de devolver el aire a los pulmones.

—Guau —es todo lo que logro proferir.

Se ríe.

—¿Sí?

—Mmm, sí.

Apoya la cara en mi cuello.

—Me preocupaba no saber lo que estaba haciendo.

—Sabías lo suficiente.

—Tú también.

—Oh, yo sí sé.

Me muerde suavemente el hombro.

—¡Ey, cuidado! —exclamo, arqueando el cuerpo para apartarme de ella, pero trayéndola conmigo pues nuestras piernas están entrelazadas.

—Eso también fue un superguau para mí —comenta en voz baja cuando nos acomodamos otra vez.

—¿Tu primera vez en la cama de una chica? —pregunto en tono de broma—. Y la primera vez con una chica en *tu* cama. Me parece que hay muchas chicas encamadas por aquí.

Se ríe mientras se endereza y se apoya sobre el codo.

—No puedo creer lo que acabamos de hacer.

Mi estómago da un vuelco de ansiedad.

—¿No puedes creerlo porque fue *bueno*?

—Sí —resbalando su boca sobre la mía—. Muy bueno.

Más tarde, nos acurrucamos en la cama una al lado de la otra, aún desnudas y felices, y comemos manteca de maní directamente del recipiente.

—Feliz cumpleaños —le susurro al oído.

Y lo digo de verdad.

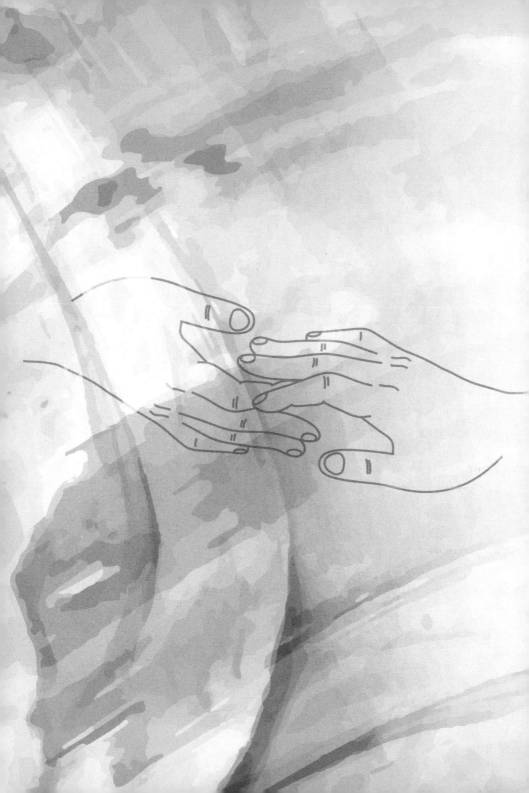

Capítulo
veintiséis

Dos días después, Luca aparece en el Rincón de Libros. Llevo más de media hora sentada ahí, observando las teclas, la música, las manos. Sin tocar. De vez en cuando, Patrick se aclara la garganta con dramatismo. Eva está cómodamente sentada en uno de los sillones tapizados junto al ventanal del frente, mirando videos de YouTube de Misty Copeland, una famosa bailarina de ballet. Se levanta cada cinco malditos minutos, deambula por la tienda y me echa una sonrisa como si mirara distraídamente y no estuviera asegurándose de que sigo viva.

Esto sucede una y otra vez hasta que la cabeza desgreñada de Luca se asoma por la puerta del depósito. Lo observo mientras merodea en la entrada sin apartar mis ojos de los suyos.

—Hola —saluda sentándose a mi lado en el banco del piano.

—Hola.

—¿Hoy no estás tocando mucho? —señala mis libros de música sin abrir.

—Puedo tocar sin ellos.

—Sí, pero no lo estás haciendo. Y nunca tocas sin ellos cuando son piezas importantes. Esas piezas, ¿no son importantes? —toca el borde del libro de Schumann.

—¿Viniste para atormentarme por la audición o para hablar?

—¿Acaso no me conoces? Para ambas cosas.

Se ríe, me da un golpecito en el hombro y yo se lo devuelvo, y ahí es cuando me doy cuenta de que volvemos a llevarnos bien. Siempre nos llevaremos bien.

—Lo siento, Gray.

—¿A qué parte te refieres?

—A todo. Ha sido duro adaptarse a que Eva esté en casa. No es porque no queramos que esté ahí. Es que… mamá siempre está tratando de ayudarla, ¿sabes? Y yo lo siento, pero Maggie…

—Lo sé.

—Lo siento.

—Eso ya lo dijiste.

—Porque lo digo en serio. Desearía que las cosas fueran distintas. Para ti, para Eva.

—Nunca dejaré que Eva salga lastimada, Luca.

—Sé que no lo harías a propósito. Pero no ves claramente cuando se trata de Maggie. Y lo sabes. Y ella es tu madre, de modo que no te culpo por eso. Pero mira lo que está sucediendo, Gray. Estás viviendo en una espantosa habitación de hotel. Otra vez.

Aparto la mirada, la vergüenza me cubre como el cemento mojado cubre un bache. Me duele la garganta y las lágrimas amenazan con salir.

—¿Sabes qué es raro?

—¿La manera en que Patrick no deja de espiar por la puerta? Me está asustando.

Me río y me seco los ojos.

—Se siente muy involucrado en mis prácticas. Si no toco durante un rato demasiado largo, se aclara la garganta o, sin rodeos, me da un sermón de cómo la práctica hace al maestro.

—O escuchó que estás viviendo en La Langosta Afortunada y está fisgoneando.

—O escuchó que estoy viviendo en La Langosta Afortunada.

Dios, suena tan horrible cuando lo digo en voz alta. Como si Wes Anderson hubiera estado muy deprimido y esta fuera la película que hizo.

—¿Qué es lo raro, Gray? —pregunta Luca.

Respiro con profundidad y echo una mirada a Eva, que se encuentra en el sillón. Sus ojos están en la pantalla de su celular, mirando probablemente saltos o piruetas, o como se llamen. Se ve hermosa sentada ahí. También triste, y sé que no solo extraña a su madre.

—Es que… es tan fácil con Eva —digo.

Luca ladea la cabeza.

—Y eso, ¿es raro?

—¿Un poquito? No sé. Me siento *feliz*.

Frunce el ceño.

—¿Quieres decir que nunca te sentiste feliz antes de ahora? Dios mío, *soy* un amigo de mierda.

Me río.

—No, no lo eres. Es que con Eva es distinto. Tú y Emmy siempre me han hecho sentir esperanzada. Segura —miro hacia abajo y deslizo el dedo por encima del do del medio—. Sé que a veces soy demasiado.

—Ey —me da un codazo en el hombro hasta que lo miro—. No eres demasiado. Al menos, no más que yo o que Eva, o que quién diablos sea. Tú eres simplemente…

Me inclino hacia su hombro y él se inclina a su vez.

—Yo soy simplemente, ¿qué?

Suspira.

—Tú eres simplemente una niña que tuvo que ser una adulta muchísimas veces.

Se me llenan los ojos de lágrimas, pero las contengo.

—Ser adulta es un asco.

Luca se ríe y coloca el brazo sobre mi hombro.

—*Parece* que es un asco. No nos convirtamos nunca en adultos.

—El País de Nunca Jamás nos espera.

—Siempre quise usar una camiseta de hojas y calzas.

—¿Y será Kimber el pensamiento feliz que te ayude a volar?

Se ríe francamente y menea las cejas.

—Bueno, yo sé cuál será el tuyo.

Agito las manos y me levanto un poco como si fuera a echar a volar acá mismo. Pronto estamos riendo y Luca está tratando de darme un coscorrón, para que mantenga el trasero en el banco del piano.

—¿Cuánto tiempo estarás en el motel? —pregunta una vez que las risas se apagan.

—No estoy segura. Mamá está buscando algún lugar —al menos, eso creo. Para ser sincera, no la he visto demasiado. Paso la mayor parte del tiempo trabajando o aquí, practicando. Anoche, cuando me fui a dormir, ella había estado ausente sin aviso todo el día. Puse la alarma, para que me despertase a cada hora y, alrededor de las tres, levanté la cabeza y vi su pequeña silueta acurrucada en la cama, apestando a cigarrillo y a cerveza. Lo más probable es que esté yendo a Ruby's, pero no tengo energía para combatir contra ella. Al menos, no me pide que la acompañe, lo cual es a la vez un alivio y una preocupación.

—Ven a cenar esta noche —propone Luca—. Eva tiene que trabajar y sé que ella es tu chica y todo eso, pero un rato los dos solos no estaría mal, ¿no crees? Mamá dice que te hará lo que quieras. Odia que te sientas así. Nosotros no querríamos que fueras *distinta*, Gray. En serio.

Sonrío y asiento, aliviada de que Emmy quiera que vaya a su casa.

—¿Pizza de papas fritas? —pregunto.

—Como tú digas.

Apoyo la cabeza en su hombro y él me rodea con el brazo.

—Creo que eres buena para ella —afirma—. Para Eva. Ella está contenta. Bueno, *más* contenta. Y creo que ella también es buena para ti. Quería que lo supieras.

—Gracias. De verdad.

De pronto, me endereza abruptamente y abre mi libro de música de un golpe, con un solo movimiento.

—Ahora ponte a trabajar.

Apoyo los dedos sobre las teclas y sonrío como si estuviera posando para una foto. Me sacude el pelo y comienzo a tocar la *Fantasía* mientras él se marcha.

Pero apenas cruza la puerta, mis dedos se quedan inmóviles.

Luca y yo estamos en medio de la guerra de pizza de papas fritas más épica de nuestra historia cuando suena mi teléfono. Hay unos cinco hilos de queso superpuestos y extendidos entre mi plato y mi boca. Luca solo tiene tres, lo cual significa que, por primera vez en años, yo estoy ganando. Tengo la boca llena de papas y de pepperoni. Emmy está sentada en el sofá de la sala, diseñando el menú de otoño de LuMac's mientras masculla que nos moriremos atragantados, pero una sonrisita se dibuja en su rostro.

Cuando llegué, Emmy me envolvió entre sus brazos durante lo que me pareció que fueron varias horas, de modo que sé que Luca debió haberla interiorizado acerca de todo lo sucedido y lo que sucede entre Eva y yo. Fue tan agradable apoyar el mentón sobre su hombro que dejé que me abrazara todo el tiempo que quisiera.

—Sabes que te quiero con locura —susurró a mi oído—. Y la quiero a Eva con locura, pero estoy preocupada por ambas. Ustedes dos juntas es el doble de preocupación. ¿Entiendes lo que digo? —solo atiné a asentir contra su hombro. No dijimos nada de Maggie. ¿Qué *podíamos* decir?

Resulta que Emmy se negó a hacerme una comida que consistiera únicamente en pizza de papas fritas, de modo que hizo pollo asado con puré de papas y chauchas, que fue como una maldita porción de cielo después de dos días de comida de máquinas expendedoras y donuts de LuMac's. Pero si hay algo que es Emmy, es tierna, de modo que hizo además una tanda de pizzas de papas fritas. Ahora son las nueve de la noche y estoy en la cocina de Luca, mi estómago está a punto de explotar de tanta comida casera y me estoy llenando la boca de papas fritas con queso y carne picada.

Y disfruto de cada minuto. Porque me río, y Luca se ríe, y creo que los dos, Emmy y él, sabían que yo necesitaba este momento.

El teléfono suena en mi bolso y Luca me apunta con el dedo, como diciendo *Ni se te ocurra responder.*

Lo ignoro, mastico con rapidez y, desafortunadamente, rompo mis victoriosos hilos de queso. Tomo una servilleta y me limpio la cara mientras extraigo el teléfono de las profundidades de mi bolso. Solo una persona podría llamarme a esta hora y elevo en silencio unas oraciones a los dioses para que no se encuentre sola en Ruby's o en el apartamento de algún sujeto en otro pueblo.

Pero no es mamá.

Es Eva, y apenas veo su nombre, un pequeño destello de felicidad se enciende en mi estómago, a pesar de toda la comida que hay ahí dentro en este momento.

—Hola —digo después de deslizar el dedo por la pantalla—. Pensé que estabas trabajando.

Silencio durante una décima de segundo, pero me parece escucharla sollozar o algo por el estilo.

—¿Eva?

—Sí, hola.

Sus palabras brotan con una exhalación y su voz suena débil. Débil, cansada y asustada. De inmediato, se me ponen los nervios de punta, me levanto de la silla y camino hacia la puerta.

—¿Qué pasa? ¿Te encuentras bien?

—¿Qué pasa? —Luca también se levanta de la silla y me sigue. Meneo la cabeza y alzo el dedo índice.

—Hum —musita Eva, con voz trémula—. Estoy… estoy en el hospital.

—¿Qué? ¿Por qué?

—Yo estoy bien. Solo tengo un chichón en la cabeza, pero…

—¿Solo un chichón en la cabeza? ¿Qué diablos pasó?

Luca desaparece de mi vista y lo escucho llamar a Emmy. En el teléfono, Eva no me contesta, pero escucho su respiración trabajosa y algunos pitidos en el fondo.

Sonidos de hospital.

—Grace, ven, por favor. Lo siento mucho, pero ven, por favor. No quieren dejarme ir, y es muy… —respira profundamente antes de continuar—. No puedo estar sola aquí. No puedo respirar. Están por llamar a Emmy, pero tenía que llamarte primero a ti…

—Está bien. Ya voy, pero dime qué sucedió. ¿Te lastimaste en el trabajo?

—Me fui más temprano.

—¿Por qué?

Hace otra pausa e intenta respirar con profundidad una vez más.

—Yo… estaba con Maggie.

Siento que el piso desaparece bajo mis pies. Las rodillas se me doblan, pero sujeto el picaporte de la puerta y me mantengo erguida.

—¿Qué?

—Me llamó, estaba realmente alterada y me preocupé. Entonces fui a verla.

—¿Adónde?

—A ese lugar… ¿Ruby's? Ella solo quería bailar, supongo. Después de un rato, la convencí de que era hora de irnos y dijo que podía conducir, pero…

—¿Tuvieron un accidente automovilístico?

—Sí. Yo no sabía que estaba tan borracha, de lo contrario no habría…

—Ella, ¿está bien? —mi voz es suave. Un pinchazo, un deseo.

—Ella… creo que se lastimó el brazo. Quizás es solo un esguince. No me quieren decir nada, pero estaba consciente cuando llegó la ambulancia. No iba superrápido, y los airbags se activaron cuando chocó contra un árbol.

No puedo decir nada. Siento que me desplomo, que me doblo sobre mí misma, que me desintegro, aquí mismo, en la puerta de la casa de Luca. Un millón de emociones pelean entre sí y no puedo ver con nitidez. La vista se me vuelve borrosa y no puedo distinguir si el mundo se está torciendo o si estoy a punto de llorar. No puedo sentir mi cara, mis manos, mi corazón.

Quiero a mi padre.

Es todo lo que puedo pensar. Ni siquiera sé de dónde viene ese pensamiento, pero algo dentro de mí, algo pequeño, asustado y exhausto se eleva y se aferra a esa única necesidad.

Quiero a mi padre.

Estoy a punto de llorar o de gritar, o algo parecido, cuando siento que el teléfono se resbala de mis manos. Espero a que se estrelle contra el piso pero, en cambio, escucho la voz tranquila de Emmy. Está hablando con Eva por mi teléfono, obteniendo detalles, diciéndole que respire, diciéndole que vamos de inmediato para allá. Luca aparece detrás de mí y pone los brazos alrededor de mis hombros, atrayendo mi espalda contra su pecho.

Emmy finaliza la conversación y me alcanza el teléfono. Ya tiene las llaves y su mentón está tenso. Se le llenan los ojos de lágrimas, pero no caen. Las contiene y abre la puerta, haciéndonos un ademán de que salgamos.

Debería decir que lo lamento, pienso vagamente. Debería haber estado ahí. Nunca debería haber dejado sola a Maggie. Debería haberle contado todo a Eva mucho antes. Debería haberme llevado las llaves de mamá y su teléfono, para que no pudiera llamar a Eva, no debería haber comenzado aquella primera lección de piano con el Sr. Wheeler años atrás, porque tal vez esa es la cuestión. El piano me está alejando de ella. Eva me está alejando. Luca. Nueva York. El mundo.

La Fantasía.

En el asiento trasero del auto, Luca me coloca el cinturón de seguridad. Probablemente debería disculparme por eso. Por la mancha de salsa de tomate que todavía tiene en el mentón. Cerca del hospital de Sugar Lake, agarramos todos los semáforos en rojo. Eso también lo lamento.

Estoy por decirlo todo, en una especie de vómito de arrepentimiento, pero Luca se estira desde el asiento delantero y toma mi mano. No dice nada. No dice que está todo bien. Ambos sabemos que no es así. Solo me aprieta los dedos y yo le devuelvo el apretón, y continúo apretando hasta que el auto se detiene en la entrada de la sala de urgencias.

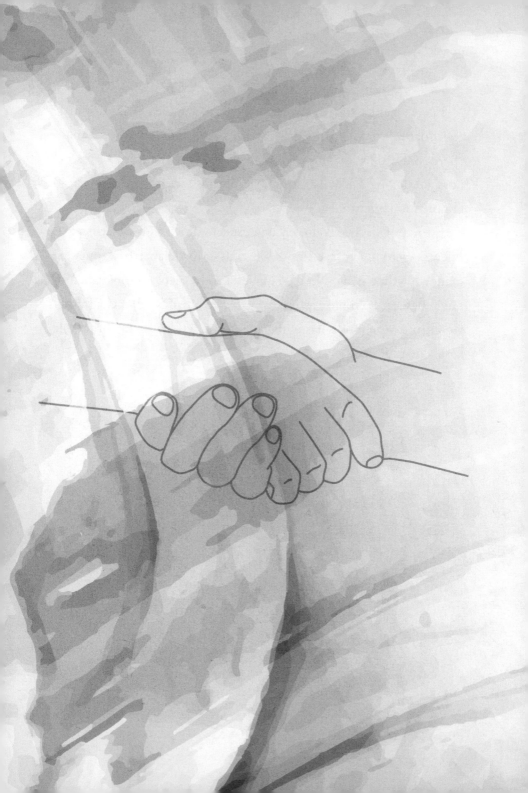

Capítulo
veintisiete

En el hospital, Emmy se comporta de manera admirablemente enérgica. Irrumpe en la sala de espera, la cola de caballo al viento, el bolso que le golpea la cadera, mientras Luca y yo intentamos mantener su ritmo. Dejo que hable con el enfermero que se encuentra detrás del mostrador, un joven con uniforme de color anaranjado, que me hace pensar en los reclusos de una prisión. Emmy habla de manera calma y pareja, con ese tono que solía usar cada vez que Luca y yo saltábamos en su cama cuando éramos niños, nos lanzábamos al piso y volvíamos a subir una y otra vez.

El nombre de mamá brota de su boca y me señala. ¿Debo saludar? ¿Levantar la mano? Me siento totalmente entumecida, como si me hubieran inyectado un calmante camino al hospital.

—Por acá —señala, después de hablar un poco más con el enfermero, cuya etiqueta dice *Bryce*.

—¿Gray?

Desvío bruscamente los ojos hacia Luca, que ya se encamina con su madre hacia las puertas que conducen a las habitaciones de los pacientes. Lo miro y parpadeo, tratando de encontrarle sentido a lo que está ocurriendo. Como no me muevo, frunce el ceño y se dirige hacia mí.

—¿Estás bien?

No le contesto, solo tomo su mano y sigo a Emmy, que va abriendo camino con sus sandalias que chirrían sobre el piso de mosaico.

Primero vamos a la habitación de Eva. En realidad, no es una habitación, sino una de esas camillas de vinilo, ubicada detrás de una cortina color verde de gomaespuma. Una enfermera de uniforme azul con solcitos le está colocando un vendaje mariposa sobre un corte en la frente, justo arriba de la ceja izquierda.

—Dios mío —exclama Emmy al ver gasa ensangrentada y lo que parece ser una enorme pinza en la bandeja metálica, junto a la mesa.

—Estoy bien —responde Eva débilmente. Sus ojos se dirigen a los míos, pero esquivo su mirada.

—Bien, un carajo —suelta Emmy, colocando las manos en la cadera.

—Guau —se sorprende Luca. Hasta yo palidezco un poco: Emmy nunca maldice.

—Está realmente bien —explica la enfermera con una sonrisa, que pronto se desvanece, al mirar a Emmy y a Eva, una arruga de confusión en el entrecejo—. Es usted… lo siento. ¿Es usted su madre?

El silencio envuelve la habitación hasta que Eva inhala un sollozo ahogado y una mano cubre su boca para contenerlo.

–No. Yo soy Emmy Michaelson –responde con tranquilidad y firmeza–. La tutora de Eva.

–Ah –la enfermera gira la cabeza, nos observa a todos mientras su cola de caballo se balancea–. ¡Bueno! ¡Eso explica lo distintas que son las dos!

Emmy se limita a mirar fijamente a la mujer.

La enfermera se aclara la garganta y esboza una sonrisa profesional.

–Acabamos de hacerle varios estudios. No hay conmoción, solo un corte en la cabeza por un vidrio. Igual no es muy profundo. El doctor la dejará ir en breve.

–Muy bien. Gracias –replica Emmy.

–¿Puedo irme ya? –pregunta Eva, apenas un susurro. Tiene la mirada clavada en el regazo, sus hombros suben y bajan mientras respira profunda y frenéticamente–. Por favor. Me quiero ir a casa. Me quiero ir *ya*.

–Pronto, querida –dice Emmy, apartando un rizo del rostro de Eva mientras la enfermera limpia los vendajes sucios. Eva entrelaza los dedos con los de Emmy y la sujeta con fuerza–. Buscaré al médico y le preguntaré, ¿de acuerdo?

Eva asiente y le suelta la mano. Siento un cosquilleo en la mano pues necesito tocarla, abrazarla, darle un beso a ese horrible vendaje, del que asoma una pizca de rojo por el costado. También tiene una quemadura carmesí en el cuello, por el roce del cinturón de seguridad.

Pero no lo hago.

De repente, siento que me pesan las puntas de los dedos: mucho violeta oscuro, mucha *Maggie*, un huracán que espera tocar Tierra.

En su lugar, salgo de la habitación y le pregunto a una enfermera que pasa por el pasillo dónde está mamá. Me pregunta cómo me llamo. Se lo digo y me suelta un número.

Luca no me acompaña a su habitación. Emmy tampoco.

Soy solo yo, somos solo nosotras, Maggie y Grace que atraviesan el mundo como una tromba, destruyendo todo lo que encontramos a nuestro paso.

Mamá se encuentra en una verdadera habitación al final del pasillo. Está acostada en una cama, vestida con una bata de hospital, una manta azul sobre las piernas. Tiene un soporte en el brazo izquierdo, algunos raspones aquí y allá, y un gran vendaje cerca de la sien derecha, pero está despierta.

—Cariño —murmura sonriendo con ojos adormecidos.

No le devuelvo el saludo, pero me siento en el borde de la cama y le señalo el brazo.

—¿Está roto?

—No, es solo un esguince. Pero quieren que pase la noche aquí porque me di un golpe muy fuerte en la cabeza. Choqué contra la puerta o algo así.

En lo único que puedo pensar es en cómo diablos pagaremos todo esto. Ese tubo en el ángulo del codo. Ese vendaje de la cabeza. Ese cabestrillo en el brazo. No tenemos un seguro médico precisamente. *Nunca* tuvimos un seguro médico. De niña, me daban todas las vacunas en el departamento de Salud del municipio.

Emmy me llevaba.

—Y tengo que hablar con la *policía* —escupe mamá, como si se tratara de una mala palabra—. Es absolutamente ridículo.

—¿Qué es ridículo?

—Fue solamente un pequeño accidente. Lo están convirtiendo en algo muy importante.

Me froto los ojos deseando que esto no esté pasando de verdad, no estar viendo su expresión irritada ni escuchando su tono frívolo, que esgrime su famoso "solamente" una vez más.

—Estabas borracha, mamá. Llevabas a una menor en el auto.

—Ah, Eva está bien.

—¡Eva está en estado de pánico!

De pronto, estoy de pie, gritando. Lo suficientemente fuerte como para llamar la atención.

—¿Está todo bien? —pregunta una voz profunda desde el pasillo.

Es Bryce.

—Sí, gracias —responde mamá.

—No, *Bryce*, no está todo bien.

—*Gracie* —susurra mamá y luego le sonríe al enfermero—. Estamos bien.

El enfermero frunce el ceño, pero asiente, y me observa con cautela mientras se marcha.

—Por el amor de Dios, Grace.

—¿En qué estabas pensando? ¿Cómo pudiste conducir con Eva en el auto?

—Cariño…

—¿Y por qué se te ocurrió llamarla para que te acompañara a Ruby's? ¿Tienes idea de lo enfermo que es eso? ¿Llevar a una chica a ese antro? Podrían haberla herido… todavía más de lo que está.

—Tú siempre estuviste bien.

—¿Eso crees? ¿Tienes idea de cuántos tipos desagradables se metieron conmigo? ¿Y trataron de hacerme beber? ¿Me alcanzaron bebidas ya hechas? ¿Sabías que, una vez, un idiota me siguió hasta el baño? Tuve que fingir que estaba por vomitar para que me dejara en paz.

Mamá abre muy grandes los ojos.

—Nunca me lo contaste.

—¡Te lo conté!

—Lo habría recordado, cariño. ¿Te tocó?

—No lo habrías recordado. Y aunque lo hubieras hecho, de seguro que habrías dicho que *solamente* intentaba ser amistoso. Y no, no me tocó. Desde muy pequeña, aprendí a mantener alejada a esa clase de facinerosos, así que supongo que te debo dar las gracias por eso.

Camino de un lado a otro de la habitación, tan triste y enojada. Tan harta de toda esta mierda.

—¿Sabes una cosa? —pregunta mamá enderezándose un poco, el mentón apunta hacia afuera, como ocurre cuando se enoja—. No me gusta la actitud que tienes últimamente. Todo lo que hago parece molestarte y ya estoy un poquito cansada de eso. Creo que necesitamos empezar de cero.

—¿Qué significa eso?

—Significa que, apenas me vaya de aquí y arregle las cosas con la policía, nos marcharemos. Lejos de Cabo Katie. De todas maneras, ya estoy cansada de toda esta basura hipócrita de pueblo pequeño. Todos se meten en los asuntos de los demás. Necesitamos algo más grande. Portland, tal vez. Algún lugar donde haya más oportunidades para ti de encontrar un trabajo el año próximo, después de que te gradúes.

—Después de que me grad…

Pero las palabras mueren en mi boca. Me quedo observándola. Me mira, su enojo se diluye en algo optimista, algo vulnerable y desesperado, esa misma expresión que siempre bulle debajo de todas sus expresiones, aun cuando me esté contando sus grandes planes para un viaje a Nueva York. Esa expresión que dice *Tú y yo siempre juntas*.

Antes de que pueda decir nada, dos policías uniformados golpean la puerta. Lucen aburridos y cansados, y me piden si los puedo dejar unos minutos a solas con la Sra. Glasser.

Apenas los escucho. Apenas registro sus rostros desaliñados y sus insignias. Solo asiento y continúo intentando desentrañar el significado de las palabras de mamá.

—Vuelve al motel y junta nuestras cosas, ¿de acuerdo? —grita mamá mientras cruzo la puerta distraídamente—. El auto está destrozado, pero veré qué hago por la mañana cuando salga.

No digo *está bien*. Nada está bien. Pero mientras camino por el pasillo, sé que regreso a una habitación fría y húmeda de un motel, para empacar nuestras pertenencias. No hay otra cosa que hacer. Maggie y Grace, juntas para siempre.

~

Me siento en la sala de espera. A mi alrededor, todos tosen, carraspean, estornudan, sangran; es un pozo negro de la humanidad, pero apenas lo noto. Me arde la nariz, por el olor a lavandina y a remedios que flota en el aire. No sé bien cuánto tiempo llevo ahí parpadeando frenéticamente ante el televisor que está en CNN, antes de que Emmy salga con el brazo alrededor de una Eva de aspecto agotado, con Luca detrás que lleva el bolso de Eva.

—¿Vienes con nosotros ahora, Grace? —pregunta Emmy buscando las llaves en el bolso—. ¿O tienes que quedarte?

—Sí —respondo poniéndome de pie—. Quiero decir, no. Me gustaría irme ahora. Si les parece bien.

Extrae las llaves del bolso y respira profundamente. No estoy segura de lo que espero de ella. Sea lo que sea, lo que recibo es una sonrisa exhausta y un susurrado *Por supuesto, querida*. No me ha mirado ni una vez. Solo lleva a Eva del brazo y la ayuda a cruzar la puerta, la mirada de Eva no se aparta de mí.

Las lágrimas se acumulan en mis ojos, pero no puedo permitir que caigan. Aún no. La mano de Luca se desliza en la mía.

—Mamá está muy asustada, Gray. Todo esto la conmocionó mucho. ¿Recuerdas cuando Macon tenía dieciséis años y tuvo un choque? El auto no tenía ni un raspón, los airbags ni siquiera se activaron y Macon no tenía ni un rasguño. Igual lo llevó a la guardia.

—Está furiosa.

—Está furiosa con Maggie. No contigo.

No digo nada. Luca me aprieta la mano, pero yo la retiro y salgo afuera, a la llovizna plateada.

El regreso en auto a Cabo Katie es en silencio. Solo unas pocas gotas de lluvia suaves en el parabrisas mientras las escobillas barren el vidrio de un lado a otro. Nadie pregunta por Maggie y yo no ofrezco información alguna.

Es como si ambas nos hubiéramos marchado hace mucho tiempo.

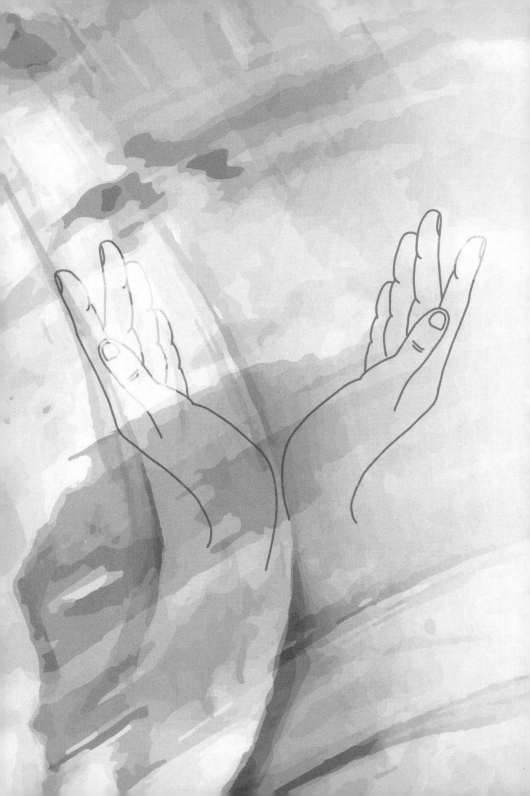

Capítulo veintiocho

Después de que te gradúes…

  Después de que te gradúes…

  Después de que te gradúes…

Para cuando Emmy se detiene en La Langosta Afortunada, las palabras de mamá ya han girado por mi cabeza un millón de veces. Atruenan mi mente con su tono metálico, tanto que apenas alcanzo a escuchar a Luca diciéndome que espere al abrir bruscamente la puerta del auto y salir.

Estoy cerca de la escalera que sube a la espantosa habitación de nuestro motel, cuando escucho el chirrido de la puerta del Accord de Emmy, que se abre otra vez.

—… déjame a mí —comenta la voz de Eva—. Ya vengo. No, estoy bien.

Camino más deprisa.

No quiero hablar con ella. Si lo hago, lloraré o gritaré, o intentaré besarla, y no puedo hacer nada de eso.

—¿Grace?

La escalera se halla justo delante de mí. Ahí nomás, con su pasamanos deslucido y la pintura de la madera descascarada. Todo lo que tengo que hacer es subir los peldaños de dos en dos y nuestra habitación es la segunda de la derecha. Seguridad.

—Grace.

Pero no puedo subir los escalones de dos en dos. Su voz me detiene, me retiene, me hace girar.

—¿Qué? —intento soltarlo en forma enérgica, irritada, hasta desagradable, pero solo brota un susurro entrecortado.

Ahora, Eva está acá nomás. Justo delante de mí. Huele a curitas y a humo.

—Grace.

—Por favor, deja de repetir mi nombre —finalmente, alzo los ojos hacia ella, a esa herida en su cabeza, a sus ojos enrojecidos y atormentados por otro hospital, a muchas horas de distancia. La lluvia cae con suavidad, diminutos diamantes resplandecientes en nuestra piel.

—Maggie, ¿está bien?

Parpadeo. No esperaba esa pregunta. Parece simple, porque sí, mi madre está bien. Chichones y magullones, eso es todo. Pero no puedo decir que sí. No puedo contestar, porque en ese momento, mientras una fina llovizna cae sobre nosotras, el maquillaje de los ojos de Eva está corrido y su cabello es un desastre, y no sé la respuesta.

–Me lo prometiste –le recuerdo con voz débil.

Baja la mirada, pero no antes de que alcance a ver una nueva oleada de lágrimas que inundan sus ojos.

–Lo sé.

–Me lo prometiste, Eva. Y tú… saliste lastimada. –*Y es mi culpa*. Instintivamente, mi mano se levanta y seca una lágrima de su mejilla antes de que la obligue a volver a colocarse al costado de mi cuerpo.

–Lo siento –repite otra vez dando un paso hacia mí, pero yo doy un paso hacia atrás–. Me llamó y le dije que estaba trabajando, pero estaba tan empecinada en ir esta noche a Ruby's.

–Ella siempre está empecinada en hacer lo que se le pasa por la cabeza, Eva.

–Lo sé. O tal vez, no. No lo sé, pero me di cuenta de que no estaba bien, por eso la acompañé. Estaba preocupada.

–¿Por qué no me llamaste a *mí*?

Cierra los ojos con fuerza.

–Las cosas ya estaban tan mal entre tú y ella. No quería empeorarlas. Estabas tan triste y enojada. Trataba de ayudar. Pensé que estaba ayudando.

–Me lo prometiste –lo digo otra vez porque, en realidad, es mi único argumento. Sus razones tienen cierta lógica y no puedo discutir con ella. No tengo la energía suficiente para hacerlo–. Me lo *prometiste* y después… después pasamos esa noche en Emmaline y, apenas dos días más tarde, rompiste la promesa.

–No quise hacerlo. Yo…

–Estoy cansada, Eva –y me impresiona lo agotada que suena mi voz–. Estoy cansada de las promesas incumplidas. Y esto –agito la mano entre nosotras– es otra cosa más de la que tengo que preocuparme. Y no puedo... de todas maneras, no puedo ser la persona que tú necesitas que sea.

–No digas eso –insiste Eva.

Intenta tomar mi mano, pero la aparto violentamente. Estoy tan harta de todo esto. Nadie está seguro con Maggie y, por lo tanto, nadie está seguro conmigo. Ni siquiera *yo*. Pero esta es mi vida. Estoy acostumbrada a ella, estoy atrapada en ella, para bien o para mal, y estoy harta de desear que cambie. Harta de sentirme feliz y que luego todo se vaya al demonio. Aun si me marchara a la universidad, nunca me sentiría *bien*, nunca sentiría qué es lo *correcto*.

Porque está Maggie.

Y siempre estará Maggie. No porque eso sea lo que yo quiero, sino porque es lo único que tengo. Es lo único mío, lo único para lo que tengo lugar en mi vida.

Tal vez, mamá tenga razón.

Tal vez, este pueblo ya no sea para nosotras, ni podamos continuar viviendo aquí. O tal vez nunca encajamos del todo.

Es *solamente* una casa.

Es *solamente* una chica.

–Tengo que irme –digo. Comienzo a darme vuelta, pero Eva engancha su mano alrededor de mi codo y me hace dar vuelta otra vez.

–¿Hablas en serio? –pregunta, las lágrimas encienden sus ojos de nuevo. Pero por debajo, hay un destello de indignación. Y sé que por fin lo ha comprendido. Mucho. Poco. Como sea. Finalmente, ella también está harta de todo–. ¿De veras estás enojada conmigo?

Me quedo mirándola sin decir nada, porque no sé *cómo* estoy.

–Yo realmente estaba tratando de ayudar –explica Eva dando un paso atrás–. Sí, tu madre es un desastre, Grace. Pero todavía está *acá*. Está viva y tienes la posibilidad de decirle *mamá* todos los días. Pero está bien. Dite a ti misma lo que quieras acerca de nosotras, acerca de quién eres, acerca de lo que crees que es tu culpa.

Se seca gotas de lluvia y de llanto de los ojos, su cara es pura dureza y determinación. Me mira, esperando que diga algo. Que la consuele, que le grite, no sé. *Algo*. Pero solo puedo observarla. Observarnos a las dos alejándonos.

La expresión de Eva se suaviza y se afloja, la revelación se extiende por su rostro como un amanecer.

El amor no es suficiente.

Nunca lo es.

Si lo fuera, Eva todavía tendría a su madre. Yo tendría una casa en la que habría vivido durante años y una madre sobria con un trabajo normal, cuyos ojos se encenderían cada vez que su hija se sienta al piano.

–Tal vez, tengas razón –admite Eva, sus ojos sobre los míos, pero sin mirarme. Como si miraran a través de mí, como si lo que ella estuviera por decir ya se hubiera dicho. Porque es así, al menos, en mi cabeza–. Tal vez, esto no es una buena idea, tú y yo. Tal vez, tú realmente no puedas amarme como yo quiero que me ames. Tal vez, yo tampoco pueda.

Y luego se da vuelta y se aleja de mí, los brazos alrededor del cuerpo mientras corre hacia el auto, y una cortina de lluvia nos separa. La observo marcharse, mi pequeño cisne negro, mientras mis pulmones tratan de inspirar aire suficiente.

Después subo penosamente los escalones de dos en dos. Me parece oír que Emmy me llama. Me parece oír que Luca grita mi nombre.

Sé que oigo a alguien ahogar un sollozo.

Creo que soy yo.

Pero sigo subiendo, de dos en dos, hasta que ya no puedo escuchar nada más.

Mientras empaco, la lluvia cae como una catarata. No hay mucho. Muchas de mis pertenencias todavía están en lo de Pete. No sé bien qué piensa hacer mamá con todo eso pero, en este instante, no puedo pensar en eso. No puedo pensar en nada, en *nadie*; lo único que me distrae es repasar obras de piano en mi cabeza, y eso me hace recordar lo que mamá dijo en el hospital.

Después de que te gradúes…

Mi dedo se detiene cuando estoy cerrando el cierre de la maleta. En realidad, ella nunca creyó que yo iría a Nueva York. Cuando llegó la carta con la invitación para la audición, aún era un sueño lejano, demasiado lejano para ser real para cualquiera de las dos. No sé qué pensaba cuando reservó el hostel. Tal vez solo fue un soborno para evitar que me pusiera furiosa por la mudanza al faro. Sea como sea, esa emoción hace rato que se apagó, reemplazada por una chica de luto, globos violetas, collares y una nueva vida en Portland.

Porque estamos hablando de Maggie.

Me hundo en la cama. En abril, antes de que ella mencionara un viaje de mujeres a la ciudad, fui yo quien le pidió que me acompañara a Nueva York. Le rogué, nunca consideré la idea de ir con Luca. Tal vez en lo profundo de mi ser, yo sabía que esto ocurriría. Sabía que nunca lo haríamos. Diablos, creo que confiaba en que esto pasaría, demasiado asustada para tomar la decisión de dejarla. Demasiado asustada para arriesgarme a leer *no es suficientemente buena* en una carta de rechazo, escrita en un papel con membrete de alguna universidad. Es autosabotaje en su máxima expresión.

El descubrimiento se instala sobre mí como una de esas nevadas de abril que suceden de vez en cuando. Sorpresivas y esperadas al mismo tiempo. Un golpe de frío helado cuando estás preparada para el calor. Hundo los dedos en los ojos y aprieto con fuerza hasta que veo fuegos artificiales de colores. Me dejo caer en el colchón. El teléfono suena ruidosamente dentro de mi bolso. Podría ser mamá. Podrían ser Luca o Eva. Podría ser el maldito Jay Lanier por lo que yo sé. Sea quien sea, ya no tengo nada para ellos.

Capítulo veintinueve

—Gracie, muévete.

Parpadeo.

Una vez.

Dos veces.

—Cariño. Levántate, ya.

La habitación se vuelve nítida. Afuera todavía está oscuro, la lámpara con forma de langosta de la mesa de noche tiñe el borroso dormitorio de un resplandor color salmón. El destello del ordinario reloj despertador marca las 4:13.

Me siento en la cama y aparto el cabello de los ojos. Mamá revolotea por la habitación arrojando el dentífrico en su bolso de artículos de aseo personal y descolgando sostenes del barral de la regadera.

—Mamá, ¿por qué llegaste tan temprano?

—Estoy bien, muévete de una vez.

Bajo las piernas de la cama, todavía enfundadas en los jeans del día anterior. Puf, me siento como si estuviera muerta. Probablemente, también tenga cara de muerta. Mamá tampoco parece tener los dos pies en el mundo de los vivos. Todo haría pensar que lleva la misma ropa de salir de anoche: jeans negros y ajustados, y una camiseta roja con brillos, que ahora está rasgada en la parte de abajo. Su brazo tiene un soporte color azul marino y repite constantemente "brazo de mierda" por lo bajo.

—¿Qué pasó con los policías? —pregunto, desenterrando el teléfono del bolso. Once llamadas perdidas. Todas de Luca.

Excepto una.

Miro fijamente el nombre de ella, pero la voz de mamá interrumpe mis pensamientos.

—Nada. Bueno, tengo una cita en el juzgado por la multa o lo que sea, pero es dentro de varias semanas. Volveré cuando sea el día.

La multa o lo que sea. Traducción: Conducir bajo los efectos del alcohol. No es la primera que recibe.

—Gracie, tenemos que irnos —se aparta el pelo de la cara, su cola de caballo normalmente desgreñada, más desgreñada que nunca—. ¿Podrías sacar mi valija de debajo de la cama?

La observo durante unos segundos. Normalmente, yo diría *bueno*. Normalmente, yo diría *sí*. Pero esta vez, me está pidiendo que abandone el único pueblo que conozco. Me está pidiendo que abandone a Luca y a Emmy. Me está pidiendo que termine la escuela secundaria en una ciudad nueva y desconocida, para luego enganchar algún trabajo de vendedora o de camarera por el resto de mi vida, para que ella pueda robarme las propinas de mi alhajero de *El Mago de Oz*.

Esta vez, sus caprichos están montados a las consecuencias de un accidente automovilístico que dejó nuestro auto destrozado y lastimó a mi novia, y en este momento, todos sus movimientos tienen un dejo de pánico que me está llevando al borde de lo tolerable, como si estuviera colgando de un precipicio.

—¡Gracie! —exclama mamá abruptamente—. Valija. Ya. Tenemos que tomar el autobús de las 6:00.

—¿Por qué estamos tan apuradas? —pregunto mientras me estiro debajo de la cama y agarro la manija de su maleta, que se desliza a regañadientes por encima de la alfombra. Me pregunto qué habrá guardado mamá ahí dentro para dar la impresión de que la habitación está limpia. Su soldadora, tal vez. Esa sí que es más pesada que el demonio.

—Estoy lista para marcharme de aquí —anuncia—. Y conozco a alguien en Portland a quien quiero contactar.

—Alguien.

—Sí, Gracie, Dios mío. Conozco gente fuera de este pueblucho.

Si es así, es una novedad para mí. Los únicos *conocidos* que puede llegar a tener, que no vivan en Cabo Katie, son esos cretinos que se engancha en Ruby's.

—¿Y qué hacemos con las cosas que quedaron en lo de Pete? —pregunto.

—¡Nos las enviará por correo! Ahora, por el amor de Dios, basta de preguntas y abre eso por mí.

Para ganar algo de tiempo y decidir qué hacer, deslizo lentamente el cierre de su valija. Abro la tapa y contengo la respiración al ver que no hay ni una soldadora ni materiales para hacer joyas, ni tampoco viejas revistas.

Está llena de botellas. Son cinco. Todas de vodka Grey Goose. Algunas con sabor a arándanos, otras a limón, pero todas vacías.

Maggie, ¿se encuentra bien?

Después de que te gradúes...

—Mierda —susurra mamá.

Al levantar la vista, la veo inmóvil frente a mí.

—Me olvidé de que estaban ahí dentro.

—Te olvidaste... —pero mi voz se apaga, la conmoción reemplaza todo pensamiento coherente. Me pongo de pie y me alejo de la maleta. Es todo el alcohol que consumió en lo que tienen que haber sido los dos últimos días, porque es obvio que no huyó de lo de Pete con una valija llena de botellas vacías. Mi espalda choca contra la pared, pero mis ojos no se despegan de las botellas. Casi se ven bonitas, con esa etiqueta de gansos que vuelan libremente sobre los suaves colores.

—Las dejaremos arriba de la cama —propone mamá. Se arrodilla y comienza a vaciar la valija sobre el colchón de a una botella por vez. Chocan fuertemente unas con otras, tanto que me sorprende que no se hagan añicos—. La gente de limpieza se encargará de ellas.

Por alguna razón, en lo único en que puedo pensar es en esas burbujas que hicimos Eva y yo a bordo de Emmaline, mientras observábamos el mundo a través de minúsculos rayitos de color. Era hermoso.

Pero no era real.

Tarde o temprano, todas las burbujas explotan.

Todos los fuegos artificiales dejan de chisporrotear.

Todos los lentes se descartan y todas las chicas ven el mundo tal cual es: desnudez, realidad y acción en vivo.

Donde el amor se mezcla con el *deber*, el *estar asustada, sentirse sola* y *no encontrar salida*.

Pero supongo que escapar se hace de distintas formas, porque ayudo a mi madre a empacar. Una susurrante voz en el fondo de mi mente me pregunta qué quiero. Qué necesito. Qué debería hacer. No conozco ninguna de las respuestas. De modo que continúo cargando la valija de mi madre con sus cosas, cosas buenas, como cepillos de dientes y ropa interior limpia. Si yo no lo hago, ¿quién lo hará? Si la dejo ahora –si la dejo *alguna vez*–, ¿cuántas botellas más se apilarán en el próximo cuarto de hotel?

Una hora después, me subo con ella a un autobús.

Portland es enorme y hermosa. Aceras empedradas bajo mis pies, el puerto que brilla bajo el sol del atardecer, justo detrás de los edificios rojos y azules, y los campanarios de las iglesias. Si no tuviera este nudo de miedo en el estómago, sería emocionante, pero es difícil entusiasmarse con algo cuando no sabes dónde dormirás esa noche. Cuando no puedes apartar la mente de una pila de botellas vacías abandonadas en una cama deshecha de hotel.

Deambulamos durante un rato por el centro, arrastrando las valijas detrás de nosotras, mientras las ruedas chocan contra los turistas y contra el empedrado. Los ojos de mamá observan las calles con atención. En busca de qué, no estoy muy segura. Algún bar de mala muerte, posiblemente. La sigo insensible y obediente, como un cachorrito que recibió demasiadas patadas en el costado, aliviado de que todavía le quede *algo*.

—¿Qué te dije, cariño? —pregunta mamá, los ojos chispeantes mientras levanta la mano para protegerlos del sol, que ya está bajando—. ¿No es esto encantador?

—Sí —escucho que responde una voz. Me toma un par de segundos darme cuenta de que es la mía, el tono áspero y desapasionado, tan extraño a mis oídos. Le echo una mirada a mamá, para ver si lo ha notado y reacciona de alguna manera, cuando veo que es evidente que ha encontrado un nuevo amor, una nueva ciudad, todo un mundo en el cual arrojarse. Algo casi maníaco brilla en sus ojos, en la leve curva de su boca. Algo libre y salvaje. Sería terriblemente cautivante si no resultara por completo inadecuado en su rostro, una máscara que no debería llevar.

—¿Y quién es ese alguien con quien te quieres encontrar? —pregunto.

Agita la mano mientras atravesamos la calle con la señal de no cruzar. Los autos tocan el claxon y los conductores gritan, pero ella continúa caminando en zigzag, llevando su camiseta rasgada como si fuera un flamante top de Chanel.

—Un viejo amigo. Lo llamaré más tarde.

Hombre. Maldición.

Nos registramos en un Holiday Inn del distrito de Artes de Portland. Lanzo un suspiro de alivio cuando mamá abre la puerta y nos reciben dos camas dobles, un aroma limpio a lino, y cerámicos blancos y brillantes en el baño.

No sé cómo hará para pagarlo –cómo haré *yo* para pagarlo– pero, por el momento, no me importa. Necesito una ducha caliente, una manta suave, una habitación donde pueda cerrar los ojos y fingir que es mi casa.

Mamá se ducha mientras yo me tumbo en la cama y escucho que mi teléfono *no* está sonando dentro del bolso. No ha emitido un solo sonido durante horas, lo cual significa que todos han dejado de llamarme para saber dónde estoy, por ahora. O, tal vez, para siempre. Así nomás: me marché y es como si el mundo ni siquiera lo hubiera notado. Con este descubrimiento, llega una extraña forma de alivio, como si hubiera estado esperando a que esto sucediera para entregarme y convertirme en una pequeña Maggie, y permitir que la ola me envuelva por completo hasta que yo ya no exista. Que Grace ya no exista.

Así es más fácil.

Nadie a quien amar.

Nadie a quien perder.

–Por Dios, tienes aspecto apesadumbrado tumbada ahí –exclama mamá, frente al espejo del baño. Toda emperifollada, un ajustado vestido negro envuelve sus caderas. Tiene el pelo limpio, que le cae en ondas ligeras. No brilla ni tiene aspecto saludable, pero no es un revoltijo, lo cual ya es algo. También se arregló la cara, rímel suave en los ojos y un tono rosado en la boca. Luce bonita. Luce como debería lucir mi mamá todo el tiempo, y no puedo evitar sonreír ante su reflejo.

—Anímate —insiste—. Es un nuevo día, cariño —arroja un beso al aire y luego se levanta un poco más las tetas—. Voy a encontrarme con mi amigo, ¿de acuerdo? No me esperes despierta. Dejé unos dólares acá, al lado del lavabo, por si tienes hambre.

Señala un par de dólares que se encuentran sobre el mármol: *dos* dólares, literalmente. Y así nomás, toda esa belleza del espejo se vuelve difusa y mojada, una maravillosa pintura descuidada y arruinada por la lluvia.

—Perfecto —respondo con sarcasmo y enciendo el televisor. No le digo *adiós* cuando sale contoneándose por la puerta.

Más tarde, tomo los dos dólares de mamá y camino una calle hasta Walgreens. Con eso y mis últimos cinco dólares, me compro una Dr. Pepper, una bolsita de papas fritas y un quitaesmalte. Como mi escasa cena en el camino de regreso al hotel. Una vez dentro de la habitación, desenrollo unas hojas de papel higiénico y quito todo rastro de esmalte color violeta de mis uñas. Cuando están limpias, extraigo del bolso mi tonalidad preferida de violeta, pero no abro el envase. En cambio, observo mis uñas sin pintar, teñidas ligeramente de rosa, de tantos años de esmaltes.

—"¿Por qué violeta?" —había preguntado Eva aquella noche en que nos sentamos en la parte de atrás de Emmaline, absortas en nosotras mismas, en lo que podría ser, en la esperanza mutua.

—"Siempre fue nuestro color" —contesté yo, pero ese no era el verdadero motivo. Durante años, me pinté de violeta, pedí mis estúpidos deseos, diciéndome a mí misma que era lo que nos unía a mamá y a mí. Y deseaba tan desesperadamente esa conexión que eso me resultaba suficiente. Pero, en verdad, era lo contrario. Estos dedos, estas uñas cubiertas de color eran mi salida. Mi *esperanza*. Mis deseos de lo que mamá *debería* ser, de quien sería yo por ella, por mí.

Usaba ese color como el máximo deseo.

Y finalmente, dejé de desear.

Las uñas desnudas y libres, arrojo la botellita de Resplandor Violeta a la basura y me preparo un baño. No estoy segura de cuánto tiempo permanezco dentro del agua caliente, pero hay toallas limpias, un frasquito de sales de baño que huelen a menta y a romero, y el hermoso rostro de una chica de rizos oscuros da vueltas en mi cabeza. La extraño tanto que me duele respirar, los pulmones se rebelan contra mí. No puedo cerrar los ojos sin verla, de modo que me obligo a mantenerlos abiertos. Pero no puedo mantenerlos abiertos sin ver alguna parte de mí que ella haya tocado, alguna parte de mí que amé porque ella también la amó. Así que cierro nuevamente los ojos y dejo que su rostro florezca en mi mente mientras mi piel se arruga y se vuelve más suave. Cuando el agua se enfría, vacío la tina y la lleno otra vez, esperando que, si la caliento lo suficiente, el ardor hará desaparecer su imagen de mi mente; y su recuerdo, de las yemas de mis dedos.

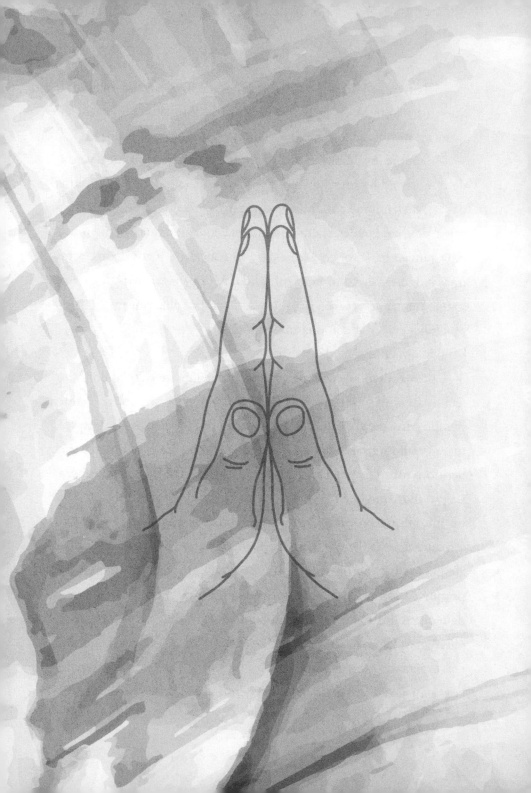

Capítulo
treinta

Me despierta el sonido de una puerta que se abre con fuerza y golpea contra una pared. Al menos, eso pienso que es. El agua del baño hace rato que se enfrió y, al sentarme, siento un dolor en el cuello, de modo que sé que ya llevo un rato aquí dentro. Otro golpe fuerte, esta vez es la puerta que se cierra con fuerza. Esta habitación está separada del lavabo del baño y de la habitación principal, solo tiene la bañera y el retrete. Automáticamente, cerré la puerta antes de meterme en la bañera, de modo que no puedo ver qué diablos está haciendo mamá. Escucho unas risitas y luego, un murmullo grave.

Es ese murmullo grave lo que me paraliza, la mano debajo del agua demasiado fría y sobre el tapón del drenaje, lista para quitarlo y vaciar la bañera por completo.

Porque ese murmullo grave no es la voz femenina de mi madre, definitivamente no lo es.

De un modo lo más silencioso posible, salgo de la bañera y me envuelvo en una toalla blanca. Apoyo la mano sobre el picaporte, los nervios del cuerpo alertas y atentos. Ya no se oyen voces. Solo un susurro, un golpe, como si una cadera hubiese chocado contra la lámpara de la mesa de noche, y luego una prolongada exhalación seguida del chirrido de los resortes de un colchón.

—¿Qué diablos está haciendo? —susurro a la puerta. A nadie.

Mis uñas sin esmalte se curvan con más fuerza alrededor del picaporte mientras más ruido se filtra por debajo de la puerta. Gemidos susurrantes. Risitas susurrantes. Un susurrante "Ay, sí, cariño", teñido de una voz masculina.

No estoy segura de qué me hace abrir la puerta. Aun mientras lo estoy haciendo, hay una voz en mi cabeza que me dice que permanezca en el baño, me acurruque en la bañera y aguarde. No es nada nuevo, mamá ya ha traído tipos a casa, pero aun en los peores apartamentos, yo siempre tenía una habitación propia, una llave en la puerta y a Luca a quien llamar y pedirle si podía ir a dormir a su casa. Aquí, estoy atrapada como una rata en una jaula, golpeando la barra que debería proveer alimento una y otra vez, sin recibir nada.

Maggie, ¿se encuentra bien?

Después de que te gradúes...

Los ojos fijos en mis uñas sin esmalte, abro súbitamente la puerta y contesto por fin a la pregunta, la suposición.

No.

La habitación está oscura; la única luz, un parpadeo de un azul blanquecino del televisor que dejé en mute. Se encuentran en la cama que está más lejos de mí. La bilis me sube a la garganta cuando veo confirmadas mis sospechas: mamá en cuatro patas, el vestido levantado hasta la cadera, un sujeto que nunca antes vi abrazado a ella desde atrás. Su *amigo*, sin duda. Él gruñe y le da una leve palmada en el trasero, y mi rostro se inflama. Lo único que puedo ver es su espalda, sus jeans alrededor de los tobillos y su larga camisa cubriendo la mayor parte del resto de su cuerpo, gracias a Dios. Pero con esa palmadita, algo comienza a arder dentro de mis tripas. Algo que enciende mis venas, tan caliente que casi puedo sentirlo escurrirse debajo de mi piel. También hay algo frío allí abajo. Algo infantil, perdido y cansado.

Algo que pide un nuevo deseo.

Con calma espeluznante, tomo el control remoto del televisor, que dejé en el cubrecama blanco de duvet y lo arrojo a la cabeza rubia del sujeto. Da exactamente donde yo pretendía y lo golpea detrás del cráneo. El sonido reverbera por la habitación y él grita, sus manos abandonan la cadera de mamá y vuelan a su cabeza.

–¿Qué mierda? –aúlla. Se tambalea levemente hacia atrás y luego se afirma al colchón con la mano.

Mamá sale rápido de debajo de él y se baja el vestido bruscamente, para cubrirse.

–¿Qué pasó? Tom, ¿estás…?

Su voz se apaga cuando me ve parada ahí, el pelo empapado, cubierta solo por una pequeñísima toalla blanca.

—Grace.

La ignoro y dirijo mi atención al tipo, que ahora está sentado en la cama de mamá. Respira con dificultad y se frota lo que debe ser un magullón que se está formando rápidamente detrás de su cabeza. Sus pantalones siguen bajos, y está *todo* en exhibición para quien quiera verlo.

—Largo de aquí —exclamo.

—Gracie...

—Largo. De. Aquí —repito. Tom (o quien rayos sea) parpadea, como si tratara de decidir si soy real—. O llamo a la policía y le digo que te desnudaste delante de una menor.

—¡Grace! —grita mamá con voz agitada, como si mi amenaza fuera lo realmente *conmocionante* de la situación. Y no Tom. En la luz del televisor, puedo ver la expresión demudada de él mientras se sube rápidamente los pantalones con una mano y, con la otra, agarra las botas, que están tiradas junto a la puerta.

—Te llamo más tarde —mascula mientras cruza la puerta a los tropezones.

—Espera. Tom...

Pero él ya se marchó y corre precipitadamente por el pasillo del hotel. La puerta se cierra y la habitación se llena de un silencio estridente. Mamá me mira, boquiabierta. Yo también la miro, pero es más una mirada de fría observación que de conmoción. Me siento *tan poco conmocionada*, y no debería ser así, ¿no es cierto? Debería estar por completo atónita.

—Margaret Grace, ¿qué diablos benditos estás...?

—Ya basta —interrumpo, la voz aguda y fría como una afilada navaja de metal.

Apoya las manos en la cadera, tiene semicírculos negros y difusos de maquillaje debajo de los ojos.

—¿Qué se te ha metido en la cabeza?

Deseos, pienso. Sostengo una mano delante de mí, la otra todavía sujeta la toalla. Mis uñas están despintadas, pero aún puedo verlos. Algunos restos de esmalte violeta.

—Dios, no veo el momento de que crezcas —exclama mamá, encaminándose al lavabo por detrás de mí. Se quitará el maquillaje y se preparará para lavarse y meterse en la cama, sin duda. No ha pasado nada. Es solamente otro día en la vida de Maggie y Grace.

Comienzan a temblarme las manos cuando escucho que abre el grifo y corre el agua, pero el suspiro de mamá es lo suficientemente fuerte como para tapar todo. En mi interior, se encienden un millón de luces; su fuerza, fulgor y color son demasiado para mí.

O justo lo suficiente.

Tal vez, tú realmente no puedas *amarme como yo quiero que me ames.*

Regresan las palabras de Eva, se acoplan a cada una de las lucecitas y las dan vuelta.

Pero sí puedo, le digo ahora deseando estar todavía frente a ella, bajo la lluvia, en el estacionamiento de este espantoso hotel. Haría todo distinto. *Sí* puedo amar a Eva como ella se merece, como *yo* me merezco. Puedo tener lo que necesito. Tal vez, hasta lo que quiero.

—Mamá —digo suavemente.

La palabra la detiene. Se pone tensa, se inclina sobre el lavabo, las manos llenas de agua. Arroja el agua en el lavabo y cierra el grifo. Luego se da vuelta y me enfrenta, una expresión pétrea justo debajo de esa mirada borrosa causada por lo que ha bebido esta noche.

—Grace, fue *solamente*…

—Ni se te ocurra —las lágrimas brotan con espontaneidad y, esta vez, las dejo salir. Siento que está bien que así sea; y me hacen *bien*. Ahora parece tan fácil llorar por esto. Sentirme enojada y engañada, querer a mi madre tanto, maldita sea, pero quererme a mí un poquito más porque tengo que hacerlo. Lo *necesito*.

—Ni se te ocurra —repito con un nudo en la garganta—. No es *solamente* sexo o *solamente* un tipo cualquiera. Nunca lo fue. No es *solamente* un pueblo. No es *solamente* música. No es *solamente* un cumpleaños ni es *solamente* un poquito de vodka, un bar o *solamente* un nuevo y ventoso apartamento. No es *solamente* mi vida. Y tú lo sabes.

Hace una mueca de dolor como si la hubiera abofeteado. Tal vez, así fue. Todo me arde: el pecho, los ojos, las palmas de las manos. Siento un cosquilleo en las yemas de los dedos: unos deseos mueren y otros cobran vida.

—No te atrevas a hablarme de esa manera, Gracie. Soy tu madre.

—¡Entonces actúa como tal! Actúa como tal por *una* vez en tu vida, carajo.

—¿Qué te pasa?

—¿Hablas en serio? ¡Mira lo que acaba de pasar! Trajiste a un tipo a nuestra habitación para coger, con tu hija adolescente a seis metros de distancia, desnuda en una bañadera.

Frunce el ceño, pero tiene la decencia de sonrojarse.

—Yo no sabía que estabas aquí.

—¿Y adónde se suponía que debía estar? Me dejaste sola con dos dólares en una ciudad desconocida.

—Grace…

—Dime, por favor, que te das cuenta de lo enfermo que es todo esto.

—No sé qué estás diciendo.

—Mamá —doy un paso hacia ella, la voz tan suave que hace brotar más lágrimas. Sus ojos están posados en los míos, una confusión genuina debajo de una vergüenza genuina. No estoy segura de cuál es más fuerte—. Dos días atrás, condujiste borracha con Eva en el auto.

—Eva está bien…

—Y luego chocaste contra un árbol. La heriste, después de todo lo que ya está sufriendo. Ella no está bien. Y luego me apartaste de todas las personas que son importantes para mí. Y luego esta noche trajiste a Tom, o quién diablos fuera. Y luego, y luego, y luego. ¿Cuándo piensas detenerte? ¿Cuántas botellas habrá en la maleta la próxima vez? ¿Cuánto tiempo pasará hasta que algún novio de los que traes a casa me mire y…?

—Yo nunca te pondría en esa situación —sostiene mamá, las manos apoyadas sobre el corazón.

—Lo has hecho, mamá. *De verdad.*

Se cruza de brazos y sacude la cabeza.

—Mamá. Esto no está bien. Yo no estoy bien. Tú no estás bien.

—¿Por qué haces eso? —pregunta, la voz débil y baja.

—¿Qué… llamarte *mamá*?

Asiente.

—Porque eso es lo que necesito que seas.

Lanzando un sollozo ahogado, cierra la distancia que nos separa, toma mis manos entre las suyas y las sujeta con fuerza. Los dedos, que el soporte cubre por la mitad, están fríos.

—Yo estoy bien, cariño. Vamos a estar bien. Siempre es así.

—No —insisto con tanta calma que me asusta. Pero también me alienta, por el miedo que me provoca convertirme en esta mujer que tengo frente a mí (*perder* irreparablemente a esta mujer que tengo frente a mí), y por el miedo de terminar con toda esta farsa—. Mira nuestras vidas. Tú no estás bien. *Yo no estoy bien.* Te quiero tanto, y quiero ayudarte. Es así. Pero ya *no puedo.* Y ya me harté de inventar excusas por ti. Por lo que pasó esta noche. Por las infinitas noches antes de esta.

Cierra los ojos con fuerza como una niñita que se niega a entrar en razón.

—Tú estás *bien.* Eva. Está. Bien.

—¡No, no está bien! ¡Y esa no es la cuestión! ¿Alguna vez escuchas lo que dices? ¿Escuchas lo que estás diciendo sobre mí? ¿Sobre la chica a la que probablemente amo?

Se sobresalta y mis palabras chisporrotean entre nosotras durante unos pocos segundos.

—La chica a la que probablemente... perdona, ¿qué dijiste?

No puedo evitar lanzar un resoplido de risa ante su total desconcierto, pero, en ese minúsculo instante, descubro la verdad. Y me calienta la sangre de todas las maneras posibles, las buenas y las impactantes. No seré la chica que no le pregunta a su novio de seis meses a dónde diablos está su madre. Ya no. No me despertaré un día y descubriré que no conozco a mi propia hija porque *yo* nunca pregunté, nunca escuché. No rechazaré a las personas porque, en el fondo, soy incapaz de preocuparme por ellas. No las rechazaré, porque *sí* me preocupo por ellas. Amaré… amaré audaz *y* cuidadosamente.

Comenzando conmigo misma.

—No "probablemente" —me corrijo, respirando con fuerza—. Realmente la amo.

Parpadea como cien veces.

—Pero ¿la amas *en serio*?

—Sí.

—Ah, bueno —continúa parpadeando—. Entonces, ¿eso significa que eres lesb…?

—Dios mío, ¿en serio? —me quedo mirándola. Hace años le dije que me gustaban las chicas y claro que no me prestó atención. Pero supongo que, en lo profundo de mi ser, yo había esperado que ella todavía lo supiera. Podía darse cuenta porque soy su hija y ella es mi madre y, pase lo que pase, tenemos la misma sangre.

Pero cuando se trata de Maggie, la esperanza es algo triste y tonto.

—No, no soy lesbiana —respondo—. Y si alguna vez hubieras prestado una mínima atención a algo, ya lo sabrías.

—¿Qué quieres decir?

—Soy bisexual. ¿De acuerdo? ¿Es necesario que te lo explique con todas las letras o agitarás tu mano impecablemente pintada y dirás?: "Pero, claro, ¿quién no lo es?".

—No entiendo.

Mi labio inferior se mueve frenéticamente y me duele la garganta. Esas dos palabritas son lo más acertado que ha dicho mi madre en toda su vida. Son como un puñetazo en las tripas, crudo, real y que te deja sin aire.

—Ya lo sé —comento con suavidad—. Nunca entendiste y yo renuncio.

Me suelta las manos y retrocede.

—¿*Renuncias?*

Franqueo otra vez la distancia que nos separa, pero no la toco.

—Ya no puedo seguir viviendo contigo de esta manera. Yo no soy así y tú tampoco deberías querer *esto* para mí. Deberías *querer* que yo fuera a la universidad. Deberías estar empujándome para que me vaya; deberías…

Su boca se abre con desmesura, horrorizada. Me freno durante una milésima de segundo; algo habitual y protector se desata en mi interior, pero lo enlazo otra vez.

—No voy a conseguir un trabajo después de que me gradúe —explico con calma. Con determinación—. *Tú* tienes que conseguir un trabajo y dejar que yo haga lo que tengo que hacer, lo que es mejor para *mí*, lo que yo quiero. Madre —la señalo a ella y luego apunto con el dedo a mi propio pecho— e hija, como deberíamos ser. Y tú tienes que *enfrentar* los problemas por una vez en tu vida. Devolverle el dinero a Pete…

—No le devolveré el dinero a ese idiota.

No discuto con ella porque, como siempre, no está entendiendo.

De modo que me acerco un poco más todavía y entrelazo nuestras manos, nuestros dedos, uñas pintadas de violeta oscuro contra uñas naturales. Apoyo mi frente sobre la de ella.

–Quiero que busques ayuda –afirmo–. Ayuda, de verdad.

Se aparta de mí y sus ojos se endurecen.

–Tú eres *mi* hija. No puedes decirme lo que necesito. ¿Y qué quieres decir con "ayuda de verdad"? ¿Te refieres a uno de esos centros de tratamiento donde todos se sientan en círculo, hablan de sus sentimientos y fingen que realmente pueden mejorar? ¿Que la vida no continuará cagándolos?

Sus palabras me atraviesan.

Fingen que realmente pueden mejorar.

Sabe. Ella sabe que está enferma. Sabe que necesita ayuda. Es probable que lo haya sabido durante años, pero se niega a intentarlo.

–Sí –respondo, la voz densa–. Estoy hablando de uno de esos lugares, pero yo sí creo que puedes mejorar.

Se aparta de mí con brusquedad.

–No necesito ese tipo de ayuda. Y, de todas maneras, no puedo pagarla. Solo necesito a mi hija. Eso es todo.

Meneo la cabeza.

–No. Lo siento, mamá. Tú no me *necesitas*. Tú me *quieres* contigo, para que limpie lo que ensucias, para evitar que te metas en problemas, lo que sea. Hay una diferencia. Pero eso no es lo que yo necesito. Y puedes conseguir un préstamo para la rehabilitación. Yo te enviaré dinero ahora, conseguiré un trabajo cuando llegue a Nueva York y también te enviaré dinero el año que viene. Lo que sea necesario.

—¿Qué diablos? ¿Nueva York?

Aprieto los ojos con fuerza, trago el dolor que todavía siento ante su sorpresa por mi futuro, por el futuro en el que, en verdad, pareció creer en algún momento. El dolor que probablemente sentiré siempre.

—Sea cual sea tu decisión, mamá, yo igual regresaré esta noche a Cabo Katie.

—¿Qué? Tú tienes que quedarte conmigo. ¿De veras me vas a dejar? Yo no puedo hacer esto sola —ahora caen lágrimas por sus mejillas. Hunde los dedos en los ojos. Sus uñas están inmaculadamente violetas, aun después del accidente. Ni una mínima quebradura. Respira varias veces de manera agitada y, cuando vuelve a hablar, su voz brota débil y congestionada—. Yo *nunca* planeé hacer esto sola.

Y yo ya sé que no está hablando solo de que yo vaya con ella. En este momento, la veo en realidad como es, algo que tal vez debería haber hecho antes, pero no sabía cómo enfrentarlo, no sabía qué implicaba para mí. Mi madre, una mujer que planeó una vida con el hombre que amaba. Una mujer que perdió a ese hombre en un abrir y cerrar de ojos. Una mujer que se quedó sola y triste para criar a una niñita que nunca podría llenar ese vacío, por mucho que lo intentara. Y tal vez, es algo más que solamente pena y demasiadas botellas de vodka. Tal vez está enferma de algo que no tiene nada que ver con situaciones o pérdidas. No lo sé. Sea lo que sea, igual lo tendrá que enfrentar sola, aunque en su desesperación pretenda que su hija actúe como una especie de compañera.

—¿Recuerdas lo que solías decir acerca de los deseos? —le pregunto acercándome más a ella.

Alza la cabeza para mirarme.

—¿Que pedíamos deseos con las yemas de los dedos? —tomo su brazo sano y apoyo la palma de mi mano contra la suya. Ahora nuestros dedos tienen el mismo largo. Y después de todos estos años, descubro que ella tiene razón. Las estrellas no me ayudarán. En realidad, nadie lo hará. Nadie *puede* hacerlo.

Nadie, excepto yo.

—Por supuesto que lo recuerdo, cariño —susurra, apretando su mano con más fuerza.

—Este es mi deseo, mamá. Tú necesitas ayuda. Y yo necesito dejarte ir —y luego con lentitud, quito mi mano de la suya, agrandando el espacio que existe entre nosotras.

Gasté mis últimos dólares en comida chatarra y en acetona. Me siento en un banco de la calle Spring y observo mi teléfono, tratando de encontrar el valor para llamar a Luca, Eva, Emmy. Hasta a Macon. Pero no logro que mis dedos toquen sus nombres. No logro que mis ojos dejen de derramar lágrimas, que mi corazón lata con fuerza, que mi mente deje de gritar simultáneamente de alivio, furia y dolor.

Después de que le pedí a mamá que buscara ayuda —después de que pedí mi deseo, para bien o para mal—, mamá salió huyendo hacia la ducha, muda, y yo supe que tenía que marcharme justo en ese momento. No sabía si tendría la fuerza de marcharme si esperaba que ella saliera del baño.

Y ahora sé que, si no llamo a alguien, regresaré a ese hotel. Trataré de arreglar las cosas. De arreglarla a ella, y no puedo. Solo ella puede hacerlo.

Miro fijamente el teléfono mientras voy pasando los nombres de las únicas personas del mundo que me quieren.

Hay más llamadas perdidas de Luca y Eva. Hasta Emmy llamó una vez, pero ahora es muy tarde en la noche y todo está en silencio, lo que permite que se apilen una sobre otra todas las dudas acerca de lo que acabo de hacer. Es duro repasarlas. ¿Dónde viviré? Luca y Emmy son la opción obvia, pero ¿querrán que viva con ellos? Ahora Emmy tiene a Eva, una chica completamente nueva de quien encargarse. ¿Seré yo demasiado? Es todo demasiado abrumador. Estoy muy cansada, muy triste, muy desesperada por ver a Eva y muy temerosa de que me rechace.

Pero tengo que irme a casa.

De modo que toco otro nombre y coloco el teléfono en mi oído.

Una hora después, el jeep despintado de Jay frena en la esquina de las calles Spring y Pleasant. No dice nada mientras yo rodeo el frente del auto, abro la puerta de atrás, arrojo mi valija en el asiento trasero y me subo al lado de él. Tiene la mirada hacia adelante mientras espera que me ponga el cinturón de seguridad para comenzar a conducir.

—Gracias por venir —digo mientras toma la ruta I-295.

—No es nada —repone.

Una banda que nunca escuché canturrea desde su iPod y él sube el volumen. Me parece bien. Yo tampoco quiero hablar.

No dice una palabra hasta que nos detenemos frente a la casa de Luca. Es muy tarde en la noche y acabo de dejar a mi madre en una habitación de hotel en Portland. Ahora estoy sentada en el auto de mi exnovio, observando las ventanas oscuras del antiguo dormitorio de Macon, preguntándome si mi novia sigue siendo mi novia.

Es casi suficiente como para hacerme reír.

Casi.

—¿Vas a decirme qué diablos pasó? —pregunta Jay, las manos todavía aferradas al volante.

—¿Esa es tu forma sutil de *preguntar*?

—¿Esa es tu forma sutil de decir que no?

Nos quedamos mirándonos durante un momento y luego yo me río. Me río mucho y fuerte, las lágrimas brotan de mis ojos, y no sé bien si son realmente de risa, de agotamiento, de tristeza o de qué.

—¿Peleábamos así cuando estábamos juntos? —pregunto, secándome debajo de los ojos.

—Más vale que sí. Y me calentaba mucho.

—Dios mío, eres un idiota —señalo, pero al mismo tiempo me río y Jay esboza una amplia sonrisa.

—Entonces —inquiere—. Tú y Eva, ¿no?

Abro muy grandes los ojos.

—¿Dónde escuchaste eso?

Se encoge de hombros.

—La vi ayer en LuMac's y tenía cara de pollito mojado. Le pregunté a Michaelson si se encontraba bien. Me preguntó si yo sabía dónde estabas. Y luego recordé que solías observar con demasiada intensidad el póster de Daisy Lowe de mi habitación.

Mi estómago da un vuelco. Mi corazón da un vuelco. Todo da un vuelco. Esta es la primera vez que alguien en quien yo todavía no confío incondicionalmente —o confío incondicionalmente en forma indirecta, como Kimber— se enteró de lo de Eva y yo. Es aterrador. Mis dedos aferran con fuerza el bolso, todo mi cuerpo se pone frío y luego caliente. Me preparo para una burla, una broma maldita, un insulto, hasta irritación —yo me *acosté* con este tipo—, pero Jay se limita a observarme con los ojos entrecerrados. Hasta sonríe con levedad.

—Sumé dos más dos —concluye callada y suavemente.

Siento que me relajo y, con un sonoro suspiro, exhalo el aire de mis contraídos pulmones.

—Pero miren al pequeño matemático.

Me echa una mirada fulminante y alzo las manos.

—Lo siento, sí. Eva y yo —eso espero. Es mi *deseo*. Mis ojos se dirigen otra vez hacia la ventana de ella.

—Es genial —asiente. Y no sé si realmente le parece genial (es un adolescente y sería bastante probable que se pusiera raro o me criticara o, diablos, que se excitara al saber que una chica que gustaba de él ahora sale con una chica); pero, por el momento, tengo ganas de creerle.

—¿Qué? ¿No piensas hacer chistes de tríos? —pregunto.

—Puedes creerme, ya hice suficientes en mi cabeza.

Me río.

—No me cabe ninguna duda.

—Todavía piensas que soy sexy, ¿verdad?

—Por Dios.

Se ríe, pero la risa se desvanece pronto.

—Ahora en serio. ¿Estás bien?

Me muerdo el labio y repito esa pregunta una y otra vez dentro de mi cabeza.

—Creo que voy a estar bien.

—Me alegro.

—Yo también.

—¿Nos vemos?

Asiento.

—Sí. Gracias, Jay.

Y luego me bajo del auto y él se marcha. Me quedo mirando una casa oscura –*mi* casa, desde todo punto de vista– y siento como si regresara a mi hogar.

Emmy abre la puerta vestida con una camiseta sin mangas y un pantalón piyama a rayas amarillas y azules, el pelo hecho un revoltijo. Le echa un solo vistazo a mi rostro descompuesto por las lágrimas y a la valija que llevo en la mano antes de lanzar un prolongado suspiro, como si hubiera estado conteniendo esa bocanada de aire durante años. Tal vez, la estaba conteniendo. Tal vez, todos lo estábamos haciendo. Luego sonríe con tristeza –mitad alivio, mitad congoja– y me envuelve entre sus brazos.

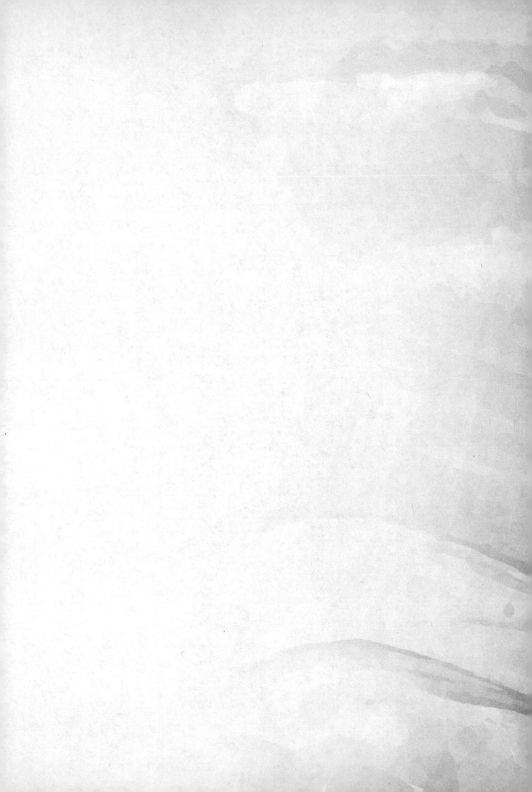

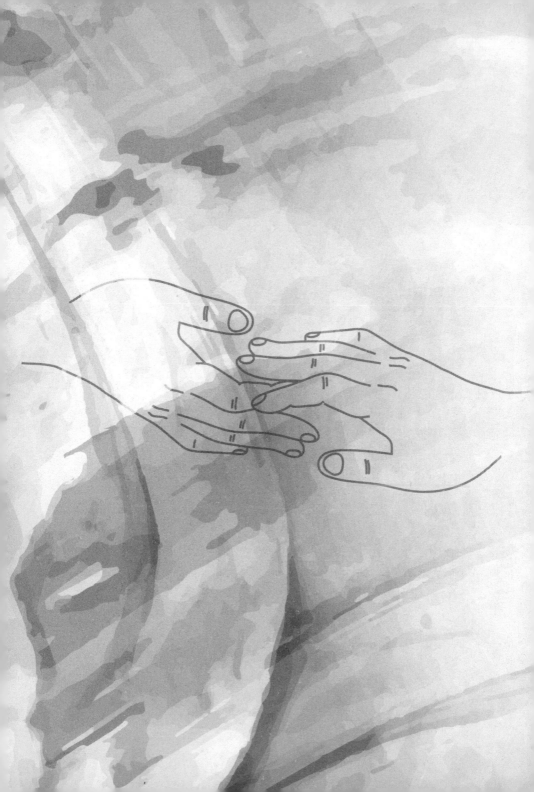

Capítulo
treinta y uno

No hay señales de Eva, pero Luca debe haber escuchado mi golpe suave en la puerta. Con un pantalón piyama verde y una camiseta de LuMac's, aparece en la sala solo unos pocos segundos después de que Emmy me haga pasar.

—¿Dónde diablos estabas? —pregunta. Y sin esperar una respuesta, me abraza con fuerza y me da un ligero coscorrón.

—Lo siento —murmuro contra su camiseta. Luego levanto la cabeza y me encuentro con la mirada de Emmy—. ¿Cómo está Eva? ¿Se encuentra bien?

Emmy asiente.

—Físicamente, sí.

—Lo siento tan…

Levanta la mano.

—No lo digas. Es probable que tú y Eva tengan que arreglar algunas cosas entre ustedes, pero ese accidente automovilístico no tuvo nada que ver contigo. ¿Me has entendido?

Aprieto los ojos con fuerza y respiro profundamente antes de asentir.

Se acerca más a mí.

—¿Me has *entendido*?

Mantengo los ojos abiertos.

—Sí.

—Muy bien.

Emmy me trae un vaso de agua y pañuelos descartables, y nos instalamos los tres en el sofá. Acuesto la cabeza sobre el hombro de Emmy, y la cabeza de Luca se apoya sobre la mía: parecemos una pequeña hilera de fichas inclinadas de dominó.

Y luego les cuento todo lo que sucedió con mamá.

—¿Se quedará en Portland? —pregunta Luca cuando termino.

—No lo sé —contesto, y mi voz se quiebra en la última palabra.

Emmy suspira y me aprieta contra ella.

—Estás exhausta. Todos estamos exhaustos. Volvamos a la cama y descansemos un poco más. Veremos todo con más claridad en la mañana.

Aun así, nos quedamos sentados en silencio un rato más, el tictac del pequeño reloj de pie, que es más viejo que Macon y se encuentra encima de la repisa de la chimenea, es el único sonido. Bueno, eso y mis sollozos. No logro interrumpir el maldito río que gotea de mis ojos.

Después Luca se da vuelta y me muerde suavemente el brazo.

—¡Auch! —lo aparto de mí y se ríe, lo cual me hace reír un poco también a mí.

Emmy se estira por atrás y le da una palmada en el hombro.

—Perdón, perdón —exclama—. Solo quería algunas malditas sonrisas aquí dentro.

—Hay un momento y un lugar para todo —señala Emmy poniéndose de pie—. Grace, traeré unas mantas para el sofá. Espero que te parezca bien. Eva ocupó el antiguo dormitorio de Macon.

—Está bien —respondo mientras mis ojos vuelan como dardos hacia el pasillo que conduce a los dormitorios.

—A menos que mi caballeroso hijo quisiera renunciar a su cama y dártela a ti —sugiere Emmy.

—Ni loco —repone Luca, bostezando.

Emmy le da otro golpe en el hombro.

—¡Era una broma! Puedes dormir en mi cama.

Me río. Siempre me ha encantado la dinámica juguetona que existe entre Luca y Emmy, y el hecho de que la mantengan aun cuando la situación sea un desastre hace que los quiera todavía más.

Después de que Luca cambia las sábanas de su cama —gracias a Dios—, me planta un beso en la frente y se arrastra hacia el sofá.

Acababa de lavarme los dientes —algo que pasé por alto la noche anterior— y ya estaba debajo de las sábanas de R2-D2 de Luca cuando entra Emmy con una almohada de más. Me la entrega y luego se sienta en el borde de la cama y hace girar el anillo de plata y oro rosado de su dedo mayor. Luca y Macon se lo regalaron para el cumpleaños unos años atrás.

—¿Crees que podrás dormir? –pregunta.

—No lo sé. Espero que sí.

Asiente mientras le da unas palmadas a la almohada que está en mi regazo y se pone de pie. Da un paso hacia la puerta, pero luego se detiene y voltea. Toma mi mentón entre sus manos.

—Eres una chica valiente, Gracie. Más valiente que yo. Lamento que una vez hice que dudaras que pertenecías a esta casa. Que estamos de tu lado. Perdí a mi amiga y gané una hija y, debo admitirlo, estaba agobiada y preocupada de que Eva pasara tanto tiempo con Maggie. Pero, querida, siempre estuve preocupada también por ti. Pero no podía arrebatarte de tu propia madre, aunque sabes que realmente quería hacerlo. Pero Eva, bueno, pensé que podía controlar que *ella* no saliera lastimada. Es mi responsabilidad. ¿Lo comprendes?

Asiento. El sonido sube por mi garganta áspera como la maldita corteza de un árbol.

—Maggie te quiere, Grace —continúa, deslizando la mano hacia arriba para tomarme la mejilla—. La relación entre ella y yo no siempre ha sido fácil ni amistosa, pero sé que te quiere más que a nada en el mundo. Pase lo que pase, ella siempre será tu mamá y tú siempre serás su nena. Pero también eres mi nena. Tanto como *tú* lo necesites. ¿De acuerdo?

Y, esta vez, cuando digo *de acuerdo*, no parece una obligación, sino una forma de ir soltando las ataduras.

Conozco la casa de los Michaelson de memoria. Sé que las camas de dos plazas de Luca y de Macon están ubicadas contra la pared que comparten los dos dormitorios. Cuando eran más jóvenes y Macon todavía vivía aquí, se comunicaban por sistema morse por la noche —o su propia versión indescifrable del sistema— y se quedaban hasta muy tarde contándose sus secretos a través de golpes leves en la pared de yeso.

Apoyo la mano sobre esa pared, sabiendo que Eva está del otro lado durmiendo profundamente, gracias al agotamiento y los calmantes. Aun bajo la luz del incipiente amanecer, consigo ver la tonalidad suave y natural de mis uñas, tan extraña y familiar a la vez.

Pido un deseo.

Empujo las mantas hacia atrás, camino de puntillas por la habitación y entreabro la puerta. Espero el estallido de alguna alarma, como si Emmy hubiera establecido una especie de campo minado, para impedir que salga furtivamente de la habitación. Sé que está al tanto de la relación entre Eva y yo, y supongo que el que yo me meta en la cama de su pupila podría parecerle más o menos lo mismo que el que Kimber esté acurrucándose en la cama con Luca en mitad de la noche. Se volvería loca, como buena madre.

Considerando que a Maggie no se le movería un pelo, la idea me provoca una sonrisa. De todas maneras, enloquecida o no, es algo que yo necesito. Eva lo necesita. Por lo menos, eso espero.

Al escuchar solo silencio, me escabullo del dormitorio de Luca y entro en el de Macon. Me estremezco levemente cuando la puerta se cierra con un ruido más fuerte del que pretendí hacer.

La habitación no ha cambiado mucho desde la mudanza de Eva. Emmy la usaba de baulera cuando Macon se fue, y todavía quedan restos de su función anterior. Libros apilados contra una pared. Cajas llenas con los viejos trofeos de fútbol de Macon en un rincón. Pero también hay huellas de Eva, aunque sean pocas. Sobre la cómoda, la fotografía de una mujer que, supongo, es su madre: una gran sonrisa como la de Eva, el pelo en un rodete, los brazos estirados hacia arriba y los pies en punta. Al lado de esa, hay otra fotografía. Es Eva y también está bailando, el cuerpo colocado en la misma posición que la de su madre. Deslizo los dedos por encima de los marcos de las dos fotos. Uno al lado del otro, sus cuerpos en idéntica posición son hermosos, ligeramente tristes y cautivantes. Me cuesta decidir cuál efecto es más fuerte.

En la cama, Eva está acurrucada debajo de un edredón hecho a mano, mirando hacia la pared. Me deslizo en la cama junto a ella, lanzando un suspiro de alivio por el solo hecho de tenerla tan cerca, de oler su aroma a jazmín, de sentir su calor. Permanezco un rato acostada, sin tocarla. Escucho su respiración y agradezco cada uno de los deseos que pedí al cielo de que ella esté a salvo, que *yo* esté a salvo, y que esté acá, a su lado.

Se da vuelta y emite un gemido débil y tierno que casi me hace sonreír. La observo dormir, asimilando todo los detalles de su rostro, que tanto amo. Podría observarla durante horas, su suave respiración, el tenue aleteo de sus pestañas contra las mejillas: todo lo que la hace ser Eva y transitar a través del tiempo y del mundo. Luego, de repente, ya no está durmiendo. Sus ojos están abiertos y posados sobre los míos. Pone una mano en mi rostro y deja que se deslice por mi mentón y por mi cuello, la apoya sobre mi pecho, debajo del cual, golpea con un ritmo constante mi corazón.

—Volviste —susurra—. Gracias a Dios que volviste.

—Volví.

—¿Y Maggie?

Cierro los ojos con fuerza y meneo la cabeza: es la única explicación que puedo ofrecer en este momento.

—Estaba tan preocupada por ti —murmura, la palma de su mano todavía caliente contra mi piel.

—Perdóname —digo. Tengo la impresión de que hace una hora que no dejo de disculparme, pero las palabras encajan perfectamente en mis labios.

—¿Por qué?

Esa es la pregunta: ¿Por qué? Hay algo de culpa que cargar, pero también hay mucha culpa para repartir. Diablos, tal vez nadie sea en realidad culpable. De modo que respondo simplemente:

—Por todo —porque es cierto. A veces, pides perdón porque hiciste una cagada. A veces lo haces simplemente porque *todo* es una cagada.

Entrelaza las manos contra el pecho.

—Yo también te pido perdón. La otra noche, no debería haber dicho lo que dije.

—No, tenías razón. Es *cierto* que mi madre está aquí. Pero tienes que entender que nunca sentí que así fuera. Nunca sentí que tenía una madre… al menos, no la madre que debería haber sido.

—Lo sé. Lo siento tanto.

Estiro la mano y la toco, solo dos dedos sobre su mejilla. Siento un condenado alivio al ver que me deja, que es suave y cálida.

—Eso no implica que lo que te pasó a ti, lo que le pasó a tu mamá, sea menos horrible.

Asiente. Se le llenan los ojos de lágrimas, que comienzan a brotar: una hermosa forma de liberación. Como siempre, no las reprime. Deja que todo la inunde, fluya por ella y la atraviese con fuerza.

Supongo que, en ese sentido, ella en verdad es como Maggie. En un buen sentido.

—Te extrañé —musita respirando temblorosamente.

—¿En serio?

Como respuesta, su mano se desliza alrededor de mi nuca. Mis ojos parpadean y se cierran mientras ella me atrae suavemente, se acerca suavemente, hasta que nuestras frentes se tocan. Después las narices. Después los labios. Encajamos como dos piezas de rompecabezas. Ella suspira en mi boca. O tal vez yo suspiro en la de ella. Sea como sea, nos confundimos una con la otra, es perfecto y feroz, y nos aferramos con desesperación.

—No quiero que nosotras seamos solo esto —señala contra mi boca.

—¿Qué quieres decir?

—Yo, la chica cuya madre murió cuando debió haber vivido. Tú, la chica cuya madre no logra comportarse como una madre. No podemos ser como Hattie, esa chica que saltó del faro hace cien años y que hoy solo se la recuerda por ese hecho. Nosotras tenemos que ser más que eso.

—Lo seremos. Lo *somos*.

—¿Puedo contarte algo?

—Lo que quieras.

Eva respira profundamente.

—Yo… todavía soy bailarina.

La sonrisa en mi rostro es inmediata y enorme, incluso a través de los restos de lágrimas.

—Claro que lo eres.

—Y tú eres pianista.

—Lo soy. Siempre.

—Y somos más que eso.

—Tú y yo —susurro— somos cucharas llenas de arena y fuegos artificiales, faros, deseos y manteca de maní.

Sonríe y me besa otra vez.

Y sé que todo es cierto. Sé que estaremos bien. Sé que seremos más, cada una y las dos juntas.

Incluso, después de lo perdido.

Incluso, después de decir *adiós*.

Eva y yo, dos hijas sin madre en busca de un nuevo hogar.

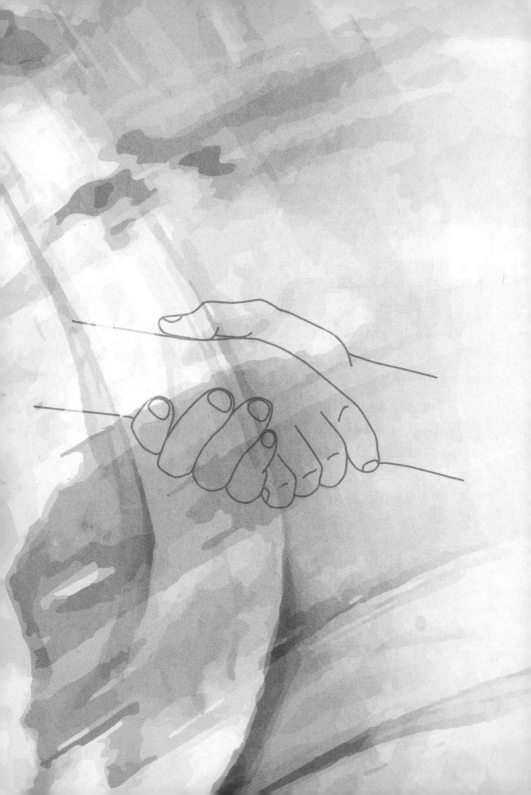

Capítulo
treinta y dos

Este es el problema de los deseos: siempre van cambiando. O se extinguen o se hacen realidad, y entonces dejan de ser deseos. Solo están verdaderamente vivos mientras esperas con ansiedad a que se cumplan. Cuando yo era una niñita de mirada asombrada, solía besar las puntas de los dedos, deseando ser tan hermosa y vivaz como mi madre. Unos años después, deseaba tener dedos veloces y gráciles sobre las teclas del piano. Esos deseos se convirtieron en silenciosas lágrimas nocturnas cuando mi madre trajo a casa a un tipo desconocido, y lo único que yo quería era que las dos nos marcháramos a algún lado y no habláramos con ningún otro ser viviente.

Quería que nos escapáramos.

Luego, años más tarde, deseé ser libre. Deseé tener mi propia vida.

Deseé tener el valor de cumplir ese deseo de tener mi propia vida. Deseé tener días normales, cenas familiares y salas de concierto en Nueva York.

Deseé que una chica triste y hermosa me sonriera.

Que me amara.

Y, por encima de todos los demás deseos, deseé convertirme en alguien que pudiera amarla bien.

Muchos de esos deseos se hicieron realidad. Se *están* haciendo realidad. Es una sensación tan extraña estar en este momento en el porche de la casa de Luca observándolo cargar nuestros bolsos en su camioneta para dirigirnos a Nueva York, para poder presentarme mañana por la mañana a la audición de la Escuela de Música de Manhattan.

Para poder tocar la *Fantasía* y convertir mi sueño en realidad.

Eva se acerca por detrás de mí, enlaza ambos brazos alrededor de mi cintura y apoya la mejilla contra la mía.

—¿Estás lista?

No contesto enseguida porque, sinceramente, no lo sé. Nunca pensé que llegaría este momento. Y, en esos instantes, en que me permití creer que Nueva York era una verdadera posibilidad, nunca imaginé que estaría haciendo esto sin mamá.

Pero es así.

Porque ella no está conmigo.

Ya pasaron más de dos semanas desde que la dejé en Portland, desde la noche en que pedí mi deseo y le dije adiós. A la mañana siguiente, llamé a su teléfono no menos de cien veces, pero siempre pasaba al mensaje de voz y, como su correo siempre está lleno, no quedaba otra cosa que finalizar la conversación.

Desde entonces, pasé la mayor parte del tiempo con Eva. Lloré mucho, lo cual me enfureció porque no estoy acostumbrada a llorar, pero vaya que me hizo bien, maldita sea. Eva también lloró mucho. Trepábamos a la punta del faro en el medio de la noche, la llave que me dio Pete cuando fui a verlo para disculparme de todo y llevarme el resto de mis cosas siempre segura en mi bolsillo, e intercambiábamos historias. Buenas historias. Historias felices de madres felices durante épocas más felices.

De todas maneras, yo no me sentía *in*feliz.

Una cosa rara que estoy aprendiendo acerca de la pena –la pena en todas sus formas– es que puedes sentir casi todo al mismo tiempo. Uno creería que todas esas lágrimas, todas esas risas, toda esa tristeza profunda y hasta esa esperanza todavía más profunda te inmovilizarían los pulmones y detendrían tu corazón.

Pero no. Es más bien, lo contrario.

Y esto es lo curioso de los deseos: recién cuando uno se hace realidad, captas toda la dimensión de ese deseo. Lo que realmente querías. Su belleza. Su complejidad.

Su costo.

Cubro las manos de Eva con las mías.

–Sí. Creo que estoy lista.

Me da un beso en la sien y me doy vuelta, apoyando los dedos en su esbelta cadera.

–Y *tú*, ¿estás lista? –pregunto.

Sus ojos se apagan un poco, pero sonríe. Eva viene conmigo a Nueva York. En pocos meses, todos nos apiñaremos otra vez en la camioneta de Luca, para que Eva haga su audición para entrar a la Universidad de Nueva York. Hace más o menos una semana, nos sentamos en el piso del viejo dormitorio de Macon y ella sacó sus zapatillas de punta por primera vez desde que murió su mamá. Estaban sucias, hechas jirones y olían a resina.

—Guau, qué viejas que son —había exclamado yo y ella rio.

—En realidad, son bastante nuevas. Tenemos que ablandarlas cuando las recibimos por primera vez. Pasarles hojas de afeitar por la suela, desgarrar el satén, quemar las puntas —deslizó el dedo por un lazo brillante y una sonrisa triste se dibujó en su rostro.

—Quiero verte bailar otra vez.

Levantó los ojos hacia los míos. Durante unos segundos, se quedó mirándome fijo, pero luego se inclinó hacia adelante y me besó. Unos días después, la acompañé a su primera clase de danza en el estudio de Sugar Lake, y la vi volver a la vida.

—Estoy lista para más —asegura ahora; su voz, un suave susurro.

Bajo la mano por su rostro y le tomo el mentón.

—Algo más que un cisne pequeño y triste.

Se inclina sobre mi mano y brota una sola lágrima, que se desliza por su mejilla. Ambas la dejamos caer.

—Sí. Algo más que eso.

Luca arroja la manta de su cama en la cabina de la camioneta y saca el teléfono. Sé que le está enviando un mensaje a Kimber, para avisarle que estamos a punto de salir a buscarla. Viene con nosotros, para mi consternación, pero hace feliz a Luca, de modo que sé que ella y yo encontraremos un punto de encuentro en algún lugar.

Emmy sale por la puerta, Macon y una Janelle con andar de pato vienen detrás. Todos me abrazan, me desean suerte, dicen todas las cosas correctas que una familia debe decir. Aun así, no es lo mismo, y se me hace un nudo tan grande en la garganta que no estoy segura de que pueda tragar otra vez. Es probable que Emmy haya visto algo en mi expresión porque toma mi cara en sus manos y me da un beso en la frente.

—¿Es esto lo que quieres, Gracie? —pregunta, examinando mis ojos húmedos.

—Sí —respondo sin vacilación. Sé que esto es lo que se supone que debo hacer, lo que quiero hacer, pero igual es condenadamente difícil. Porque conseguir lo que quieres siempre implica renunciar a algo.

Emmy asiente con expresión comprensiva. Desliza los dedos por mis mejillas y me guiña el ojo antes de envolver a Eva en un abrazo.

Fiel a su costumbre, Luca me da un coscorrón cuando paso delante de él para entrar a la camioneta. Le doy una palmada en el trasero y lanza un aullido. Acaba de encender el motor cuando una camioneta color café de UPS frena detrás de nosotros, bloqueando la salida.

—Maldición —lanza Luca.

—Cálmate, solo llevará unos segundos —comenta Eva desde el asiento trasero, pero yo estoy de acuerdo con Luca en este caso. Siento que todo mi cuerpo está en llamas. Que si no me marcho *ahora* mismo, nunca lo haré. O que ocurrirá algo que hará que todo se suspenda. La camioneta de Luca se romperá antes de que lleguemos a salir del cabo. La Escuela de Música de Manhattan llamará para cancelar todo. La ciudad de Nueva York se sumergirá en el océano. Todos estos pensamientos son totalmente estúpidos y paranoicos, pero, vamos, ya estoy dentro de la camioneta, de modo que ya estoy muchísimo más cerca de lo que, alguna vez, había pensado que estaría.

Emmy se dirige al conductor y firma la entrega de un paquete un poco más pequeño que una caja de zapatos. Le da las gracias, pero observa el paquete con el ceño fruncido. Cuando levanta los ojos, estos caen directo sobre mí.

La camioneta se aleja con un rugido y Luca está a punto de poner marcha atrás cuando Emmy se acerca y me golpea la ventanilla. La bajo.

—¿Es para mí? —pregunto, aunque no puedo ni imaginarme qué podría ser. Luego Emmy asiente y levanta el paquete.

Mi nombre está justo arriba de la dirección de los Michaelson. Mi nombre completo.

Margaret Grace Glasser.

Escrito con una letra ilegible, que reconocería en cualquier parte.

De repente, me encuentro fuera del auto, la caja en las manos. No recuerdo haberme bajado de la camioneta, pero Eva está junto a mí, Luca del otro lado pasa el dedo por la etiqueta del remitente.

No hay un nombre.

Al menos, no un nombre de persona.

Mountainside: Centro de Salud del Comportamiento. Portland, Maine.

Siento la mano de Eva en la parte baja de mi espalda mientras rompo el papel. La cinta adhesiva es tenaz y estoy casi segura de que me corto el pulgar, pero apenas lo noto. Continúo abriendo el paquete hasta que lo único que veo son bolas de papel de seda.

Con cuidado, hurgo entre ellas hasta que mi mano choca contra otra caja. La saco. Es una sencilla caja blanca, cuadrada y liviana. Luca sostiene el paquete de UPS hecho pedazos mientras retiro la tapa y parpadeo ante el contenido, sin poder creer lo que ven mis ojos.

Triángulos de vidrio de mar color aguamarina engarzados en cobre de color rojo herrumbre. Al principio, me siento confundida. Inclino la caja que sostiene Luca para confirmar mi nombre mientras me pregunto, durante una milésima de segundo, si esto no era para Eva y no para mí, porque sé que mamá nunca llegó a dárselo. Pero no. Es mi nombre. Y, al observar el collar más detenidamente, me doy cuenta de que no es el mismo que Maggie hizo para Eva. El vidrio es más liviano, más azul que verde. Recuerdo que el de Eva tenía una manchita de cobre en uno de los triángulos, pero este es casi perfecto, el cobre está aplicado con destreza en cada borde frío.

Caliente y frío.

Calma serenidad bordeada de energía feroz.

Nosotras.

No hay ninguna nota, pero eso no es algo muy sorprendente. El collar habla por sí mismo. El remitente habla por sí mismo.

Ella me concedió mi deseo.

405

Buscó ayuda. Más allá de todo lo que hemos pasado, ella sigue siendo mi madre, yo sigo siendo su hija y seguimos siendo nosotras dos.

—Es hermoso —comenta Eva—. ¿Lo hizo ella?

Solo puedo asentir, las lágrimas nublan mis ojos.

—¿Quieres que te ayude a ponértelo?

Saca el collar de la caja y me levanto el cabello, para que pueda colocar la delicada cadena alrededor de mi cuello. Sus manos se demoran en mi garganta mientras el vidrio frío se apoya en mi pecho, justo arriba del esternón.

Bajo la mirada hacia el collar. No es mucho. Algo muy pequeño realmente. Pero es algo: un comienzo, una mano extendida, un cambio. Tal vez, todo se vaya a la mierda otra vez. Tal vez, para que mamá y yo nos sanemos de verdad, necesitaremos varios rounds de caernos y volvernos a levantar. No lo sé. El tiempo dirá, supongo.

Por el momento, puedo respirar. Sé dónde está, sé que está segura y puedo *respirar*. Puedo ir a Nueva York con su collar apretado contra mi corazón y tocar mi *Fantasía*.

No, nunca pensé que haría esto sin mi madre.

En realidad, nunca pensé que llegaría a hacerlo en absoluto.

Y estoy condenadamente segura de que nunca pensé que lo haría de la mano de Eva.

Nunca habría *pensado* nada de esto, toda esta pérdida y esta tristeza mezclada con alivio y felicidad.

Pero eso es lo curioso de los deseos.

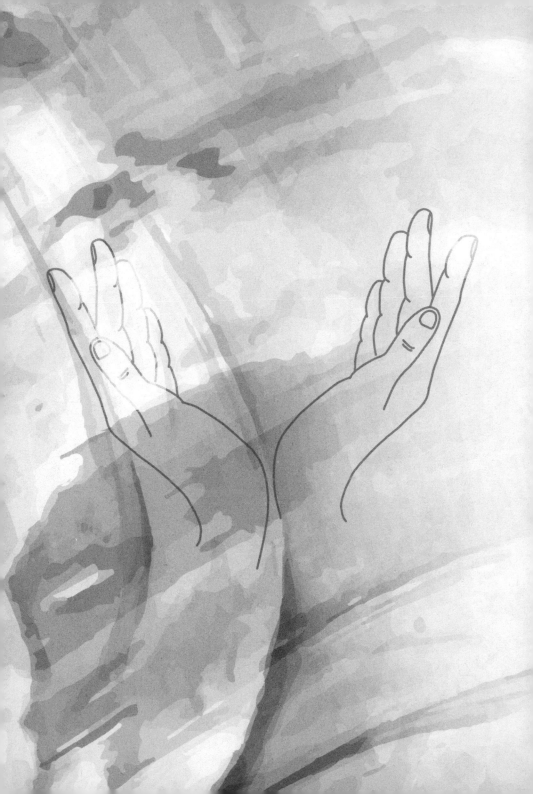

Agradecimientos

En muchos sentidos, siento que este es el libro que tenía que escribir. Cuando era adolescente, lo necesitaba, aun cuando en ese momento no lo supiera. ¿Y de adulta? Todavía lo necesito por muchas y diferentes razones, y me hace inconmensurablemente feliz que haya encontrado la forma de llegar a tus manos. Entonces, primero, debo agradecerte a ti, que has leído este libro. Por perseverar, por creer en ti y en mí, y por participar del viaje de Grace y de Eva por —o independientemente de— lo que la historia de ellas podría significar para ti. No estás solo.

Muchas gracias a Rebecca Podos, mi agente, cuya inquebrantable fe en mí me ha ayudado a atravesar muchos momentos de pánico y muchas preocupaciones. Tu ojo editorial, tu humor, tu amistad y tu incomparable juego GIF son una diaria inspiración. Luchaste por Eva y Grace incluso antes de que fueran Eva y Grace, y siempre te estaré agradecida.

Gracias a Elizabeth Bewley, mi editora, que se arriesgó con este librito y me dio la libertad de decir, a través de Grace y de Eva, lo que yo necesitara decir. Te estoy tan agradecida por el apoyo que les brindaste a mis chicas. Gracias por darme espacio para equivocarme y por alentarme siempre durante el desarrollo de esta historia. Tu percepción hizo de este libro todo lo que yo esperaba que fuera.

Gracias a todos en Houghton Mifflin Harcourt, por su confianza y apoyo. Gracias, Erin DeWitt, por tu increíble ojo y por tu habilidad para la corrección de estilo, y gracias a Lisa Vega y al equipo de diseño, por la maravillosa cubierta: plasma hermosamente el ambiente de este libro y de estas chicas. Nicole Sclama y Alexandra Primiani, gracias por brindarme siempre tanto apoyo y entusiasmo. ¡Estoy muy contenta de tenerlas a todas en mi equipo!

Gracias infinitas a las chicas de mi grupo de crítica: Lauren Thoman, Paige Crutcher y Sarah Brown. Este libro no sería lo que es sin sus tempranas lecturas, opiniones y pasión. *Yo* no sería quién soy sin su amistad, humor y apoyo. Señoras, estoy muy feliz de haber descubierto con ustedes la pizza de papas fritas.

Muchas gracias a Dahlia Adler, Anna-Marie McLemore, Tristina Wright, Jenn Fitzpatrick, Nita Tyndall, Sara Taylor Woods y Tehlor Kinney, mis lectoras Beta y primeras lectoras, por darle al libro su tiempo, sus opiniones y su entusiasmo. Gracias a ustedes, estoy terriblemente entusiasmada de entregar esta historia a los lectores y a las lectoras que puedan necesitarla. Nunca podré agradecerles lo suficiente que me hayan ayudado a analizar exhaustivamente a Grace y a Eva. Nunca podré agradecerles lo suficiente que me hayan ayudado a analizarme exhaustivamente a *mí*. Las adoro a todas.

Gracias, Destiny Cole, por tu constante apoyo y tus opiniones sobre el libro. Estoy muy feliz de continuar este camino contigo.

Gracias, Ami Allen-Vath, por la revisión de datos de último minuto y por el entusiasmo. Estoy muy agradecida de tenerte en mi vida. Te quiero, chica.

Gracias, Tess Sharpe, por tu entusiasmo y emoción ante el libro. Me encontré a mí misma por primera vez en las páginas de *Far From You* y significa tanto para mí poder compartir este libro contigo.

Gracias, Sarah Crowe, por compartir conmigo parte de tu historia.

Gracias, Nashville, mi increíble comunidad de gente maravillosa: Courtney Stevens, Lauren Thoman, Paige Crutcher, Sarah Brown, Victoria Schwab, Carla Schooler, Christa Lafontaine, Kristin Tubb, Erica Rogers, Alisha Klapheke, Rae Ann Parker, Kathryn Ormsbee y Jeff Zentner, no dejan de maravillarme su apoyo y su amistad. No podría pedir amigos mejores y, si *pudiera*, volvería a elegir a cada uno de ustedes diez veces más.

Jen Gaska, me asombra enormemente tu amor y tu amistad, tu fe en mí y tu contagioso optimismo. Gracias por ser mi compañera y un lugar seguro.

Becky Albertalli, que es probablemente la persona más generosa que conozco, gracias, por tu amistad y apoyo constante para mi escritura.

Gracias a Parnassus Books y a Stephanie Appell, por ser la mejor librería independiente y defensora de los libros para chicos que una escritora pueda desear. Estoy muy orgullosa de considerarla mi hogar.

Dahlia Adler, por su elaborado libro, su defensa de la literatura juvenil y todo el trabajo que lleva a cabo en LGBTQReads.com.

Gracias a todos los blogueros que demostraron interés, brindaron apoyo y trabajaron para que mi librito encontrara a los lectores y a las lectoras que lo necesitaban.

Gracias a todos los Blake, Herring, Crown, Strickland, Pope, Timmon y Todd, por quererme como solo una familia puede hacerlo.

Benjamin y William, mis hermosos muchachos, gracias por ayudarme a amar tan libre y salvajemente como ustedes.

Gracias, Craig, por ser mi pareja, por amarme en el lugar en que estoy y alentarme a concretar mis sueños.